父　矢代東村

小野弘子

短歌新聞社

昭和10年代の矢代東村

矢代東村結婚式（昭和２年赤坂山王日枝神社）
前列東村夫妻の左白秋　右夕暮　右端義母ハツ　後列左より小林亀郎（弁護士）、父浅五郎

昭和17年正月家族写真
左より弘子、東村、隆二、恒子（麹町一番町自宅二階にて）

大正５年28歳　小学教師時代（ボヘミアンネクタイをして）

仲秋観月の会（成城砧村白秋宅　1936年）昭和十一年
左より大橋松平、岡山巌、松村英一、矢代東村、北原白秋、釈迢空、前田夕暮、北原菊子、柳田新太郎、斎藤勇　後列中村正爾、巽聖歌

はまなす会（日本橋村松町　竹内宅）大正八年
右より矢代東村、青木健作、矢嶋歓一、前田夕暮、平野啓司、群山千春、安部路人、岡落葉、飯田操、竹内蝶子、辻村恒子、竹内薫兵、穂積貞子（元吉利義夫人）　前列右より飯田莫哀、月田康徳、南正胤

はじめに

本書は、歌人矢代東村の生涯をたどったものである。東村に関する評論、歌論は過去にも発表されており、それらはいずれも十分に価値を持つものである。しかし当然のことながら、それは常に書かれた時代と評者自身の立場が表出されていることを念頭において読まれるべきものであった。長い時間の推移とともに、私にとっては、それらが必ずしも真実を伝え得ていないことが心にかかっていた。

それは、東村を語るにあたっての原史料と文献の不足―いいかえれば主に戦禍による損失物の多さにより、記述に客観性を欠くことに起因していた。この点は、本書を完成するにあたって私自身が最も労を要したことであった。

読者は通常、娘がえがく「父親追慕の書」と受け取られるであろう。その一面全くなしとはしないが、本書は、一歌人がその時代に在ってどのように生き、如何なる顔を示したかをあるがままに実証するという態度を第一義とした。大正デモクラシーの雰囲気の中で、歌誌「日光」を最も居心地のよい場とした東村が、創作上、信念を以てエポックメイキングな仕事に向かった時、歌壇は一色に塗りつぶされる不幸な時代に突入した。東村の短歌は「時代の短歌」としての面を強く持ち、それは一歌人の歩みにとどまらず、近代短歌史の一側面を語ることにもつながった。本書の副題とした所以である。この書によって「戦争の世紀」を生きた東村の生涯を考え、論じる方々が増えることが私の願いである。

この書は、娘によって書かれることを心から望んでいた母恒子に捧げたいと思う。

二〇一二年早春

小野弘子

目次

父　矢代東村——近代短歌史の一側面——

Ⅰ　故郷

(1) 生家

房総半島の太い根元の部分を特急が横切って、一路南下を始めると、窓外の景色はみるみる南国を思わせる陽光につつまれ、木々の緑も小さな花々も色鮮やかなものとなってくる。

昨年、私は何度か大原を訪ねた。外房州の大原は父の故郷である。

東京を早朝に出発すれば午前の時間を残す程の距離となった今は、「ふるさと」という言葉のひびきも似つかわしくないもののように思える。炎暑や厳寒の季節を無意識のうちに避けているためもあろうが、この沿線の風景の中は、いつも花があり、なだらかな丘陵も人の心をなごませるものがある。

畑からの作物は言うまでもなく、果実にも恵まれ、海からは新鮮な魚介もあがるというこの土地で、人々は長くおだやかな生活を営んできたように思える。

「このようなところから、どうして、ああも負けん気で激しい性格の人が出てきたのかと思う」とは、生前の母が父についてよく語っていた言葉である。

大原駅前には、いつものんびりと、タクシーが人を待っている。用向きの事はあとまわしにして、これに乗り私はいつも父の歌碑のある日在浦の公園に行くことにしている。季節はずれの海浜公園に行くのはどうしてかと運転手にいつも聞かれ、私は同じ説明をくり返すことになるのである。大原には八幡岬の景勝の地に若山牧水の歌碑が建っており、この町では、こちらの方がよく知られている。父の歌碑は昭和四十年に大原町国民宿舎の庭に建立されたが、建物自体が廃止された為にこちらに移されたのである。

たまたま、女性運転手の車に乗り合せたことがあったが、彼女は、その一ヶ月程前に、矢代東村の歌碑に案内してほしいという客を乗せたそうである。「なんでも写真をとって歩く人のようでした」との事であった。目的はなんであれ、このように訪ねて下さる人がいるとは恐縮なことである。余程の事がおきない限り、石でできた碑は定められた場所に在るのである。それが無事にあるだろうかと、確かめに行くような行為は、我ながら、おかしなものだといつも思う。それでもやはり、私は眺めに行くのである。

東　村

潮風に
ひがな一日
吹かれてる

ここの岬の
　枯草のいろ

　これは八幡岬の風景をうたったものと言われている。太東岬という説もあるが、これは遠すぎるということである。大正十二年に発表され、その後、第二歌集「飛行船にさわぐ人々」に発表されるはずであったが、それは未刊のままになっている。碑の裏面の銘文は、次のようなものである。

　矢代東村　人となりは直情　思想は透徹　信念は不動　社会人として　また歌人として一意独自の道をあゆみ　短歌の普及と進展に　寄与すること多大　ここに有志相計って　東村生誕の当地　千葉県大原町にこの歌碑を建て　回顧の風と光のもと　その芳績を永久に記念する
　昭和四十年三月
　碑歌　　松村　英一　書
　碑文　矢代東村歌碑建設委員会

私はこの文章が好きである。限られた碑面にきびきびと、いかにも短い詩型の中に表現の修錬をつんできた人々の手になる一文であると思う。文字通り、父と共に「風と光」の中に在った、あの頃の多くの歌よみ達の顔が思い浮んでくる。

歌碑のわきの小道をぬければ、そこはもう、広大な太平洋をみる浜辺である。水平線のかなた迄、視界をさえぎるものはなく、内海のこぢんまりした風景と、よどんだような空気はここにはまったくない。

父は、五尺そこそこの小男であったが、その気質はこの景色の如く大きく、春の海のように晴朗なものがあった。やはりこの風土が育てた人物であったと、海辺に立ってあらためて思うのである。

◇

ＪＲ大原駅のすぐ隣りから、現在「いすみ鉄道」という第三セクターの電車が発着している。大原から大多喜方面へ向う、のどかなローカル線である。

幼時、父に連れられて来た頃は、木原線といっていた。大原から二つ目の「上総東」駅が父の生家に最も近いのであるが、それでも子供の足では担当の距離があったように思う。「かずさあずま」と声に出してみると、ひなびた感じと共に、逆に、みやびな趣も感じられる。その西側に、御宿方面へ抜ける古い街道があり、それに沿って父の生家は建っていた。私の記憶の中では、茅葺き屋根の広々とした造りの農家であったが、近年は、さすがにそのような家はどこにも見当らなくなってしまった。

父は生涯を通じて、生地を本籍地とし、東京に出たあとも動かさなかった。千葉県夷隅郡東《あずま》村長志《むらながし》二〇九〇番地がそれであり、私も長く記憶してきたものである。昭和三十年、全国的な流れの中で、町村合併がおこなわれ、新しい大原町が誕生して、東村《あずまむら》の名は消えた。この事は行政上の便利をもたらしたのであろうが、終生、故郷を想った父にとっては、残念の一語につきる。

若い頃、「都会詩人」と称したことはよく知られているが、歌誌「詩歌」の最も早い時期の筆名は「東村」を用いている。この名には、若い頃より、こだわりがあったに違いない。

実はいくつかの集落を合わせて、東村という村が誕生したのが明治二十二年であり、父の出生と時を同じくしているのである。これは、私の勝手な推量であるが、新しい村の発展と、おのれの人生のそれとを重ね合わせる気持が、心の中にあったのかも知れない。

◇

明治二十二年三月十一日、東村長志の矢代家に男児が誕生した。父浅五郎、母とくの長子である。矢代家には、男子の後継がなかったので、長女とくの伴侶として迎えられたのが、浅五郎であった。彼は、近隣の沢部地区の尾後貫《おごぬき》家の出である。両家の縁をつないだ糸が、どのようなものであったかは判らないが、おそらく、とくの父親、杢平も、浅五郎の父親、荘右エ門も、納得のできる話であったのではないかと思われる。

現在でも、養子縁組には、家の格とか、つり合いとかが言われる土地柄である。この時代には、なおさらのことであったろう。矢代家は、現在手にすることのできる史料からでも十八世紀迄、さかのぼることができる旧家である。尾後貫家も、当時庄屋をつとめる裕福な村の名家であった。

矢代という姓は現在、この地域に八軒ほどあるというが、特に血縁関係はない。上総地方では、この矢代をはじめ、八代、屋城、屋代等かなり多い姓と聞く。尾後貫姓は、村の一地域名からきている。この姓は、東京ではまことに珍しく、正しく読んでもらえない場合もあるらしい。これも千葉県に多い姓と聞いている。

浅五郎を婿に迎えて、杢平は安心して家督を譲り、隠居の身分となった。一方、これより先、尾後貫家でも、父荘右エ門は、その長男に家督をつがせ、隠居している。この時代には、家督相続ということは、家の大きなけじめというものであったのだろう。

待望の初孫に、祖父杢平は、亀廣と命名した。子供の無事な成長と長命を願い、その人生の末広がりを望む意であることは言うまでもない。

順調、平穏なうちに農家のいとなみは続き、子供が誕生一年を迎える頃、浅五郎、とく夫婦の間に波風が立った。浅五郎が女性問題をおこしたのである。そのあたりの事を察する歌が、大正二年発行「詩歌」第三巻第五号の四十九頁から五十頁にかけて、のっている。

父と居酒屋の娘と　　　　　　矢代　東村

我が祖母が我が父の事話すたびせしけはしき眼そのけはしき眼
これ見よと我が一族に憎げにもやがて向けたる父が横顔
淋しくも女の手紙父に来し女の手紙行李にのこりて
時折は道化役者の出で来り父に誘ふぞ泣かまほしけれ
残されしたゞ一人の我が母のあまり悲しくあまりやさしく

この五首を読むと、浅五郎がかかわったのは、村の居酒屋の娘であるかのように思われる。しかし、頁をくって次頁をみると、居酒屋の娘とほのかな想い出を作ったのは、自分（亀廣）自身であったことが読みとれる。

故郷の夏の月夜と
居酒屋の娘と

と題された四首がそれである。見出しの表題活字の大きさのためか、又は、同頁でないためか、考え違いをしやすいように思われる。

のちに第一歌集、『一隅より』では、自分自身も、そのように思ったのであろうか、前五首は表題を改め、「父の横顔」と題されて掲載された。しかし、第三首目でも判るように、浅五郎に女性問題があったことはうかがわれる。この事は当然、杢平夫婦の怒りをかい、家庭騒動に発展した。とくは一農家の娘とはいえ、大切に育った家つき娘であった。親の怒りは大きく、大口論の末浅五郎は実家に戻ってしまった。この事は矢代家にとって大打撃となった。ふたたび若い男手のない家になってしまったのである。

父に去られた亀廣は、一歳二ヶ月で旧民法上の戸主となったのである。前記の短歌は、白日社に入って二年目、二十四歳の作である。わずか四・五歳の子供の心に忘れることのできない情景として残ったのであろう。

古風でしっかり者の祖母の姿、父親のあわただしい去り方、そのあとに残った母親の呆然とした様子が浮ぶ。この時、とくは二十一歳であった。

問題の女性が、この土地の人間であったのか、それとも異郷の者であったのかも、今は判らない、可愛い赤児を残してまで去る程の出来事であったのであろうか。間もなく、浅五郎は、故郷を出て東京に向うのであるが、この女性の話は、その後まったく出てこない。

矢代東村歌碑
第一歌碑（一九六五年）
　潮風に
　日がな一日
　吹かれてる
　ここの岬の
　枯草のいろ
所在地　千葉県いすみ市新田若山深堀入会地四九―三三　日在浦海浜公園
第二歌碑（二〇〇一年）
　裏庭に音たかだかと籾擢機はずむさなかに我が帰り来し
所在地　千葉県いすみ市長志熊野神社参道入口
（矢代東村生誕地道路向い側）

(2) 父母の離婚

この離婚問題がおきてから、今は百年を越す歳月が流れ世代も三代目から四代目に移ろうとしている。

その身内の中で、亀廣の父浅五郎と母とくの結婚が破綻したことについて、語られてきた話がある。それによれば、浅五郎は兵役をのがれる為に養子縁組をし、徴兵令が改正されるとともにこれを解消したというものである。これについては多少の補足が必要かと思う。

明治六年、新政府は富国強兵策をかかげて、徴兵令を出した。浅五郎は幕末の生れであるから、当時はまだ少年期である。したがって、大きな戦いの経験談は周辺に存在しない。しかし、明治十年の西南戦争に際して、この関東の遠隔の地から九州におもむいた若者達があり、東村の中ですら、二人の戦死者を出している。具体性のあるこの経験が近在の人々の間に、兵役拒否の感情を生んだとしても不思議はない。

だが、一方で明治六年の徴兵令には、大幅な免役規定が設けられていた。例えば、「官立学校卒業生、多額納税者、又戸主とその後継者」などがそれである。これは、言いかえれば、一般農家の二、三男などが、徴兵令の標的であったということになる。

若干の改正を経た明治十二年当時でも、「年齢五十歳以上にして、嗣子なき者の養子あるいは相続人」は兵役を免除された。

矢代、尾後貫両家の養子縁組が成立したのは明治十八年であり、この時矢代杢平（亀廣の祖父）は五十歳を越えていた。それゆえ、前述の免役規定により浅五郎は兵役を免れることができたのである。ただ、これは彼だけにみられた身の処し方ではない。兵役拒否は、身の保全を願う庶民の本能的な対応策であったと思われる。

強力な常備軍をもつことができなかった政府は、明治二十二年一月免役規定を全面的に廃止した。もちろん、養子の特権もなくなった。同年二月、大日本帝国憲法が制定され国民皆兵の義務が規定された。亀廣が誕生したのは、この年の三月である。

今や、どこに身を置いていても徴兵の可能性が生じたその時点で、浅五郎の心の中に何がおきたか知る由もない。たしかに、とくとの離婚には徴兵令の改正や、前回述べた女性問題が要因として働いていたことは否定できないだろう。だが、その後の浅五郎の生き方をみると、これだけではなさそうである。なによりも、彼の性格そのものがおとなしく養子の座にすわり、平凡な農民の一生に満足するようなものではなかったのだと考えざるをえない。

矢代家を去った彼は長く実家にとどまらず、ほどなく東京で一旗あげるべく出立した。これこそ彼の望むところではなかったかと思う。

物心ついた時すでに父親の姿がなかった家庭で、おさな児を預かり日常の教育的役割をはたしたのは祖母のたかであったと考えられる。早熟な子供にならざるを得なかったであろう。

「詩歌」第六巻第五号（大正五年五月一日発行）——祖母の自分に教へたこと——と題された二首は、のちに改作の上、歌集「飛行船に騒ぐ人々」に掲載されるはずであった。

口《くち》ぐせのやうにいはれた言葉。
祖母の言葉。
世間の人達に笑はれるなと
いはれた言葉。

食ふに困るなと
祖母が自分に教へた言葉。
この言葉いつまでも
忘れられず。

又、のちの歌集『早春』にも

　いかなる苦しき時も笑顔もちてあれと教へぬあはれ我が祖母

という一首がみえる。体面を重んじ、気骨を感じさせる農婦の姿が浮かんでくる。

　明治二十八年三月、亀廣は東村長志尋常小学校に入学した。そしてこの秋新しい父が迎えられた。家庭は活気づいたことであろう。翌年には夫婦に娘が生まれ、つると名付けられた。

　近隣の上野村の吉野家から、とくの婿として入った重太郎という人について、私はきわめて知る事が少ない。養父を詠んだ歌も今の所、見当らない。しかし、太平洋戦争末期に帰省した折の歌に、次のような一首がある。

　　父母も祖父母もいます我が家の墓に我が来て心安けき

（『早春』より）

ここに詠まれた父母とは、重太郎ととくであることは間違いない。

七歳の子供にとって、実の父親が別にいるという事情を理解するのは、ほとんど無理というものであろう。重太郎と、とくの配慮もあったことであろうが、少年時代は平穏で幸せなものであったのではないかと推察される。義妹ができたとはいえ、亀廣はあくまで跡取りの長男であり、この新しい父を、本当の父と思うことに抵抗はなかった。

それに反し、のちに上京して出会うことになる実父浅五郎については、第四歌集「反動時代」（未刊）の中で、「生れてすぐ別れた父、短くない生涯を通じて骨肉の愛は極めてうすかった」と、みずから述べている。

(3)　東村の少年時代

昨秋、私ははじめて、父の少年時代の学び舎であった東小学校を、当時大原町助役の林繁男氏に案内していただき、たずねることができた。明るい田園の中に建つ村の小学校である。

校長室には、いつ頃からであろうか、例の歌碑のうた、「潮風に……」の拓本が壁面をかざっている。校長は、創立当初の学校の設計図と、古い一冊の学籍簿とを、とり出してこられた。

東尋常小学校は明治二十二年に、また高等小学校は明治三十年に、それぞれ開校した。当時は、尋常小学校も高等小学校も四年制であった。父は、いずれも草創期の卒業生である。明治三十二年に入学し、同三十六年に卒業する迄の、高等小学校時代の学籍を記した書類が保存されていた。

明治三十年四月　学籍簿

　　東高等小学校

第百六十八　東村長志二千九十番地

児童　卒　矢代　亀廣

　　明治二十二年三月

入学　明治三十二年四月四日

卒業　明治三十六年三月二十四日

修業の経歴

　　明治三十二年三月

　　長志尋常小学校卒業

保護者　右　矢代　重太郎

残念なことに、成績に関する記録が一切失われている。初等教育の時代には「村一番の秀才」と言われたと聞くが、その証しとなる資料は存在しない。就学率そのものが低かった時代であるから、尋常小学校から高等小学校への進学は、恵まれていたと言える。

当時の記録によれば、尋常小学校でさえ、卒業時の生徒数は入学時の半数といった有様である。学校規模も一人の校長ですべてが足り、時によって、もう一人の教員が補充されるという程度であった。

初代校長は、熊切儀吉と記されている。亀廣は、少年時代の教育の殆ど大部分を、この校長から受けたといってよい。この良き教師との出会いは、その後の針路にも深い関わりをもつことになったと思われる。

高等小学校卒業でさえも過分と思われていた時代に、より一層の高等教育への道を目指すことは、なかなか容易ではない。本人がその望みを強く持ったとはいえ、やがて一家の柱となる跡取り息子を、この村から他出させることなど、両親の全く考え及ばぬことであったに相違ない。

その頃、大多喜に県下二つ目の中学校が開校した（現、県立大多喜高等学校）。そこへの進学は、もしそれが可能であるなら、確かに高等教育への近道である。しかし、交通手段のとぼしい当時を考えると、それは通学距離の範囲内にはなく、又、家庭の経済力も独立下宿を許さなかった。

熊切校長は次のように考えたのではないだろうか。

「思い切って実父のいる東京へ亀廣を出し、そこで進学させてみてはどうだろうか。もちろん、これとても両家の事情を考えれば、簡単な事ではなかろう。しかし、経済面での負担をどちらにも、あまりかけずにすむ方法が一つある。それは師範学校への進学である」

このような考えは、教育制度について最も豊富な情報をもっていた、熊切校長をおいては他にはあり得ない。

当時の師範学校には、各郡区の推薦による入学制度があり、入学を許可された者は、寄宿舎生活により、居住場所が保証され、授業料はもちろんのこと、生活諸雑費はすべて、官費でまかなわれていた。これを卒業し、教員資格を得て帰郷すれば、生計の道は確保されることになる。

教師の職にあこがれることは、勉強好きな子供によく見られる傾向である。多様な職業を知る機会もなく、選択肢の少ない農村であれば、なお更のことである。後年、父は、「自分から好んでなった教師」という言葉を記しているが、少年の望みと、校長の考えとは、ここに一致点を見出したことになる。

師範学校の入学資格年令は十七歳であったから、ここへの入学を望む高等小学校卒業生の過し方は、さまざまであった。そのまま、母校の教師の手伝いや、見習いをする者も数多く存在したという。

幸いなことに、東京府師範学校は、多様な経歴や立場の生徒に対し、予備門的性格をもつ、普通科と称する付属の課程を用意していた。まず、ここに入学し、しかる後に、東京府推薦を受けて正規の師範学校に入学するということが、最良の道筋であった。

これら一連の考え方は、前にも指摘したように、おそらくすべて小学校長の示唆によるものであったと思われる。というのは、当時の一般農家の持ち得る知識を、はるかに越えているからである。

明治三十三年、房総鉄道（日本国有鉄道）が、上総一の宮から更に伸びて大原迄開通した。浅五郎が上京した時から思えば、東京は随分近くなった。

校長の語る将来の計画は、少年の心をどれ程、高ぶらせたことであろう。しかし、その頃の矢代家の生活は、平穏とは程遠いものであった。

明治三十四年一月、しっかり者の祖母たかが死去した。続いて母親のとくは、二人目の男児を出産直後に失い、さらに二ヶ月後には祖父杢平もなくしている。一年間に、三つの不幸に見舞われたのであった。

(4)　東京への旅立ち

浅五郎は、上京してすでに十数年を経ていた。語られていることによれば、彼は、商人の道で成功するべく、大いに才覚を発揮し、労働をいとわなかった。青果物を扱ったこともあるというし、また、同じような仲間達と共同で仕事をしたこともあった。結局、農村出身の青年が手固くやっていけるのは、知識や経験のある米や雑穀に関する商いであった。

その頃、彼はとにもかくにも、京橋に居を構え、程近くに住んでいた町娘を妻とし、子を成して米穀商の看板をかかげるに至っていた。矢代家と尾後貫家の間に、どのようなやりとりがあったかは判らない。しかし周囲の努力は功を奏して、浅五郎は一時亀廣を引き取ることを承知した。とくは、まるで東京を知らなかった。自分を捨て去った男のもとへ、息子を出す時のその胸中には複雑なものがあったと思われる。亀廣は、浅五郎の実の子である。だから悪く扱うはずはない、このようにみずから言い聞かせて納得したのであろう。

亀廣が高等小学校を卒業する一ヶ月前に三番目の男子が誕生した。この子を無事に育てることが当面のとくの仕事であった。

◇

東小学校からの帰途、同行して下さった林助役と私は少しの間、県道を歩いた。右手の畑の中を横切っていく細い道のかたわらで、林氏は立ち止まられた。

「お父上は、この道を歩いて大原に向かわれたと思います。当時はこの道しかありませんでしたから」

細く長い道が、のびやかに田園の中をはるか遠くまで続いている。この地方では防風の為に各戸は椿の垣根を設けている。この時節、どの家にも紅い花が満開となっていたことであろう。その門口を出て、細く長い道に沿って父は東京へ出発したに違いない。

まだ十四歳になったばかりである。東京への旅は、親が能う限りの仕度をととのえての事であった。東京まで行を共にしてくれる者があったとは考えられない。

今、父の没年を越えた娘の私が、この道に立って郷里をあとにする小柄な少年の姿を想うと、それは晴れの門出というにはほど遠いものがある。

結果や終局が判って出発する人生は、誰にもあり得ない。それは常に若者の自信や気負いと共に始まるのである。再び、この家に戻ってこないのではないかというとくの不安を振り切って、亀廣は故郷をあとにした。

おそらく、懐にしていたであろう東京府師範学校長あての推薦状が、唯一の財産といってよい旅立ちであった。

◇

明治三十六年、十四歳での上京は父の六十三年の生涯の中で第一の大きな節目であったと私は考える。若年で、大都会の汚濁の中に身を置いたことは心身にどれ程の影響を与えたかはかり知れない。

後に活躍する場となる前田夕暮の文学結社「白日社」には、多くの地方在住の歌人達がいた。遠方からでも、夕暮の指導を受けることはできたのである。もし農家の長男として平穏な人生を持ったならば、農村風景や農民生活の哀歓をうたうのみの歌人となったのではあるまいか。

この明治三十六年は、日露戦争の前年である。今からおよそ百年前、世紀末から二十世紀初頭にかけてなんと多くの若い才能が首都東京を目指したことか、目を見張る思いである。言うまでもなく、日清、日露戦争に勝利し、時代の意気は高揚していた。

亀廣が上京した頃、意外にも前田夕暮は一度目の上京がうまくゆかず、郷里の秦野にとどまっていた。

「車前草社とその頃の思い出」と題した夕暮の一文には、「日露戦争の勃発した明治三十七年の三月に上京して、尾上柴舟門下となった私は、三年間の学資を父から送って貰うことに承諾を得た。その三年間に、自分の志望する文学で身を立てねばならぬ」と述べている。夕暮二十二歳のことである。

同年、北原白秋、若山牧水が相ついで東京専門学校に入学している。亀廣と同年の生まれである尾山篤二郎は二十歳の上京である。これらの歌人達は、郷里に於て勉学の場をもつことができ、年齢も重ねた上で東京に定住したのである。

私の知る限りでは、守谷（斎藤）茂吉が、父と同年齢の上京である。彼は、明治二十九年に山形県上山高等小学校を卒業し、斎藤家の養子となるべく上京したが、その時の茂吉も十四歳であった。各人をとり巻いた状況は、それぞれ異なり、道筋も多様であることは言うまでもない。年齢の高低は文学上の業績とは何ら関連がないことも確かである。しかし、十代の前半と後半とでは、運命の受け止め方にも、子供と大人ほどの感性の違いがあると思う。

この時代の若者達は、どのような望みを心に秘めて故郷を出立したのであろうか。

あの、「兎追いしかの山――」で始まる、懐かしい小学唱歌「故郷」は作詞者高野辰之みずからが、信州を出る時の感慨を詠んだものである。その第三節、「志を果たして　いつの日にか帰らむ　山は青きふるさと　水は清きふるさと」は、故郷を去るこの時代の、多くの青年達の心象風景ではなかったかと思う。

Ⅱ　青春前期

(5)　実父宅へ寄宿

夜明けとともに起き、生家を出て、朝一番の大原駅発の直行列車に乗ったとしても、本所駅に到着するのは正午に近い。房総鉄道の東京起点は、まだ本所であった頃のことである。

大原・本所間には十四の駅が置かれており、それぞれの間隔は現在よりもはるかに長い。細くせまい座席は腰に痛く、決して快適な旅ではなかった。

本所駅前には、人力車をひく車夫達が大勢たむろし、客を引く声も騒がしく聞かれたであろう。しかし、もとより、そのような乗り物を使う金銭のゆとりなどあるはずはない。市電はまだ敷設されていなかった。その前身である馬車鉄道を乗り次ぐか、あるいは徒歩で、目的地に向かわねばならない。その間、田舎者の少年にとっては緊張の連続であったろう。

東京の三月の風は、温暖の地から来た者にとっては、まだ冷たい。都会の喧騒には、期待と同時に不安をつのらせるものがあった。実父の店先に立ったのは、午後も大分遅い時刻ではなかったか。「米穀・雑穀商　市原屋」という大看板を見上げた時の、安堵は如何ばかりであったかと思う。

店は、東京市京橋区大鋸《おが》町十番地にあった。この大鋸町という町名は、今は古地図でさぐるのみの場所となったが、現在の京橋一丁目に入る。関東大震災後、区劃整理され、昭和通りが走ることになったが、亀廣の上京は、まだそれ以前の話である。

昭和通りからみて、店は八丁堀側にあった。「市原屋」という屋号は、おそらく、千葉県のその地方の産地直送米を商ったことに由来するものと思う。現在でも、上総地方の米は大変おいしい。

実子が実父を訪ねてくることに、何の遠慮がいるであろうか。しかし、この家の敷居は、高かった。生まれてほどなく別れ、別の父親によって育てられてきた息子である。浅五郎にとっては、他人の子を見るのと同じであった。東京での結婚により、彼はすでに三人の子を持つ別の家庭の主人であり、父親であった。

浅五郎の妻ハツの立場から考えれば夫の郷里から出て来たその十四歳になる息子は、おのれが築いてきた家庭を攪乱する、闖入者のように思えたであろう。少年の実母は長志に居る。それなのに、なぜ義理の母親の役目を自分が果たさねばならないのか。こう考えると、この少年を受け入れることは、彼女にとって、いかにも不自然な、あるいは理不尽なことに思われた。

このハツという女性は、私にとっても、義理の祖母ということになるが、その実家は、和菓子屋を営んでいた。

彼女は、動作、口のきき方、すべてが、チャキチャキの江戸前の女という印象であった。その店は、旧地名、日本橋三代町という所で、今の時点で見当をつけると、茅場町から八丁堀方面へ抜ける辺りに位置し、大鋸町とは至近の場所である。和菓子屋の屋号は縫月堂といった。広い間口の店構えで、ショーケースの中に多種の和菓子を並べ、その後方に仕事場があった。入口の上り框《かまち》に、ちょっと腰をおろし、菓子と茶を賞味することができた。いかにも、下町風の和菓子屋であったが、この店も今は存在しない。

余談になるが、現在、人形町に同名で盛業中の菓子屋がある。昔、働いていた職人がのれん分けして、独立したものと聞く。この店の前を通ると、場所こそ違うが、私は、母に手をひかれて、縫月堂に立ち寄った頃のことを思い出す。

浅五郎、ハツ夫婦の、七歳を頭とする三人の子供達は、あまりに幼く、突然の義兄の出現を理解するには、時を要した。商売は活気づいているようにみえた。間口のせまい割には、奥行の深い家で、米屋独特のぬかの匂いが立ちこめ、精米機の音もひびき、浅五郎も商いに夢中の日々を送っていた。

亀廣に、特別な部屋などあるわけもなく、一時の預かり者という形で、東京生活が始まった。実は、東京へ来る前に、亀廣は心中、憧れに近い望みを抱いていた。それは、郷里に居た時でさえ、口にする事はなく、また到底かなえられる事とも思っていなかった。それは、後年、私が、父から聞いた話であるが、「もし、経済的事情が豊かで、すべてかなう身分であったなら、自分は、上野の東京美術学校へ行きたかった」というものである。

子供の頃から、父は絵を画く事が得意であった。小学校の教師に向いているであろうと思われたのは、単に学業の方面のことだけではなく、このような一面もあったからである。

しかし、亀廣が当時置かれていた状況を考えるならば、東京府師範学校普通科に入学し、そこへ通学することは、これ以上は望みようのない上等の出発と言わねばならなかった。

前節でも記したように、普通科は、全国各地から多様な経歴の青年達が集まってきており、年齢もさまざまであったが、一年の在学で小学校準教員の免状が得られることが、魅力の一つであった。

もち論、亀廣は、ここで良い推薦点をとり、正規の師範学校に入ることを目指した。道は一つしかない、居候の身分として、最も勉学にはげんだ時期であったであろう。

(6) 青山師範学校入学

東京府師範学校は、創立当初は麴町区内幸町にあったが、その後小石川区竹早町に移り、明治三十三年に赤坂区青山北町に新築移転した。校名が青山師範学校となるのは、明治四十一年のことである。

当時の生徒募集要綱によれば、一種生と二種生があり、前者は亀廣のような郡区推挙による者であり、二種生は本人が直接学校に出願する者であった。一種生にも学力試験が課されていたが、それは、両者の学力の均一化をはかる為のものであったかと考えられる。初期の頃の試験程度は、一例をあげれば、

一、読書―日本外史講義、二、算術―諸比例区分等迄の応用問題、三、英語―ナショナル第三読本の訳読、四、理科―大意、

というような事であったが、明治三十年代にはどのようなものであったかは判らない。

この中で、最も努力を要したのは英語ではなかったかと推察する。ほとんど独学と思われるのは、はるかのちになって、娘の私自身が英語を学び始めた頃、それをうすうす感じるような事があったからである。

明治三十八年、亀廣は、晴れてこの門をくぐり、師範学校師範学科の生徒となった。公費生は、寄宿舎に入ることが義務づけられていた。公費生とは、その在学中、必要とする一切の器物乃至費用をそれぞれ給与、又は貸与される生徒のことである。規定によれば、食物、被服、日用品、修理及湯浴費、及び一週間手当（十銭）の給与、教科書、寝具、その他一切の器物の貸与と明記されている。手当というのは小遣いであろうか。これでは、私物などまったく必要がないように

思える。

亀廣は、居候身分であった実父の家を出て独立した。気兼ねのない場所と、一人の時間を得て、青春第一歩をふみ出した。この頃より、文芸への関心が深くなったようである。現在、活字となって残されている作品は、この寮生活の中から生み出された。

かつて、昭和四十年に第一の歌碑が建てられた後、その事にかかわった多くの友人達の手で「東村追想」という小冊子が発行された。その中に、行方沼東が「明治三十九年頃の矢代東村」という小文を寄稿している。行方沼東は、千葉県成田に住み、歌誌「詩歌」の古くからの同人であった。

行方によれば、明治三十八年に千葉県成田近くの清宮清三郎と鈴木虎月とによって、全国に会員をもつ青年文学雑誌「若ざくら」が発行された。そこに東村の俳句が発見されるという。これは、矢代東村の一生のうち知られていない事実である。明治三十九年三月三十日発行第二巻第三号には、虎月選で左の二句が入賞した。「東村十七歳の春であった」と行方は記している。

山寺に鐘の銘よむ日永かな

紅梅や餅売るひとの京訛り

入選句は、「東京　東村」と書かれ、その他に佳作ということであろうが、六句あげられている。

同年五月二十日発行第二巻第五号には、虎月選で入賞秀逸の作品として、

鋏すれば露紫に杜若

時鳥啼くや月夜の詩仙堂

が載り、入賞外として八句ある。結局、明治三十九年の同誌の第十号迄に、計三十二句が掲載された。その中から選者注目の数句を掲げておく。

雲の岬と鬼瓦と語る真昼かな

夕立や京師に通る山法師

烏瓜伏見につづく小藪かな

これら俳句の他に、短歌もこの「若ざくら」に初めて掲載されたと、行方は言う。第二巻第十号に矢代新星として二首みられる。

祭り見し衣干す人に蝶飛びぬ菊日和空日は午にして

神路山巨人星呼ぶ形して杉は立ちけりはつ秋のそら

この二首に対して、同十二号に、西宮桂窓の評がある、少し長くなるが引用する。

印象が明瞭でないのが欠点だ。其の祭り見の衣を、欄に干すのか、井戸端に干すのか、縁先に干すのか、或は裏畑に干すのか、一寸不明《ママ》ない。祭り、衣、人、蝶、菊日和空、日、午、余り多数の名詞を集めたではないか？　斯う余計では複雑に陥って解するに甚だ苦しむ。又修辞法に於ても不馴れだ。「祭り見し、衣干す」と言えば「しす」が重なって耳障りとなるのだ。

「菊日和空日は午にして」も余りに複雑だ。もし「菊日和蝶飛び来るうら庭に祭り衣を干す女かな」では如何なものであろう。次の神路山については、面白い歌だ、此の歌は神路山と言い出して初めて生命ありだ、幾千の秋星は燦然として巨空に飛散している夜を、黒く神路山の幾千年の神が雄々しい姿に立って居る如く、コンモリ茂った杉の老樹は婆娑として聳えていると いう想、実に感服の外はない。

行方沼東は「西宮氏の評もすこぶる真面目で双方共に面白いと思う」と述べ、亀廣は初期に於て、俳句作者としては「東村」、短歌作者としては「新星」と号しており、すでに十七歳の秋には、短歌志向の芽吹きがあったとみている。

行方は、東村が晩年に至る迄、親交のあった歌人であり、あの大人《たいじん》の風のあった人柄には、私もなつかしさを覚える。しかし、矢代新星が矢代東村と同一人であるとする行方の見解については、まだ考証の余地を残していると思う。

(7)「秀才文壇」へ初登場

この「若ざくら」という雑誌は、明治四十年になってから、「朝虹」と名を変えて続刊された。しかし以後、東村の作品は、俳句も短歌もこの雑誌には、まったく見られない。「推測するに小学校教師となって、生活環境の変転と共に、作を中止したか或は東都其他に於て、別の雑誌によってそれに発表をかえたものか、明治四十三年九月迄のことはいまよくわからない」と行方は述べている。

明治四十三年九月というのは、東京朝日新聞に短歌欄が設けられ、石川啄木が選者となった時である。この間、まったく創作から遠ざかったわけではなく、行方も推測しているように、他の雑誌に投稿をはじめたのである。

第一歌集『一隅より』の巻末記には、当時の青年文学雑誌の「秀才文壇」その他に作品を出していたことが、述べられている。ここでいうその他とは「文章世界」であろう。

両誌とも、現在は収蔵されている図書館が著しく限られており、しかもマイクロフィルムで閲覧するのが普通となっている。掲載作品をさがし出すのは、容易なことではないが、十代の後半を知るには、不可欠の事のように思われる。

「秀才文壇」は明治三十四年創刊、発行元は文光堂である。その第五巻第五号（明治三十八年三月一日発行）の俳句の部に、入選者中の三光（天・地・人）の天として、上総国夷隅郡東村矢代秋水の筆名で一句が発見される。

試みにさすさへまげぬ柳哉

投稿者の居住地からみて、これが亀廣であることは間違いない。この句のわきに原句があげられ、添削を受けたものらしいが、文字が不鮮明で読みとることができない。「天」としてあげられたのであるから、上出来の作品なのであろう。選者は中内蝶二である。

この頃はすでに上京後であるが、おそらく帰省時に投稿したものか、あるいはまだ東京の住所を書く事にためらいがあったのかも知れない。なお、この第五巻の中には、松村英一の名がしばしば見える。若い頃からの投稿仲間であったことがわかる。「秀才文壇」初登場は、この十六歳の作品であろうと思う。第六巻に入り第一号（明治三十九年一月十五日発行）には、新俳句の欄に、「京橋　矢代東村」として、

露の蘭老儒が硯干されけり

が発表され、同第十号（明治三十九年五月一日発行）には、「東京　矢代亀廣」として、

桃散るや繪馬堂の昼閑にして

が掲載されている。

「秀才文壇」第五周年記念号、第六巻第二十二号（明治三十九年十月二十日臨時増刊）には、「東京　矢代大鵬」として

廃院や朝顔やせて椽《てん》に咲く

又、上位五点のうちとして、

勅撰の歌集読む灯や萩白し

が同じく、「東京　矢代大鵬」として採られている。この号より新派和歌の欄が設けられ尾上柴

舟が選者となったが、ここに初めて、「東京師範　矢代大鵬」として、

星かげや朝顔垣のうれひ人花とそのまま化せよと思ふ

末の子を寺に送りてこの夜ごろ夜寒の寝屋に聞くかりの声

が採られている。参考までに述べれば、それまでの和歌欄の選者は佐佐木信綱であり、そこには見当たらぬが、それは投稿しなかったのか、あるいは投稿しても入選しなかったのか、定かでない。

いずれにしても、明治三十九年は師範学校生になって二年目であり、それ故、住所も寮生活を送っている東京府師範学校と明記したのであろう。投稿誌「若ざくら」に短歌が掲載された矢代新星が、東京の居住者であれば同一人であると思われ、他府県の者であれば別人物かとも考える。しかし、短歌発表の時期が、明治三十九年の秋であることをみると、亀廣である可能性も一概に否定できない。この「若ざくら」を手にすることは現在殆ど不可能である。それ故、この点について結論めいた事は差し控えたい。

それにしても、「秀才文壇」の中だけでも、筆名は実名亀廣の他に、秋水、大鵬、東村が用いられている。その後、都会詩人を経て、東村に固定していくのであるが、当時は、石川啄木も何回か号を変えており、東村の場合も同様な経過をたどったものと思われる。

明治三十九年三月、東京博文館より、「文章世界」が発行された。田山花袋も編集に参加して

いたこの有名な投稿誌については、今更、多言を要しないと思う。

この総目録を編纂した紅野敏郎の「文章世界の特質と意義」という一文によれば、「『文章世界』の最大の特色は、やはり投稿とその投稿に対しての懇切な批評、又、投稿者同志の通信といった点にある。しかも、その投稿者の中から、やがてのちに、作家、詩人、批評家、編集者、翻訳家、研究者として名をあげた人を輩出している」と書かれ、投稿者として初期からの人をあげれば、加藤武雄、室生犀星、生田春月、矢代東村、富田砕花、内田百閒、中川一政、米川正夫等があり、号を追うにつれて、久保田万太郎、中村白葉、邦枝完二、小島政二郎、結城哀草果、田中冬二、小林多喜二、中西悟堂、今東光、上林暁、吉屋信子等五十三名程の名を列挙している。そして「これらの人々は『日本近代文学大事典』に於てはすべて、独立項目として取り扱われている」というのであるから、並な投稿誌ではなかったことがわかる。

(8)「文章世界」に投稿

「文章世界」の初期からの投稿者として名を挙げられた人々の生年をみると、室生犀星、内田百閒、矢代東村が一八八九年であり、富田砕花、米川正夫、生田春月、中川一政らが順次これに続く。室生、富田、中川、米川等は歌誌「詩歌」においても共に活躍し、私の両親が親しげに語っていた名前であった。

その「文章世界」第一巻第二号（明治三十九年四月十五日発行）の俳句欄、春季乱題の項に、矢代亀廣として

ふたふたと大きな蝶の飛で行く

が見出される。選は内藤鳴雪である。

「若ざくら」「秀才文壇」、そしてこの「文章世界」における初出の作品は、すべて俳句である。創作の始まりが俳句であるとすれば、まず、この型式に親しみをもっていたと考えられる。思い浮かべられる理由の一つは、郷里大原が、風雅を愛する一面をもつ土地柄であったということである。江戸時代末期より上層有産階級の趣味の遊芸として俳諧をたしなむ風があったと伝えられており、現在町のいくつかの寺には当時の俳諧額が奉納されている。矢代家の郷里の菩提寺である顕妙寺にも、安政三（一八五六）年と誌された句数六十の額が掲げられている。幼い頃に墓参した寺で、このような文芸にふれる機会があったのであろう。

第一巻第三号（明治三十九年五月十五日発行）には、天、地、人の中の地として入選した矢代亀廣の句がある。

花に来て押さるる美女の怒り哉

続いて明治三十九年六月発行の第四号には

羅《うすぎぬ》に帯の細きも遊女振

の一句がある。翌年の第二巻二月発行号に、「東京　矢代斌」と記された短歌がみられる。このめずらしい筆名が、同一人であるかどうか不明である。

当時の「文章世界」の短歌欄の選者は、窪田空穂であったが、第二巻第三号（明治四十年三月十五日発行）には「東京、矢代東村」として、一首選ばれた。


燕は春降る雨を絃となし柱むくと走する子等とし思ひぬ

柱とは琴などの弦楽器のこま（ことじ）のことである。

宇都野研により発刊され、長く山田百合子が編集した「勁草」という歌誌がある（現発行人松谷砂子）。その昭和二十六年二月号に津端修が「窪田空穂と文章世界」という一文を寄せている。彼は当時の空穂への投稿歌から後に名を成した人々の短歌を紹介し、前掲の歌を「文章世界」での東村の初出の短歌であるとした。選者の空穂は、当時まだ二十九歳であった。時代の若さというものであろう。

この誌上での出会いは、当人にとってどのような思いとなって留まったのであろうか。晩年の父は、窪田空穂に傾倒した。それは師弟関係というものとも違い、もち論、友人関係でもない。「関係」というものをはるかに超えた、人と人とのすがすがしい交わりであった。昭和二十七年九月、「矢代東村君逝く」と題された父への、一連の弔歌は、私にとっても忘れ難いものであるが、その中の一首を掲げる。

心合ふもののありてはこの幾年互に会ふをたのしみけるを　空穂

(9)　師範学校時代の学籍簿

明治四十年四月十五日発行の「文章世界」は「文と詩」の表題をもつ臨時増刊号である。この号は矢代秋水のペンネームで、和歌、俳句の分野に作品が掲載された。和歌二首、俳句一句をあげる。

和　歌（窪田空穂選）

幸うすき人をあはれみかりそめにかけし情の恋とはなりぬ

あゝ泣くに五百年つきじこの苦き涙あたへし悲しき人よ

俳　句（内藤鳴雪選）

雉子なくや雨静かなる女人堂

この明治四十年から四十一年にかけては、多くの投稿作品をみることができるが、小説類のような長編のものは、亀廣には見出せない。また、この頃から萩原秋香という名前がよくみられる。これは言うまでもなくのちの萩原朔太郎である。投稿仲間として互に意識したことであろう。

第三巻以降は、やや投稿作が少なくなるが、これはおそらく師範学校の上級学年に進学した事と関係があるかもしれない。「詩歌」第五巻第八号（大正四年八月一日発行）——あの時分のこと――と題された十八首の口語歌の中に、寮生活を送っていた当時の学生気分をうかがわせるものがある。

エスケープしてはよく寝室へねころんで獨歩集よんだあの頃を思ふ。
冬の日は大抵午後から僕の居たあの図書室の赤いストーブ。
芸術人生よるとさはるとそんな事を皆第一人者の気で話し合つてた。
不時呼集の喇叭がなつてもしまひには平気であつた。四年生のころ。

◇

一昨年の夏、一枚の書類のコピーが私の手許に届いた。現在の東京学芸大学に、旧青山師範学校時代の学籍簿が保存されていたのである。この時代の亀廣を知る唯一の公的な記録であり、もちろん、私個人の願いによって、大学学務課の労を煩わせたものである。

百年近い歳月、おそらく誰に取り出される事もなく、筐底深く眠っていた文字を目にした時の心持は、娘として誠に言いようのないものであった。多事多難の社会の年月の流れを思えば、よくぞ無事に在ってくれた、という思いが先立つ。

「原籍　千葉県夷隅郡東村長志二千九十番地、族称　千葉県平民、氏名　矢代亀廣、生年月明治二十二年三月十一日生、種別　師範学科、入学年月日　明治卅八年四月四日、卒業年月日明治四十三年三月二十八日」と記されたこの学籍簿の中で、まず私の注目をひいた箇所は保証人欄であった。
二名並記のうちの第一は、住所が亀廣の原籍と同じであり、「族称　千葉県平民、職業は農」と記録されている矢代重太郎である。生徒との関係は後見人となっている。第二は、「住所、東京市京橋区大鋸町十番地、族称　東京府平民、職業　商」と書かれている尾後貫朝五郎（浅五郎改め）である。生徒との関係は知人となっている。
なんと、実父が「知人」と記されている。実の父と、養父と、二人の男親が居るにもかかわらず、ここに「父」という文字はない。しかし、考えてみれば、これ以外に良い記載の方法があったとも思えない。浅（朝）五郎はすでに他の家の人間である。読む者の混乱を避けるため、当事者達の考えた知恵なのだと思う。
在学中の平均成績は左記のようであった。
学科目
修身九、教育九、国語八、漢文八、数学七、物理化学八、図画九、音楽七、体操七、法制経済八、英語八、実地授業八、手工八、
歴史、地理、博物、習字に関しては、欄はあるが記録されていない。選択科目であったのかもしれない。総人員二十二のうち成績順位は七番目であった。この人員は一クラスの中の事か、あるいは、前述の選択科目のクラス内の事なのか、よく判らない。というのは、明治三十四年の記

録では、師範学校の在学人員は三百七十七名とされており、一学年に九十名前後は在籍していたと考えられるからである。

⑽　練塀小学校訓導となる

この学籍簿の総評欄の記述が興味深い。「乙下、粗豪、言語野卑、社交拙、文才アリ、柔道部員」と記されている。「粗豪、言語野卑」には、驚かされた。父と共に在った家庭生活の中では、そのような側面はまったく考えられないからである。しかし後年、歌壇に於ては、直言と毒舌をもって知られていたというから、早くも師範学校時代にその片鱗が現れていたのであろう。第一歌集『一隅より』中の次の一首には、そのあたりをうかがわせる情景がみえてくる。

いち早く我が教員を侮辱せしに彼の校長が怒りたるかな

「彼の校長とは瀧沢師範学校長のことなり」と、本人みずから注までつけているところをみると、相当に無遠慮な激しい口を校長にきいた事があったとみえる。しかしそれには、それ相応な理由もあったのかも知れない。

歌の中の「彼の校長」とは、明治三十三年以来、大正三年迄、青山師範学校長であった瀧沢菊太郎のことであり、文字通り、瀧沢校長時代と呼ばれた一時期を築いた人物である。師範学校の校是は「順良、信愛、威重」の三徳を以てする、というものであったから、亀廣が衝突をしそうな気配は十分あり得る。「この青二才が……」と校長に思われたことであろう。これが前述の人物評価に反映したと思われる。「乙下」という段階評価についても、何段階が設定されていたのか判明しないので、何とも言いかねるが、二十二人中の七番ということから考える以外ない。にもかかわらず、図画と文才とに関しては能力ありと認められている。

修業年限は四年であるが、亀廣は五年をかけて卒業していた。この事も初めて判った事実である。まさか譴責処分を受けたわけではないであろう。必修科目に落第点をとったのであろうか。いずれにせよ、投稿青年であったことを考えると、すべての科目が優等であったとは思えない。前節にもあげた大正四年作の「あの時分のこと」と題する一連の歌の最後には次の二首がみられる。

馬鹿に感傷的になって下級生に告別の辞を述べたあの時の声……

芝の上に寝ころぶといふそんな事も今は悲しい思出である。

これをみても、学生生活はそう居心地の悪いものではなかったと思える。

卒業後は該郡区へ奉職すべき義務を有する、という師範学校の規定により、亀廣は東京市下谷区練塀尋常小学校に勤務することになった。この練塀町は昭和三十九年以降、現在の台東区の秋葉原地区となった。JR秋葉原駅と御徒町駅の間で、秋葉原駅の貨物線引込みあたりが、そもそもの学校創立の地である。創立は明治十一年、亀廣が着任した当時でも生徒数が七百名近かったというから、かなり大きな下町の小学校であった。昭和に入って二長町小学校となり、更に近年の統廃合処置により、校名は台東区立平成小学校となった。

亀廣は寄宿舎を出て、下宿住まいを始めた。教師生活を始めた頃の作品は、あまり見受けられない。これは本人の多忙のゆえもあろうが、現在のところ、資料に欠落部分が多く、正確を期す事がむずかしい為でもある。

ただこの時期に、投稿青年時代を卒業し、いずれかの短歌結社に所属して活動を始めようという意識が亀廣に芽生えたのは、社会人として当然の志向であった。この気持について、のちの『一隅より』の巻末記に、自身で次のように書いている。

「次に僕は誰もがその処女歌集巻末記によく書くところの、歌を作りはじめた動機とか経歴とかいふものについて、ごく手短かに書いて見よう。明治四十三年九月『東京朝日新聞』に朝日歌壇といふものが設けられ、選者は石川啄木であつた。当時僕は青山師範学校を卒業し、下谷練塀小学校の訓導をしてゐたが、この事を神田錦町の下宿屋で知り、啄木の歌なるものを読んで見たが、『なあに、これなら俺にも出来る』と考へ、ぽつぽつ出来た作品をその『朝日歌壇』に投書した。これが僕が意識的に歌を作つて見ようとした初めである」

東京朝日新聞に「朝日歌壇」の概要を示す広告文がのったのは明治四十三年九月八日である。歌数、用紙共に制限なく、選者は石川啄木　十五日より掲載、とある。当時の朝日歌壇は、川柳欄とか囲碁欄の隣であったり、紙面の下部の方であったりする。掲載される人数は少ない時は一名、多くても五、六名、歌数も一名につき一首の場合もあるが多く採られても四、五首である。総歌数が十首を越える事はほとんどない。ほぼ毎日続いているが、不定期的に休みが入るのは、啄木の体調の為かも知れない。これは九月分をおおよそ目にした時の、私の感想である。

前述の巻末記に「啄木の歌なるものを読んで見たが」とあるが、啄木の歌集『一握の砂』が出版されるのは、明治四十三年十二月であるから、まだこの時期は、東京毎日新聞、東京朝日新聞、文芸誌としては、明治四十二年一月創刊の「スバル」、あるいは明治四十三年三月創刊の「創作」等に掲載された啄木の作品に接したものと思われる。特に、若山牧水の「創作」に発表された啄木や諸家の作品からは、多大な影響を受けたと考えられる。

⑾「朝日歌壇」で啄木の選を受ける

「朝日歌壇」は明治四十四年二月末に啄木の発病により中止された。岩城之徳『石川啄木伝』の中には、次のような記述がある。

「啄木が朝日歌壇の選者を担当したのは、九月十五日から翌年二月二十八日までの八十二回で、投稿者百八十三名、総歌数五百六十八首に及び、その中には若き日の萩原朔太郎や矢代東村がいた」と。

亀廣の短歌が啄木により選ばれたのは、明治四十三年十一月十五日の三首

外套《ぐわいとう》の赤き裏地の手ざはりが十四の冬の遠き思ひ出

学校を追はれし友の怒りたる肩のさまなども忘られぬかな

月曜のあしたの窓のかなしさよ昨夜《よべ》のオペラの唄のこころよ

および翌年一月十四日の二首

天長節過ぐればうれし長々とマントを纏《まと》ふ頃ともなれば

冬は来ぬわが下宿屋のストオヴに胡桃《くるみ》やく夜の静けさも来ぬ

である。

私はこの五首の短歌を当時の朝日新聞紙上で読んでみたいと思った。すでに研究者の手によって詳細な整理がなされているのだから、それで十分であると思うのが普通であろう。しかし、私はその時代の新聞の中に顔をみせた父と対面してこようと思ったのである。朝日新聞の縮刷版を手に、ある一日、私は図書館の窓辺に陣取った。

前述の最初の三首が採られた日には、他に二名の作品がある。この新聞を手にした父の顔を、私は思い浮べた。と同時に、投稿作品の山を前にして選をする啄木の姿を想像した。それは新聞社の校正係のデスクの上であろうか。それとも、本郷弓町喜之床の二階の部屋の小机の上であろうか。

矢代亀廣と記された一片の投稿紙を啄木が選び取った時、啄木と、のちの東村を結ぶ糸は、細いながらも確かに存在したことになる。翌年一月十四日に二首選ばれた頃には、すでに啄木は再起できぬ病を得ていた。亀廣と啄木をつなぐ糸は、その時途絶えたのである。

明治末年に啄木は本郷に住み、一方、亀廣は神田に下宿していた。彼等は東京の程近い所に住み、同時代の空気を吸って生きていた二十代の青年であった。年齢はわずか三年違いである。啄木在世中に、互に相見る事も、その声を聞く事もなかった。のちに亀廣と長いつき合いとなる土岐哀果が、すでにその頃、啄木と親密な友情関係を築いていた事を考えると、出会いにかかわるわずかな時間差は、歴史的時間からみれば瞬時のこととともいえるが、又、それゆえに運命的なものであったと思わざるを得ない。

この縮刷版に目を通していた私は、迂闊にも、重要な社会的視点を欠いていた事に気付いた。この明治四十三年は、一九一〇年であった、という事である。啄木選の朝日歌壇が存続している間、連日の紙面は大逆事件の記事でおおわれている。一九一〇年は、八月の韓国併合と、この大逆事件を抜きにしては語れないのである。亀廣は、そのような年に小学教師として、社会に第一歩をふみ出したのであった。

しかし、これらの歴史的事件が亀廣の作品の上に影響を与えたとは思われない。少なくとも、この時期にはない。「地図の上朝鮮国にくろぐろと墨をぬりつつ秋風を聴く」という啄木のような思いはない。又、大逆事件について敏感に何かを感じ取ったような形跡もない。

啄木と哀果により「樹木と果実」が発刊される事を知ったのは、おそらく「創作」誌上の広告文であったと思う。「その仲間に入れてもらおうと思った」とはのちに亀廣自身が述べている事である。その広告文中の、「二人の興味は寧ろ所謂文壇の事に関はらずして汎く日常生活現象に向ひ澎湃たる国民生活の内部的活動に注げり」というような点に共鳴と関心をもったのであろう。雑誌は発行されず、亀廣の望みは実現しなかった。明治四十五年四月、石川啄木は没した。いずれの結社に入るか、いまだ定まらぬまま、同年七月、亀廣の「明治」は終りを告げた。

◇

東京の下町の中心に店を構えていた浅（朝）五郎は、この頃、土地を買い家作をふやし、蓄財に成功していた。明治四十年の電話帳には、白米商市原屋の記載がある。電話加入者が、華族、官吏、軍人、江戸時代以来の老舗等である事からも、その羽振りが察せられる。

当時、下町には政友会が勢力を持っていた。顧客を通じて浅（朝）五郎はそれらの大物政治家を知り、遠方迄米を運んだ。

明治四十五年京橋区選出の市会議員が増員された時、彼は東京市議会議員となった。上京して二十年余を経て、彼は東京者になったのである。市長が尾崎行雄から後藤新平に至る頃の事である。同期に小石川区選出の鳩山一郎がいた。やがて総理となる帝大出の青年が政界への第一歩を記したのは東京市議会であった。浅（朝）五郎はどのような挨拶をかわしたであろうか。想像するだけで私は、軽いおかしみを禁じ得ない。そのとき初めて、彼は学問と教養の必要を知ったに違いない。否、彼が判ったのは学歴の効用というものであった。「浅（朝）五郎と亀廣」、これ程あらゆる面で齟齬を来す父と息子はいない。すでに、心のふれ合いはなかった。

Ⅲ　青春後期

⑿「白日社」同人となる

前田夕暮創立の白日社が「詩歌」第一号を発行したのは明治四十四年四月である。その明治末の頃に「秀才文壇」や「創作」誌上には「誌友諸君へ」と題した白日社の社友募集の広告がよく見受けられた。

亀廣にとって夕暮の名は、「秀才文壇」の編集者、あるいは短歌選者として、すでになじみ深いものであった。

第一歌集『収穫』も亀廣の机辺にすでにおかれていた。『一隅より』の巻末記には、「その頃、どこかの結社（といつても二つか三つしかなかつたらう）へ入る考へで迷つてゐた。ある日青山の通りを散歩して、山陽堂……へ寄ると、馬鹿に表紙のスマートな雑誌がある。見ると『詩歌』なんだ。一冊買つて来て早速白日社入社ときめた。尤もその前から夕暮の歌は知つてはゐたが」と述べられている。

これによれば、美麗な装丁の雑誌に魅せられて、衝動的に入社を決めたように思えるが、事実はかなり長く念頭にあった事ではないかと思う。「詩歌」は短歌、詩のみではなく、評論や翻訳等をのせる綜合文芸誌の感があり、誌上には投稿雑誌以来の知った名前も見え、若さを感じさせるものがあった。啄木の短歌「猫を飼はば」は明治四十四年九月号に掲載されていたし、翌年の彼の死に際して、同郷人富田砕花の「石川啄木氏を憶ふ」という名文にも心うたれるものがあった。

大正三年十月号の「詩歌」には、白日社入社の頃の事を記した亀廣のエッセイがある。前日に二十首ばかりを自選し、原稿用紙に清書して「秀才文壇」発行所のある神田旅籠町の文光堂に夕暮を訪ねた折のことである。

前にはお会ひしたら自分の歌についての考、生活といふ事、その他いろいろお話して見たいと思つてゐた。が、さてあつて見ると一言半句もいへなかつた。丁度社の方がひけて帰られる所であつたらしい。外に一人の男が居た。夕暮氏が「万世橋まで一緒にあるきませう」といはれる。大通りへ出て、大時計の下まで来ると若い二人の男、その一人はトルコ帽を被つて絵の具箱をぶらさげて居た。広告の刷つたのを印刷所から持つて来たのだ。「一枚あげませう」といつて自分にも一枚くれた。一頁の半分に来月の詩歌の目次が出てゐ、他の半分に歌集陰影の広告が刷られてある。新しい匂のするその廣告の紙を手にしながら自分は皆にまぢつて歩いてゐた。殆んど何も言ひ得なかつた。「後でお手紙を差上げます。これを見て戴きたいのです」

といってポケットから原稿を出して渡した。……自分はかへつたら早速手紙を出すつもりで、今貰つた広告を見ては白日社の番地を暗誦しようとつとめた。話する事も出来ず、勿論その場で社費を手渡しすることも出来ず、臆病に別れて来た。……夕暮氏の「今日はよい天気でしたね」といふ言葉を思ひ出してゐた。

その翌日、手紙と共に社費を文光堂の方へ届け、正式に白日社社友となったのであった。この一文の面白さは、三十歳と二十四歳のまだ青年とも言える両者の間に横たわる大きな距離であろう。第二歌集『陰影』を出し、早くも牧水、哀果と並んで時代の大家の風となった歌人と、まだ投稿青年を卒業しきれない、かけ出しの書生との格の違いを感じさせるのである。

同十一月号の夕暮による編集後記には、「九月末より十月末までの間に新しく我等が同志に加盟されたる諸君を左に紹介します」と、三十七名もの名があげられ、その中に「矢代東村君」も入っている。表紙絵は十一月にふさわしく、ヴェルレーヌの詩をそえた、西欧風のハイカラな匂がただようものであった。

大正元年十二月号、白日社詠草欄の十六人中の第六番目に、東村として、初めて六首掲載された。

　蜂はいまガラス戸の外の山茶花の花より去れり午後二時が鳴る
　まづ眼に入る黄ばむ柳に須田町も銀座も淡き秋となりにけり

この秋は銀座ゆけども汝におくる玩具買ふなく更に淋しき
父母はなほもさかしき汝思ひ思ひ山田に稲を刈るらむ
窓にはみな赤き灯の瞳あげ夜の世界を唄ふ如かり
はらだたし我が満足はまてどまてどいつまでも明日があづかりてあり

第六首目の「はらだたし」の歌は、昭和六年刊の『一隅より』では、「まてどまてど」が「いつまでも」に直され、巻頭第一首目にかかげられた。そしてはるか時を経て、一九八八年の朝日新聞「折々のうた」欄に、大岡信が、この一首をとり上げた。その紹介文の後半をあげる。

「右は大正元年作。歌集では最初におかれ、公刊された作としては処女作といえる。なるほど啄木調だ。しかも内容とは裏腹に元気がいい。人柄むき出し。最近の歌壇にはこの種直情の歌が、思えば少なくなった」

約百年間、その生命を持ち続け、常に在る青年の焦りと、時代への不満を表出したこの歌を、生涯の中の代表作の一首としてさしつかえないと私は思うのである。

はらだたし我が満足はいつまでもいつまでも明日があづかりてあり

⒀　ペンネーム「都会詩人」を名乗る

前節末に掲げた六首のうち、第三、第四首は亡弟を偲んだ歌である。亀廣の実母とくは、第二の夫との間に一女三男をもうけたが、男児二人を失い、長女と末の男児が育っていた。どのような病であったのか判らないが大正元年夏に、この末の子がなくなった。とくはすでに四十歳を越えていた。落胆は大きかったであろう。この事は農家である矢代家にとって一抹の暗いかげを落した。後継の心配が生じたのである。

亀廣の帰郷を願う気持がとくに芽生えたのは当然である。郷里には教師生活の休暇毎に帰省していたが、母親が居る限り、そこは亀廣にとって心安らぐ場所であった。しかし、「白日社」に入り、多くの知己や仲間を得た事は、今迄の単純ともいえる教師生活とは異なる、別世界の体験と興奮を亀廣の心身にもたらしていた。同人達の小集会や例会は、夕暮の自宅の時もあれば、街のレストランやカフェの時もあり、談論風発の気分に満ちていた。入社当時の亀廣は真面目な青年教師であったから、たちまち、その雰囲気のとりこになった事はいう迄もない。

我こそ都会に生きる青年詩人である、という思いが生じたのであろうか、大正二年二月号に、初めて「都会詩人」というペンネームが用いられた。

謙虚な態度で入社したのであったが、作品が採られるようになると、にわかに、自信過剰となった。

「自分の作品に自信と敬意を払ひ、詠草添削などは無用有害な旨を書いて送ったり」、「歌の採り方が少いと文句をいひ、雑誌掲載の場所がよくない」と苦情を並べ、「自分の歌に対する人の批評なんかには、少しも耳をかさない」という不遜ぶりを示した。

このような感情の起伏の激しさ、横ゆれの大きさなどは、その後の家庭生活の中でも、常に見られたことであった。しかし、その頃の夕暮は同人達に宗匠ぶりを示さず、寛大であったという。この「都会詩人」というペンネームは、あまり評判のよいものではなく、周囲もこの名で呼ぶ者は少なかったらしいが、萩原朔太郎だけは「都会君」と呼んでくれたそうである。

この名を用い出した頃の日常を示す一文が、大正二年三月十五日発行の「文章世界」に掲載されている。これは「二月十日」の出来事、感想、観察、通信、という事に限って短文を募集したもので、集まった短文は「幾千葉を以てする程の大数であった」、というから驚く。選は西村渚山である。

午後　　青山　矢代　亀廣

丸善のかへりに銀座をあるいて、何かスヰートな情緒にありつかうとする。しかしたまたま人だかりのしてゐる新聞社の前も、それはあまりに無智と懶惰な日本の政治屋といふものの記事であつて、おれなんか新時代の青年の興味とは余程の距離のあるもの。柳が枯れると一々商店の飾窓を覗いてあるくのも馬鹿げて居る。はてはパン屋の前に立つしみつたれた西洋婦人に、淡い憐憫の情を催しては、いつもなるカフェの女を横に見て、電車ののりばへいそぐ淋しい靴の音。その後のうすい光の中で塵埃がをどる。（焼打の一時間前）

選者の西村渚山は、「矢代亀廣君の『午後』には、個性の匂いがいくらか出て居る」と短評を付けている。

「焼打の一時間前」というのは何事か、と思われるであろうが、大正二年二月十日というのは、護憲運動のたかまりの中、数万の民衆が議会を包囲し、政府系の新聞社や、交番などを襲い、軍隊が出動する騒ぎとなった日なのである。時の桂内閣は翌日、総辞職した。しかし、「文章世界」の出題意図はこのような事件を特に意識して書く事を求めているのではなく、出題そのものにはさして深い意味はないと言っている。

随分、気取った文章であり、ここから地味な小学教師の姿は浮かんでこないが、「丸善」、「銀座」、「カフェ」というのは、この時代の文学青年にとって、特に、「詩歌」の同人達にとっては、欠く事のできない「生活必修課目」のようなものであった。

「カフェプランタン」や「カフェパウリスタ」等は、誌上に大広告を出し、彼等の行きつけの場であった。カフェの壁面には新着の絵画がかけられており、それも魅力の一つであった。できるなら画家になりたかった程であるから、展覧会見物は欠かさなかった。「詩歌」大正二年三月号六首の中に、

鉢の万年青《おもと》与理がよく画く油絵のうす紫に冬となりけり

という一首があるが、この与理とは斎藤与里（一八八五―一九五九）である。浅井忠に学び、渡

仏、後期印象派の影響をうけ帰国、個性表現を主張する作品を発表、岸田劉生、高村光太郎らとフュウザン会を創立した。白秋の「朱欒」（ザンボア）にも美術評論を寄稿している。亀廣は、このフュウザン会にも足を運んだ。

当時の文学青年仲間で、のちに美術の分野で大成した者は多く、例えば、中川一政、恩地孝四郎、鈴木信太郎画伯らは、しばしば誌上に名を出している。

これらの人々の油彩画を、我が家は戦前、所蔵していたらしく、戦災でこれらを失ったことを残念に思う言葉を、私は何度も母から聞いたものである。

⒁『一隅より』から見た若い日の東村

大正二年四月発行の創刊二周年特別号の「詩歌」は、亀廣の歌人としての記念すべき出発点となった。それまで社友並に扱われていた亀廣の作品が、この時初めて二頁にわたって発表された。抽象化して描かれた花模様のカットが作品の上部を飾っている。それは柴舟、牧水、哀果と殆ど同等といってもよい掲載のされ方であった。無名の新人が、有名な新人になった一瞬でもあった。題して「一隅」、全十二首である。

第一歌集『一隅より』は、いう迄もなくこの出世作ともいえる作品の標題からとったものである。総歌数二百五十七首から成り、白日社入社から大正四年五月迄に「詩歌」その他の歌誌に発表された千余首の中から自選した歌集である。発行年は昭和六年と遅く、亀廣はすでに四十二歳であったが、収められた作品群は二十三歳から二十六歳のものであり、まさに青春の歌集といえよう。

この歌集の中の短歌は、一首のみであっても小題がつけられている。本書前々節にあげた「はらだたし我が満足は」を巻頭におき、それに続くのが、この大正二年四月号「詩歌」の十二首の中より選んだ「ニヒリスト」四首である。

この心かのロシヤなるうら若きニヒリストにも通ふわりなさ
この朝のこころけはしさ人みなの顔ことごとくゆがみて見ゆる
自らをなぐさめかねつ教育の書物などよむストーヴのほとり
重き神経衰弱にかかりし友もありて職員室の冬の末かな

この四首は「詩歌」初出時には、それぞれ、第一、第三、第四、第八首目にあったもので、ひとまとめにして「ニヒリスト」と名付けたのは、序文を寄せた夕暮である。その序文前半は二十八行にわたって行分けされた、リズム感あふれる夕暮らしい一篇の詩文である。

歌集「一隅より」！　　　夕暮

ここにうら若い「都会詩人」がゐる。黒い帽子を被つて、黒い服をきて、黒い靴を穿いた彼！　彼はニヒリストで、エナメルのやうに光つて、早いテムポで、ぐんぐんと道を歩いてゐる。さよりのやうに敏感で、灌木の梢のやうに神経を尖らせ、ピストルの弾丸のやうにすばしこく、肝癪玉のやうに破裂する。そして、青竹のやうに、突然高らかに笑ふかと思ふと、そのあとひつそりかんとして、寒天の星のやうにチカリチカリしてゐる。自由で、放胆で、細心で、粗野のやうで、緻密で、生真面目で、一本気で、多弁家で、無口で、気がおけないかと思ふと、気むづかしやで、熱つぽくつて、冷たくて、短気で、淋しがりやで、どうにもこれは手がつけられない。彼！ 若い日の「都会詩人」！

亀廣を眼前にする感があるのだが、作品初出の時より二十年を経て、なお「彼はニヒリストで……」と表現されている点には、私は違和感を覚える。

掲載歌のうち、殆ど五十首近くが小学校の教員生活にかかわるものであり、特に「嫌悪より自欺へ」と題された十五首はとり上げられる事が多いが、その教師像は正しく伝えられているとは思えない。又、二年越しの恋愛から生み出された作品、「別るる前」と「別るる能はず」全四十八首が、この歌集の中に占める比重は大きい。

序文後半で夕暮は、「……更に端的に情熱を放射して、別るる能はずと号叫した恋人！ 更に自己嫌悪の、教員卑下の激しき感情を壁に敲きつけるやうに露呈してゐるうら若きニヒリストの心境……」と、くり返しニヒリストぶりを強調している。

亀廣による巻末記には「……前田夕暮は、当時の僕を一個のニヒリストにしてしまつてゐる。

これを若きニヒリストの歌として見るのもよいが、さう簡単に片付けきれない複雑性もある」と、遠慮がちに否定の面をのぞかせている。教師生活から生み出された作品と、恋の歌と、この公私両面を考えてみなければ、その青春像は浮び上がらないであろう。

「別るる前」は大正三年五月号に発表されたが、これは当時副題であり、初出の原題は「毒杯」である。その全二十五首が『一隅より』にそのまま掲載された。この恋愛について、私はまったく知るところがない。ただ、詞書にある「としうへの砲兵中佐未亡人はつ恋人のその未亡人」という女性像と、十四首目にのせられた、

青山のからたち垣の小さき家そのちさき家いまか出でゆく　（「詩歌」大正三年五月）

という短歌から想像する他はない。

青山の地には、陸軍師団がおかれ、練兵場もあった。師範学校とは至近の距離であった。これが、想像の材料となることのすべてである。

ただ、「かなわぬ恋」という一面が始めからあったと思われ、それは作品から容易に感じ取れる。冒頭の三首をあげる。

吸ひ終へし卵の殻に似たる恋そをすつるとてなほもまどへる

ことさらにつよき接吻別るべきいまの二人に何するものぞ

人間のかなしき秘密ことごとくわれに知らしめし君と別るる　（「詩歌」大正三年五月）

⒂　失恋から立ち直る

この『一隅より』を初めて読んだのは、いつ頃であったろうか。

戦前の麹町の家には、当然ながら、何冊もあった筈であるが、私が目に浮かべる父の書架には、大きな全集や、いかめしい法律書が並べられており、このような小型の単行本はなかったように思う。単独の書物は、廊下の片側の書棚につめこまれていた事を思い出すが、そのような場所に大切な本がおかれていたとは思えない。おそらく、子供があずかり知らないような、別の場所に保管されていたのであろう。戦災を受け、一切を失ってから移り住んだ家には、当初家具もない有様であったから、ふえていく書物は、床の間の片隅に積まざるをえなかった。今、私が手にしている本は、戦後、前田家から父の許に返されたものと思う。開きの頁に、父の筆跡で献呈の文字が書かれている記念すべき『一隅より』である。この本を目にした頃、私は、十三、四歳であった。少女の心としては、詠まれている恋の相手は母であると思いたいが明らかにそうではない。何としたことか——。

「別るる能はず」

一人の女ほこりのたぐひとしたぐひとすれど別るる能はず
君思ふこころ極まり坂路をば息もつかずにひたのぼりけり

今ははや君に代ふべき一人の世にあらずとて泣きて君抱く

かき抱く君がししむらひたすらにかきいだく君がししむら重し　（「詩歌」大正三年六月）

「別るる能はず」という程の、そんな事があったのかと、母にただした事もあったが、母の答えはまことに鷹揚な、拍子抜けのするものであった。

「親の作った歌など読んではいけない」などと父に言われた覚えもあり、今思えば、なんとなく発禁の書を盗み読みする心地がしたものであった。

その頃から、両親が自分にとって、父であり、母である、という簡明な関係の姿の他に、別の人生を持ち合ってきた人達なのだ、という当然の事を受け入れるようになったのである。その後も、恋の歌を見る事はあったが、私は驚くこともなく、文学をなりわいとする男は、こういうものだと思うようになっていた。

三十年以上も前の事になると思うが、この「別るる能はず」の連作を評して、「これは近代短歌史上、屈指の相聞歌と言えよう」という意味の文章を読んだ記憶がある。誰がどこに書いたものであったか、今ではまったく忘れてしまった。これら二十三の最後の歌は、不成就の恋への訣別をきっぱりよんだものであった。

力づよく生きよ地上をふみて生きよ生きの命の果し知らなく

これは地上の人生の意義を認めた、生への賛歌である。ニヒリズムというと、一般的には、人生を生きるに値しないものと考える否定的な思想と解されているが、上記の短歌はこの種のニヒリズムとは明らかに相容れないものである。

失恋からの立ち直りと、生への前向きの姿勢をみるとき、あの出世作の一首、「この心かのロシヤなるうら若きニヒリストにも通ふわりなさ」については、再考の余地がある。その時期になぜロシアが浮び、新語ともいえるニヒリストが詠みこまれたのか。夕暮ならずとも魅力を覚えるこの歌を、私は他の歌と関連づける事なく、独立した一首として扱った方がよいと考える。

明治末年の亀廣が、啄木の作品のすべてを追い求め、その考える所を消化吸収しようと努めたであろう事は、容易に想像される。当時の短歌同人誌は多くないが、その中で、啄木作品をたびたび掲載していた牧水の「創作」を、亀廣は熟読していたに違いない。

「創作」（明治四十四年七月号）には、のちに「呼子と口笛」に収められた啄木の長詩「はてしなき議論の後」が初出、掲載されている。

我等の且つ読み、且つ議論を闘はすこと、しかして我等の眼の輝けること、五十年前の露西亜の青年に劣らず、我等は何を為すべきかを議論す。されど、誰一人、握りしめたる拳に卓をたたきて、「V NAROD!」と叫び出づる者なし。

「されど誰一人……」以降は、リフレインされ、高いうねりとなって、読者の心をゆさぶる。この物語詩が亀廣の心をとらえたのは確かである。

大正二年十月号の「詩歌」に、亀廣は「悲しき片影」と題して、啄木論を書いているが、それにはこの詩を読んだ時の衝撃をうかがわせるものがある。

しかし、このバラードのキーワードとも言うべき「ヴ・ナロード」の意味を、果たして亀廣は理解し得たのであろうか。この言葉のよってきたる所を知っていたと言えるのであろうか。私には疑問が残る。

明治末の師範学校が欧米の現代史（その時点ではそういう事になろう）の知識をどれ程教授していたか、そのあたりの事情を明らかにすることはできないが、この語はおそらく一小学教師の知識をはるかにこえるものであったと思われる。

⒃　ニヒリストの歌を考証する

この心かのロシヤなるうら若きニヒリストにも通ふわりなさ　（『一隅より』）

この一首は『一隅より』の中からしばしば取り上げられるにもかかわらず、綿密な批評や考証は目にしたことがない。「詩歌」誌上に発表されたのは大正二年春のことであるが、この発表年次は、「創作」誌上で啄木が「ヴナロードと叫び出づるものなし」とうたった頃から、一年有余を経ている。

明治末の文学青年達が、当時のロシア社会をいかように理解していたかは、各人各様であったが、亀廣の場合はどのようであったろうか。

亀廣は外国語が得意ではなかった。教師勤務のかたわら、神田の正則英語学校へ通った事もあったが、他の外国語にいたっては、手つかずの状態であった。当然の事ながら、外国の事情や知識に関しては、翻訳された書物によって理解するか、その方面の専門家の口を通して聞きとるほかなかった。

初期の「詩歌」には外国の翻訳作品がよく掲載されていたが、それらの寄稿家の中に、「文章世界」等の投稿少年時代以来のなじみであった米川正夫や中村白葉がいた。彼等は、東京外国語学校露語科を卒業し、すでに翻訳家として知られるようになっていた。この友人達から、ロシア文学や社会事情を知ることができたと思われる。

私がこのように考えるのは、これらの人々とは戦後に至る迄、という事は亀廣没年に至る迄、親交があった事を知っているからである。彼等は、十九世紀ロシア文学について語り、「ヴ・ナロード」にかかわる精神史の理解について、ツルゲーネフの一連の作品をあげ、とりわけ「父と子」を不可欠のものとして教示したであろう。

「詩歌」誌上には、亀廣が他のツルゲーネフ作品、例えば「ルージン」を詠んだ歌もあり、このような系統だった読み方には、指南役がある事を窺わせる。日本では、明治四十年代に、主として英訳からツルゲーネフの翻訳がなされ、「父と子」は明治四十二年に相馬御風訳で刊行されている。亀廣が手にしたのは、おそらくこれであろう。

「父と子」は一八六二年に発表されたが、その前年にロシアには農奴解放令が出された。周知の事であるが、為政者主導の、上からの改革は農民の意志を反映せず、貴族領主支配は温存された。これに対する変革運動の担い手が、非貴族層の役人、学生、教師、法律家等の知識階級であり、ナロードニキといわれた。そのかけ声が「ヴ・ナロード」（人民の中へ）であったが、農村共同体（ミール）を主体とするロシア独自の発想による社会主義の実現は成らず、農民への啓蒙開発運動は弾圧された。

この大改革がついえていく中で、ツルゲーネフは、小説中の主人公として初めてニヒリストの像を具現したとされている。亀廣が「かのロシヤなるうら若きニヒリスト」と詠んだのは、この主人公の医学生バザーロフである。彼はその中で次のように描かれている。

「何事も批判的見地から見る人間、いかなる権威の前にも頭をさげぬ人、いかなる原理も、たとえその原理がひとびとにどんなに尊敬されているものであっても、そのまま信条として受け入れぬ人」であると。

「父と子」は世代対立の意味を含むが、亀廣もまた、実父の思考や行動に大きな溝を感じていた。医学生バザーロフの矛盾ある行動は、教育者の自分自身の矛盾でもあった。社会生活のあらゆる因襲や虚偽を排斥する主人公のヒューマンな信条に共鳴を覚えても、所詮、異国の虚構中の人物と完全に重ね合わせる事はできない。一首の結句「……ニヒリストにも通ふわりなさ」は、いかにも、論理でつめられない頼りなさを表している。

啄木在世中に、この「人民の中へ」を詠み込んだ作品は、土岐哀果にみられる。「創作」第二巻第二号に掲載の、「前後の事情」中にある。

「『Going to the People』といふ事

ロシアにあり

四五十年も前の事なり」

が、それである。哀果は大正二年秋に「生活と芸術」を発刊し、これに亀廣も参加しているが、その大正三年新年号は、〝V NAROD〟と題した、哀果の巻頭詩でかざられている。

「……ああ、げにいま革命こそ必要なれ、かれらむかしの露西亜の青年のいたましき民衆の中にゆきしごとく……」

大正初めに至って、「人民の中へ」は社会主義を標榜する文学青年のスローガンとなって一人歩きを始めた感がある。しかし、その誌上にこれに呼応した作品を亀廣は発表していない。

さらに昭和期に入って、夕暮においては、『一隅より』の序文にみられるように、そのニヒリズムは、ナロードニキの歴史的状況をはなれ、一人の青年の風情、情緒として受けとめられるに至った。

亀廣は、「ヴ・ナロード」を標題とする歌を作らず、これを詠み込むこともなかったが、ナロードニキ・ニヒリストの心をロシア文学から汲み取り、その誠実な面影をひそやかに伝える一首を、近代短歌の中に残したのである。

(17) ゴッホと東村

文芸誌「白樺」の同人達は、この頃、泰西名画の復製展覧会を開いたり、外国人演奏家による音楽会を帝国ホテルで催すなど、芸術全般の普及に努めていた。大正二年四月に開かれた白樺第六回展覧会には、夕暮や白日社社友と共に、亀廣も出向いた。ロダン、セザンヌ、ゴーガン、ゴッホ、マチスと見て歩き、ゴッホの作品の前で釘づけとなる。翌月の「詩歌」（大正二年五月号）には、その時東村が受けた衝撃が記されている。

「ゴーホはなぜか頭からすきだ。第一その自画像を見たゞけでも、気持のいい程天才の相を持つてゐる。看物《ママ》といはず器具といはず何でも矢鱈に絵を書いたといふ人。あまり戸外の写生に熱中して、はては太陽の罰を被り発狂してしまつた人。何だかおれの影を見る様だ。おれは自負と勝利と――それから少し噪狂と熱中を持つて、靴の音をさせない様に、遠慮しながら、幾度その前を行つたり来たりした事だらう」

ゴッホの作品は頭の中をかけ廻り、それが復製画であることなど問題ではなかった。ゴッホの自画像は、「悪夢の様に、嵐の様に、また火焔の様に」亀廣の頭を攻めつけたのであった。この展覧会で夕暮がゴーガン、ゴッホに感激したことは、すでによく知られている事であるが、亀廣の興奮もそれに勝るとも劣らなかった。

当時、「詩歌」同人に秋山琵《ひっ》二という家具工場に働く青年がいた。彼は「生活と芸術」にも作品をのせていたが亀廣とは意気投合した。展覧会にも行を共にしたが、とうとうゴッホの自画像そのものになりたくなり、そこに描かれているような黒いアストラカンの帽子を二人で買いに出かけた。

黒き帽子我が買ふ店の十月の午後の日がてる小川町かな
黒き帽子そつとかぶりてポケットに銀貨を入れて行けばうれしも

（「詩歌」大正二年十一月）

ゴッホ、ゴーガン、ドガ等の復製画を買い求め、下宿の壁にはりつけて悦に入っていたのもこの頃である。

生々しきゴーホのタッチいつまでも心はなれず悲しくなれり

（「詩歌」大正三年四月）

昭和期の自由律作品の中にも、ゴッホは長く題材となった。
ただ描く。

描くより外なんにもなく
生涯
描き通す

それは
太陽でもなく
大地でもなく、実に
彼自身だ。
彼自身の線影《アシュール》だ。

（「詩歌」昭和十六年十月）

自画像といえば、本人の自己紹介文が「創作」誌上にある。若山牧水が、誌友消息欄に書かせたものである。

「矢代東村といふ名前。三年前青山師範卒業。現に市内の某小学教師をして傍日本大学法科に通学。現に興味ある学科は心理学と経済学。歌を作る。（しかし歌を馬鹿にしてゐる）繪を描く。弁護士か地方長官か、それでなければ放浪者か農夫になるのがこの四五年間に実現せらるべき希望。而しその何の場合に於ても彼れの思想は現代の所謂科学と芸術と哲学から分離しない。……人間を作ること（人格的に）新しい国家を建設すること。それが個人主義を出立点とした人類主

義に一致したものになる。そんな事を夢みてゐる」（大正二年八月十日）都会詩人

二十四歳の若書きのペンに成るものであり、しかも多分に戯れ気味の文である。歌を作るがこれを「馬鹿にしてゐる」というのは、啄木の「歌は私の悲しい玩具である」という気分の真似であろうか。「農夫になる」との語があるが、これは実家からの帰郷の要請を意味している。実母とくは亀廣が家督を継ぐ事を望んだ。再び、養子を迎えることに不安を感じていた。東京の師範学校出の息子の存在は、家の柱であるのみならず、郷村の重みともなるもので、それだけで充分に故郷に錦を飾る意味を持った。この時期には、心のゆれと悩みを感じさせる歌がみられる。

出勤の電車の中になほ家を義妹を思ひ一人なやむも

秋は悲し放浪児にも父母のこと家のことなど思はするより　（「詩歌」大正二年十二月）

しかし、田園に在って晴耕雨読の生活を営む事は、亀廣にとって、もはや魅力あるものではなく、故郷はすでに「遠くに在りて思うもの」となっていた。それだからこそ、「帰省」はこよなく良いものであった。

◇

大正三年正月、帰省中の亀廣は外房旅行中の夕暮夫妻を、投宿先の大濤館に訪ね、案内がてら、塩田浦から太東岬あたりを共に遊んだ。塩田川河口近くでは、日焼けした一人の漁夫の豪快な大漁風景をまのあたりにした。夭折の画家、青木繁の描いた「海の幸」を彷彿とさせるという、夕

暮の南総羈旅の歌の一首、

腹白き巨口の魚を背に負ひて汐川口をいゆくわかもの

は、この時の作品である。夕暮はこの芒漠とした外洋と寂寥ただよう砂浜の光景を好んだ。「黒い砂鉄の光る長い浜の三角州を歩いて太東岬に行つたときの感銘は最も強く残つてゐる」と、二月号編輯後記に綴っている。

⒅　白秋との出会い

「白日社」の会合での亀廣は、秋山瑟二の回想によれば、「快活、陽気な性格ですぐ人気者になり、出席者の顔をスケッチして好評を博した」という。外の世界へと気分が昂った時でもあったのだろう。大正三年二月号の「アララギ」に「帰省子の歌」十八首が掲載された。

冬田には夕日がうすれ一むれのひはが飛べりきひはが飛べりき

続いて三月号に「蕗の薹」八首、四月号には「二月」と題して八首が採られている。この時期の「アララギ」の編集発行人は古泉千樫であった。千樫は千葉県出身という事もあり、人物にも感じる所があって交際を生じた。

『一隅より』の巻末記には「大正三年二月には斎藤茂吉等の『アララギ』へも出した。頑固な『アララギ』がいきなり一頁も僕のために提供した。その頃の『アララギ』は同人の作品でさへ一頁二段組で掲載し、多くは一人半段位しかとつてゐなかつたのだ」と書き、大層な喜びようである。このような扱いは千樫が発行人であったからという理由だけではなさそうで、大正三年八月号は茂吉に代ったが、「ある時」と題された八首が掲載されている。

　また今日もつまらなき事に憤り残酷に人をせめたるかわれ

　この四五日こころたかぶりたかぶりて殆んどおのれ守り兼ねつつ

「アララギ」の規定文には、「投稿は、東京根岸短歌会の会員に限り、短歌、長詩、詩歌に関する感想評論等自由である」と記されてある。とすれば、この一時期、亀廣は根岸短歌会員であったことになろうか。

　大正三年九月に北原白秋が「地上巡礼」を創刊すると、萩原朔太郎らと共に、これにも参加し投稿した。しかし、白秋が厳選主義であり、採られる事が容易ではないと知ると、亀廣は一計をたくらみ、白秋の気に入りそうな、つまり模倣歌を作って送った。同年十月号に掲載された「稲穂」三首がそれである。そのうち二首をあげる。

　ここに来て我れに思ひはなかりけり稲田の稲穂みな重く垂れ

　大声に農夫何やら話せどもかへつて淋し秋の夕ぐれ

　この術策におち入った白秋に対して、亀廣は早速、一書をとばして罵倒した。この出来事を、その後亀廣自身はすっかり忘れていたが、白秋はその歌と共に長く記憶していた。しかし、これは両者の関係を疎遠にするどころか、かえって親交を深めさせた。
大正二年から三年にかけて、主要な歌誌に登場できたことは、一挙に躍り出ようとする文学青年の野心を一応は満たしたようにみえる。だが日常生活の流れの底には、よどみとなってたまる悩みが増大しつつあった。自由な文学活動を支えているのは教師という職業基盤である。同僚の教師や児童と過す時間が一日の大半を占めている事は言う迄もない。大正二年の秋には、この教師生活の心情を詠んだ作品が誌面に登場してくる。

校長の禿げた頭も我が心怒れば我れを笑ふ如かり
オルガンも暫くひかず窓によりたゞ屋根を見る癖となりけり
噪狂と憂鬱こそはこの頃の我が生活の表裏となりけり
（「創作」大正二年十月）
子供等はただ喜べり　うら若き教師は一人ただ悲しめり
（「生活と芸術」大正二年十月）
二三年つづけて来つるつとめの身をふと疑ひぬ、ある秋のあさ
（同　大正二年十一月）

職業生活に対する懐疑的な心境がみえてくる一方、大正三年一月の「創作」誌上には、子供と共に楽しい遠足をする青年教師の姿がみえる。

児童の目はみなかがやけり弁当もち手帳もち集まれる遠足の朝
少年はたゞ歓声をあげ迎へけり秋の世田谷用賀玉川
少年等或は絵を書き或は我が話きくなり秋の河原に

子供達に向けられた眼は愛情あるもので、天職と思った教育への情熱は失われていない。しかし上司である校長や教頭と争う事はたび重なり、これを案じてたしなめる同僚の忠告など聞くわけもなかった。そして汚濁にみちた教育社会の現状をきわめて正直に訴え、それを破壊すべきものとした理想的な教育論を書き、師範学校の同窓会機関誌に投稿した。当時の心境が、大正四年「詩歌」九月号の口語歌の中にみえる。

「一切を破壊してしまへ」どうしてかうひどくなつて来る自分の心か?

新しい教育論を書かうと思ふ
何かいひ知れぬ矜持を感じ……

しかし、この熱情あふれる青年教師の行為に対し、「先輩は理解も同情も示さずこれを斥け、同輩はただ面白がつてわいわい騒いだ」(「詩歌」大正三年十月号「追懐と告白」)という結果に終った。

⒆ 教師生活の悩み

「詩歌」(大正三年十月)誌上に載った「追懐と告白」は、末尾に大正三年五月一日午後二時半と、本人が記してあり、一気に書かれたもののようで、若い教師の心情を訴えた一文である。

「現在の日本の教育はどうである。教師はどうである。何等の洞察も主張もない日本の教育は、欧州先進国の法令直訳のまゝの法令によつてその目的も実施も規定され、教師は辞令によつて左右さる、一下級官吏、事務員の類である。ある意味に於て道徳を有難がり、わけも分らない教育を振回はす腰ぬけであり、変人であつた。ある意味に於てパンのためには如何なる屈辱も忍ぶ乞食であり腰弁であつた。彼等には教育の目的も國民も何もない。あるのは自分の胃袋と視学である。人あり若し彼等の前に千金の財貨を積むものがあつたなら、彼等は極めて容易にまた平気で、自分自らの教育を唾棄するであらう。――中略――ただ純一なる智識にばかりよつて判断しようとした自分の態度は、この階級と因襲の権威の前に膝まづかねばならなくなつた。自分が如何なる苦痛を覚えた事であらう。

そこでは虚偽が教へられた。そこでは狡猾が教へられた。そこでは自欺が教へられた。そこでは妥協が教へられた。そこでは偽善が教へられた。そこでは情実が教へられた。そこでは粉飾が教へられた。そこでは奸計が教へられた。――後略――」

理想を抱いて職に就いた若者が、たちまち失望と落胆を味わう経験は、今に至る迄よくある事であり、多くの者は妥協の方向で生きる道をつなぐのである。これ程一途に悲憤慷慨する者はまれであろう。このような心情を背景として、発表された作品が、「詩歌」大正三年八月号の「教員卑下の歌」全三十四首である。『一隅より』には「嫌悪より自欺へ」十五首、「呼子」九首となって収められている。

嫌悪より自欺へいつしか倦怠にうつりてなほもなせる教員

見よこの机にゐならぶ教員の顔といふ顔の如何に疲れたるかを

教員に一ばん多く肺病がありと聞くものをあはれ教員に

うら若き青春の日を日本に小学教師なせるわれはも

視学の眼ひたすら恐れ法令に違はずやらば如何に悲しき

ほこり立つ中に呼子をふきならし年老いにけん教員あはれ

同僚達にかかわる歌もすべて併せて読むと、大正初めの下町の一小学校の些事にわたる風景が浮かび出てくる。

そのような中で、大正四年三月、亀廣は初めて担任した生徒を卒業させた。同年五月号「詩歌」には「児童の歌」十六首が掲載されている。詞書には「わが受持の児童五十余名、今年四月小学の課程を終りて行く。その児童を送りて自から手帳に記す」とある。

一人は学術優等品行方正の太りてゐたれ。あまり物いはず。――

一人はあやまることの上手にして今日も今日とていたづらを止めず。

一人は浪花節うまくその声の大人に似てよくさびにけり。

一人は提灯屋の子。その子描く。未来派に通ひ人を驚かす。

等々、それぞれの個性に目くばりをしたメモ風の歌である。さらにこの後、大正七年に卒業させた生徒達があり、これら二度の卒業生が亀廣の練塀小学校の教え子達であった。彼等が長じて、いつ頃からか師を囲む集まりを持つようになった。名付けてそれを「東童会」（東村の童の会）といった。

昭和二十七年十二月「新日本歌人協会」発行の「矢代東村追悼号」に書かれた教え子の思い出話と短歌は、恐らく東童会の全ての人々に共通するものであろう。その文中から教師亀廣の姿をたぐり寄せてみたい。

「（先生は）髪は長髪で、何時もオールバックにして、ボヘミヤンネクタイを風になびかせて、しかも通勤には、当時チャップリンが持っていた細身の竹のステッキを振り乍ら通って来られました」

これが教え子達に「先生が颯爽としておられた頃」と懐かしまれている姿である。さすがにこれはこの時期のみの事であったが、後年に至っても皺も埃もない背広を来て、手入の届いた革靴をはくのが常であった。

「昼食は何時も皆と食事を一緒にしました。これが判で押したように近所の洋食屋から取り寄せるライスカレーでした。しかも左手にフォークを持って、飛んだ範を垂れて食事をしておられた様子は今でも目に浮かびます。僕等の仲間でとうとう先生の左をまねて、左ききになったのがあったのは愉快でした」

亀廣は左ききであった。もち論、右手も使えた。器用な両手使いであったのである。

⒇　東村の教師ぶり

浅草が庶民の娯楽場として賑わいをみせていた頃であった。生徒の思い出の文章の続きには次のような事も書かれている。

「先生を思うと今でもはっきりと思い出すのが『コロッケの歌』です。丁度浅草にオペラが流行り出して、田谷力三、清水金太郎、清水静子等が盛んにあちらのオペラをやった中に今で言う主題歌とでもいう『コロッケの歌』を覚えて来られ、これを教室で『今日もコロッケ、明日もコロッケ』としかも踊り乍ら唱ったのですから、僕達一同喜んだものでした。色々と教えて戴いたというよりもむしろ一緒に遊んだという記憶の方が強いようです」

浅草で演じられるさまざまな出し物を楽しみにして、教え子や歌の仲間と一緒に足を運ぶという事は、戦後にも度々あった。

教え子達にも語り継がれ、私も母から聞かされてきた話がいくつかある。

悪戯をくり返す生徒をこらしめの為に放課後廊下に立たせたまま、すっかり忘れてしまった事があるそうだ。日暮れ時に校内見廻りをした女性教員からそれを知らされた亀廣は、大慌てで生徒のもとにかけつけ、「悪かった。先生が忘れてしまっていた。さぞ腹がへっただろう」と言い、近辺の店からあんパンやジャムパンを食べきれない程買って来て、生徒に与えたという。また、運動場の樹木の葉が埃で白くなっているのは可哀相だと言って、級の生徒達に水で洗わせた。すぐ後で、これらの植物が喜んでいる様子を亀廣自身が文章にして生徒達に読んで聞かせた、という話もある。「詩人の先生に教えを受けた事は本当に幸福でした。何時もほのぼのとした温さを感じさせて下さいました。型破りの先生でした」と教え子は述懐している。

教え子の中には女生徒もおり、その中の一人は、勉強が好きで高等女学校への進学を希望していたが、彼女の父は職人であり、高等小学卒業後は家業を継ぐ為に腕の良い職人と結婚させられる事になっていた。それを悩んで、亀廣のもとに色々相談事を持ってきていた。しかしながらこればかりは、一介の小学教師の如何ともなしがたい事であった。

これらの生徒達に亀廣は短歌を作ることを教えた。大正四年一月の「詩歌」の編輯後記には「都会詩人の学校では子供の歌集『青麦の芽』を発行した」と夕暮が記しており、同年二月発行の「生活と芸術」には、「青麦の芽――練塀小学校児童短歌会――」として七名の生徒の作品が載せられた。三首程選んでみる。

友達は皆父ありて絵を書けば父に見すれど我に父なし

ガラスよりぱっと日が照り、室の中ごみは見えたり、白墨のこな。

しづまりし運動場はしんとして体操先生の声ばかりなり。

土岐哀果は後記で次のように紹介している。『「青麦の芽』といふ標題で一段ほど紹介した歌がある。それは都会詩人事矢代東村君の教へてゐる小学校の児童が作つたもので、それをまとめて一冊の謄写版刷にしたのを送られたから、その一部を抜いたのである。小学校の子供に歌など作らせるのは、旧来の教育上よくないことになつてゐるか知らぬが、こんな自由な歌なら児童の観察力表現力を助けて、多少利益がないとも謂はれぬ。弊益は教員の手心にあるものだろう」

現在は小・中学校生が短歌を作ることは、むしろ奨励されているが、当時はめずらしい教育法であった。この「生活と芸術」という大正期の文学史上意義のある雑誌に、下町の一小学校児童達の短歌が掲載されていることに、私は興味とほほえましさを覚える。亀廣が教育に対する情熱を失っていたとは到底考えられない。「嫌悪より自欺へ」の一連の歌は、教育そのものに向けられた気持というよりは、それをとり巻く社会や個人に投げられた鬱屈した思いの歌といったほうがよい。

夜は大学で法律を学び、大正十年に小学校を退職するが、この年月は短いものとは言えない。歌集『一隅より』は、もとより亀廣が本領とする口語多行書きの歌集ではないが、だからといってこれを軽視する事はできまい。小学教師をした青春期の体験が、のちの創作の方向を決める一要素になっていると考えるからである。

それにしても、殆ど九十年以上も前の、小学校教員時代の亀廣について、もっと多くの事実を知る手だてはないのだろうか。校史の一冊位は、いずれの学校にもあるのではなかろうか。練塀小学校の所在地は創立時から移動し、校名も二長町小学校から、統廃合の結果、現在は台東区立平成小学校となっている。そこは以前、下谷竹町といった所で、奇しくも東村の終焉の住居地となった浅草小島町とは、至近の場所である。

かすかな期待を抱いてかけた私の電話は、幸いにも教頭先生に取りつがれた。唐突かつ漠然とした用向きに対して、暫時の後、「矢代亀廣先生は明治四十三年四月に御着任、大正十年六月に御退任になられてます。随分、半端な時におやめになったものですなあ」と教頭先生の若い声が返ってきた。

私はこの答えに飛びつく思いであった。過去の教職員の記録が保存されているらしい。閲覧の願いは、学校長の好意により、実現することになった。

(21) 史料が語る旧練塀小学校

『一隅より』には、自身のことのみではなく、小学校の同僚達を詠んだ作品もかなりある。残されている学校文書の中に亀廣に関する事項が多少でもあるとすれば、彼等にかかわる記録にも出会えるのではなかろうか。

小学校の資料室におかれたガラスケースの中には、写真や記念誌等が保管されていた。セピア色になった古い写真に私は目をこらした。卒業写真であろうか。児童数はかなり多く、男性教員は詰襟の服、女性は襟元をつめた地味な着物に袴姿である。いつ頃の年次の写真なのか正確に判らないとの事であったが、明治中頃から大正にかけてのもののように思われた。入念に見たが、亀廣らしい人物は発見できなかった。有難い事にあらかじめ用意されていた書類があった。古色蒼然とした和綴じの記録で、表紙、中身共に墨書されているものである。

「明治二十年ヨリ職員願届進退書類校長」

「職員進退其他に関する内申書従明治三十六年　至大正元年　校長」

これらは原史料というべきもので、慎重に頁をくって亀廣の名を見出した時、当時の時代気分や教師の生活感情が、直接匂い立ってくる思いがし、私は言い知れない感慨にうたれた。この学校は、大正十二年の関東大震災で、校舎全体瓦礫の下となりテントの中で授業をしたという所であり、更に昭和二十年三月十日の大空襲で壊滅的打撃を受けた。このような書類が残されていたその経緯は判るわけもないが、戦火の中で関係者が守ろうとした気概の一端が伝わってくる。最初の書類は、夏、冬等の休暇中の旅行や帰省の届出書、病気欠勤届、忌引願等を綴じ込んだもので、亀廣周辺の事情をうかがわせるものである。

練塀尋常小学校訓導　矢代亀廣

右別紙之通届出候間及進退候也
　明治四十五年七月二十七日
　　　練塀尋常小学校長　宮川盛
東京下谷区長　山田敬正殿

届出概要
　七月二十五日ヨリ八月二十四日マデ　千葉県夷隅郡東村長志へ帰省

というような物々しい書式である。
それらの中の、訓導、松本関助と記された一片の届出書が私の注意をひいた。それは、『一隅より』の中に、この名を題名とする短歌が掲載されているからである。大正三年六月六日とある届出には、「五月二十四日ヨリ病気引籠加養致シ居候處更向十五日間引籠療養致度別紙診断書相添へ言々」とあり、病名は「肺尖加答児《カタル》」と書かれている。『一隅より』中のその十首は一個人を詠んだものとしては、最も多い。

　　松本　関助
教員の体操専科教員の松本関助つひに病みしか
わが訪へば君は下宿の一室に寝てゐたるかもつまらなき顔し
しかれども林檎をむけば常のごとく二人語りて我がかへりけり　　（「詩歌」大正三年八月）

松本は山口県出身で、明治四十三年四月に亀廣と共に練塀小学校に採用された。文学に志をいだいての上京であったのだろうか。亀廣は「生活と芸術」の仲間に彼を紹介している。大正二年の同誌には、哀果や亀廣らと共に、当時の芸術座で上演されていたメーテルリンクの翻訳劇を見に行った事が、哀果によって記されている。

ねころびてモーパッサンが原書よむと今はあきらめて君のゐるらし

欠勤の君が座席のわがわきに今日もさびしき椅子一つあり

窓かけのかげには赤き花のありきかの一室になほ病みてあるか

（「詩歌」大正三年八月）

着任順に記載された旧職員名簿によれば、松本は大正四年一月に病没している。亀廣のすぐ隣に記されているのがいかにも痛ましい。亀廣の在職中に、病死の教員は他に五名を数える。結核が猛威をふるっていた時代とはいえ、壮年の教員達がこれだけ倒れるという状況は、一小学校の教員室の風景として、明るいものとは言えまい。

次に多い長期欠席願出書は、「脳神経衰弱症」によるものである。「業務ヲ癈シ静養ヲ要ス」と付記されている。今でいうノイローゼである。

立襟の服はかなしも東京に大望をいだき来てある身には

（「詩歌」大正四年三月）

この歌は当時の教員の心情を思いやったものであろう。「嫌悪より自欺へ」一連の歌の背景には、このような実態があった事を十分考えておかねばならない。

資料室の壁面を見上げると、そこには、創立以来歴代の校歌が記されている。戦前迄は島崎藤村作詞であり、亀廣も生徒と共にこれを歌ったのであろう。戦後、二長町時代の校歌は土岐善麿（哀果）の手に成る。土岐は人も知る通り浅草っ子であり、地元の縁で依頼を受けたものと考える。

都のひかり街にあふれ
車はしり人いそぐ昭和通りよ
たのしくかよい正しく学べば
上野の森　みどり深く
富士のみね　はるかに高し

その昔、土岐は「生活と芸術」誌上に、亀廣を通じてこの学校の児童の短歌を掲載したことがある。恐らくそれを思い出していたことであろう。

⑵「三十円の俸給……」を考える

三十円の俸給をもらひ天皇陛下のありがたきことを教へ居るかも　（『一隅より』）

大正三年作のこの歌は、今日に至る迄、たびたび引き合いに出されてきた。最近の例をみても、平成十年十一月発行『國文学（短歌の謎）』（学燈社）に於て「名歌・問題歌・難解歌」の一首としてあげられ、更に、平成十一年十二月発行『岩波現代短歌辞典』（岩波書店）にも、亀廣の代表歌並の扱いで掲載されている。一首中の「三十円の俸給」、「天皇陛下」という語は人の目を引くには十分である。一九一〇年代に「天皇陛下」という名辞のひびきは、一般の人々にどのような思いを抱かせたものか、これはある程度想像がつく。一方、「三十円の俸給」はどのように解すべきであろうか。

明治四十二年、石川啄木が朝日新聞の校正係として得た給料は二十五円であり、これは彼の学歴からすれば満足すべきもので、温情あるはからいによるものであった、という事実はよく知られている。又、当時、新聞社の初任給は帝大出が三十円、私大出は二十五円が相場であった、などとも言われる。亀廣の友人の米川正夫が、その自伝で述べていることによれば、外語の露語科を出て、大正元年に三菱商事長崎支社に赴いた時の給料は二十五円であった、という。あくまで参考例である。幸運にも、私が平成小学校で閲覧できた第二の資料「職員進退其他に関する内申書」の中に、手当金調査表の一部が見出された。手当金とは、賞与のことである。明治四十四年の表では、亀廣は十五名中の七番目で、手当金二十円、その時の月俸額は二十二円と記載されている。三十円以上の俸給取得者は教頭を含む上席の四名のみである。更に大正元年の表を見る。亀廣の手当金は二十四円であり、俸給も二十四円である。この時も三十円以上の俸給はやはり、上席の四名のみが得ている。ちなみに手当金が俸給一ヶ月分になっているのは亀廣を含めて七名で、亀廣は無欠勤であった。

更に広く公的な資料を求めようとすれば、文科省を頼みとする他ない。問い合わせに対しての答は、それらの記録は「帝国文部省年報」の中に記載されているという事であった。私は、一日、その図書室に出向いて当該年度の「年報」を閲覧した。

亀廣が教員となった明治四十三年度では月俸が十円から二十円未満に大きな山があり、三十円以上からは激減する。平均月俸額は十七円五十六銭である。大正三年度もこの分布は変らないが平均月俸額は十九円十六銭となっている。大正七年度には、平均月俸額は二十五円七十二銭となるが、この年は第一次世界大戦が終りを告げた時であり、日本は戦中のインフレーションにより物価が著しく騰貴していた。したがって、実質賃金には殆ど変化がないと見てよかろう。このいずれの場合も、代用教員の月俸額は算入されていない。文部省の統計では、明治末期の東京市内の小学校に於ては、代用教員の俸給の平均は十円内外である。彼等の月俸額を算入すれば、教師の平均月俸額はもっと低いことになろう。

これらの資料からみて、大正初期、まだ二十代半ばの青年教師であった亀廣が、三十円の俸給を得ていたことはあり得ない。「三十円の俸給をもらひ」というこの歌は、他者（上司）の教育姿勢を批判したものであり、自身のことではない。これ迄の通例の解釈では、これを虚無的心理状態から出たものとするか、又は反体制的思想の崩芽とするのかのいずれかであり、「三十円の俸給をもらった」のも、「天皇陛下のありがたきことを教えた」のも亀廣自身であるとしている。

前掲の雑誌「國文学」ではこの歌の論評として、山田吉郎は「一読反体制的な歌ととられがちである」としながら「何か一種投げやりな感じ」がすると評し、しばしば指摘される「ニヒリズム短歌」とも一概に言い切れないと述べて、その謎の所在について問題を提示した。他方『岩波現代短歌辞典』における大辻隆弘の意見は、断定的と言ってよく、「臣民教育を施す教師としての自分を、皮肉な目で見つめている」短歌である、と解釈している。大正初めに、たとえ本意ではないにせよ、臣民教育を施し、時流に迎合するわざを亀廣が心得て生きていける人間であったなら、今次大戦中、時の権力によって拘留されるような苦難は避けえたであろう。

亀廣の月俸は当時の平均額よりも多い。一人者の気楽さは十分に味わえたであろう。文学結社に属し、新しい背広や靴を買い、展覧会や新劇見物に行く事が可能だった。これは亀廣が青山師範学校卒業であり、小学校本科正教員の資格をもっていた事による。この資格は当時、師範訓導という肩書がついた。練塀小学校資料中に「師範学校卒業生配当調査表」（明治四十三年二月十五日現在）があり、当時の学級数十二に対し、「本府師範卒業生、男二、女一」と報告されている。「新ニ要スル卒業生、男一、女一」とあるから、この新規採用の一名が亀廣であったことになる。他の教員は検定試験で資格を得た者か、あるいは代用教員であった。師範訓導というのは、数少ない将来を約束された身分と言ってよかった。

㉓ 弁護士を志す

練塀小学校資料の中に、長く亀廣と交遊関係のあった三人の教員の名を見出した。驚いたことに、着任時は代用教員と記されている。一人は、地理・歴史の教科を専門として教壇生活を長く勤め、一人は英語の検定試験を通り、戦前に米国のカリフォルニアの日本人学校教師として新天地を得た。残る一人は亀廣と同様に弁護士となって、最も長いつきあいとなった。このような事実を考えると、この時代の代用教員とは、「代用としてしか勤まらない教員」ではなく、「いかなることにも代用が勤まる程、優秀な教員」というべきであろう。能力や情熱においてなんら劣る事のないこれらの同僚よりも、高給を食み、身の安泰を得ていることに、亀廣は義憤すら覚えていた。

教員いま教育のことを考へず生活のことばかり考えてをり　（『一隅より』）
貧しき服貧しき机貧しき思想教員の生活を何とすべきぞ　（『一隅より』）
教員はすべていやなりとりわけて師範訓導はいやでたまらず　（「詩歌」大正三年八月）

一首中の師範訓導とは自分自身のことである。この肩書と特権を意識しつつ、偽善的な態度で日々生徒に接することなど、亀廣にはできなかった。

人間の地位も名誉も我れはたゞパン故だまつて働きけるか

あの頃のこれが亀廣か今一度我れと我が名の亀廣を呼ぶ

（「詩歌」大正四年一月）

いかに懊悩しても身の置き所は変らず、簡単に抜け出せるものではない。亀廣がいつから日大専門部に通学するようになったかは定かではないが、大正四年二月の「詩歌」には、

反国家の心かなしく大学に法律を学ぶ我れなるかこは。

反国家の心かなしく弁護士にならんとあせる我なるかこは。

の歌が見え、その頃すでに弁護士を目指していたことがわかる。また、エッセー「自己発見以前」の中には、短歌創作上においても大きく脱皮しようとする気概がみえる。

「自分もつひ一二ヶ月前から他愛もない白秋の真似に陥つてゐる事に気附いた。そしてこの冬期休暇中、帰省して作歌したがそれが著しく、またあやしくも茂吉に通ずる姿態を発見した。――中略――そして愕然として驚き且悲しみ且つ自己をあはれんだ」

このような反省と自己嫌悪の中から、亀廣は生来の楽天性と強い意志の力で立ち直る方向を見出すのである。

「たゞ自己を知れ、ただ自己を信ぜよ。たゞ自己に生きよ。そのことによつてのみ、たゞ自分は満足と感謝とを知り得るのだ。さらば大胆に、さらば自由に、さらば自然に、我等は我等の世界を作らう。我等の家を作らう。我等の創作に生きよう。……自分達の仕事は愉快だ。自分達の

仕事は歓喜に満たされてゐる」（大正三年一月）

更にこの頃、土岐哀果とも遠慮のない交際が深まっていた。

君は僕をどう思つてるかいつて見ろ言つて見ろとぞいふ土岐哀果

短所欠点いひやりたれどすましこみふふんとばかりいふ土岐哀果

（「詩歌」大正四年一月）

大正四年四月十三日は、石川啄木の死よりまる三年後の命日であった。その追想会を催す知らせが「生活と芸術」誌上に出された。亀廣は前出の秋山瑟二の紹介で知り合った大熊信行と共に三人で出席した。のちに経済学者となる大熊信行はまだ東京高商（現一橋大学）の学生であった。浅草松清町の等光寺には当日、四十名近い出席者があり、法要後、窪田空穂、秋田雨雀、荒畑寒村が故人の想い出を語った。亀廣は感銘深くその談話を聞き、持参した一首をさし出した。

彼れ死にて早や三歳経しその間その間我れの何したりけん

一九一五年、亀廣は二十七歳になろうとしていた。

啄木は二十七にて死にしてふ来年はおれも二十七なるに

（『一隅より』）

この歌は「詩歌」初出時（大正四年一月）は「透谷は二十七にて死にしてふ」となっている。北村透谷は二十七歳の自死であった。この改作がもつ意味を思いめぐらしてみるのも興味ある事だが、当時の二十七歳は現在からは想像できない程、青年の心にゆさぶりをかけ、焦燥にかり立てるものがあったのだろう。

歌集『一隅より』は、「幼児」と題された二首で結ばれる。

幼児は母に抱かれてゆつたりと安心をして息づけるらし

我が笑めば幼児も笑むわがこころ幼児の心に感ずるものか

前年の九月、師の夕暮家に長子透が誕生した。亀廣には我が子同様に彼を詠んだ作品がある。私の両親は「透君、透さん」と呼び、我が家ではそれが常の呼び方であった。

つぶら瞳に我れを見てしが第一に笑みてむかへし幼児はよし。（「詩歌」大正四年六月）

(24) 初めて口語歌を発表　ペンネームを東村とする

大正四年三月、夕暮は亀廣を含む主要同人十名の近作を集め、白日社歌集第一輯『発生』を刊行し、その歌集に対して寄せられた読後感を「詩歌」六月号に掲載した。亀廣への感想はその短歌に対すると同時に、彼の日頃の姿や言動にも及んでいる。寄稿者は、同人の広田楽、外部の白鳥省吾、萩原朔太郎であるが、亀廣に最も多く言及したのは萩原である。彼は亀廣より三歳年上の当時二十九歳、処女詩集『月に吠える』を出す一年半前の頃である。

「都会君（注亀廣）は、都会人の特質なる官能の敏感を欠いてゐる上に、事物に対する観照の態度や感覚やに少しも都会人らしいデリケイトのところなく……要するに、都会に生活して居る田舎者であり、氏の歌は、田舎人の見たる都会の歌であります」と断じて、更に次のように述べている。

「若し単純に愛憎好悪の立場から評価するならば、もちろん好きな側の歌です。……私は寧ろ氏の歌よりも氏の独創に敬意を表して居ります。……新らしいもの、独創のあるものはそれが新らしいといふこと、独創のあるといふことだけで既に芸術的価値があるわけです。この意味に於いて私は都会君に甚大の敬意を表します。尚、氏の狂躁的態度にも私は同情をもちうる一人です。古来から新らしい旗を建つるもの、革命を起すものには多少狂躁に走らざるの止むを得ざる事情があるからであります。要するに都会詩人氏の如き歌人は現代の日本に必ず一人は必要である。そして一人以上は決して必要がない」

独創性を尊敬すると述べられて、大いに気をよくし、意を強くしたのであろう。「詩歌」の大正四年七月号に亀廣は、「飛行船にさわぐ人々」と題し、初めて口語歌を発表した。全二十四首は四頁にわたり、初出はすべて二行書きである。

何もしたくない。しかし何もしないで
ぢつとしては居られないこの心持！

はじめから地位も名誉も馬鹿にしてゐて

その地位も名誉も得ようとした努力
空想を空想として実行した
あの頃を慕ふ僕となつたのか……

飛行機が来たといつて騒ぐ。百年もたつて
こんな事をきいたらどう思ふだらう?

周囲はすべて定型歌で満たされている当時、このような短歌は同人達にどのようにうつったであろうか。夕暮は特に同号で批評していない。白日社歌集第二輯『外光』は九月に発行され、これにも亀廣の作品は掲載されたが、これに対する批評は多様化する。

ある同人は、「啄木や哀果を思ひ出して面白い」と述べ、別の一人は、「歌に表はれた氏の心には充分同情する事ができるけれども今之を歌とし詩として論ずる場合にはどうだらうかと思ふ」と評している。

萩原朔太郎は前掲の読後感の中で「都会詩人の狂躁」と言ったが、その狂躁ぶりは大正四年五月号に掲載された亀廣の「芸術第一歩」の中によく表われている。

「……低徊と模倣と追従と虚飾、……凡てをすてろ。破れ、地上に飛び出せ。自己に目醒めよ。

時代に目醒めよ……」これはエッセイや評論というよりも激情吐露と言った方がふさわしい。うめきと叫びに満たされた告白文である。

シェレーの額もあの長髪のシェレーの額も
今はしまつたまゝ埃になつてしまつた。

むきになつて怒り出す癖、この癖を
遂にまげずにやり通して来た。

（「詩歌」大正四年八月）

いずれも「詩歌」八、九月号の初出歌であり、同人達がこれを受け入れるには戸惑いがあったに違いない。大正五年年頭の前年歌壇評に、「都会詩人氏の歌には天才的の閃きが見えるが、あまりに投げやりな歌ひ方が賛成できない」と橋田東声は評したが、それでも亀廣は二月号迄に計五十六首の口語歌を発表し、二、三月号に「アリストートルス・ランタン」と題した口語歌論を展開した。同人の阪口多藻津（保）はこれにも相対峙した。

「都会詩人氏の作は短歌としてみたくない。短歌が統てではないから福士幸次郎氏らの唱へる口語詩には入《マ》つ《マ》てゆけば好い。短歌を無視してその形式に引張られてゐるのはみにくい。氏がぶら下げた〝Aristotelesの提燈〟にもうなづく事が出来ない」と阪口は言う。亀廣は自分の口語歌を従来のそれとは全く異なると強調したが、阪口はなおも追求し、「その違つてゐる所を明確に表さなければ駄目である。違ふらしいではいけないのである……氏からみれば僕がまだ解つてゐないのだと思はれるかも知れぬがそれは時がさばきをしてくれるだらう」と述べた。

阪口は京都府立一中卒業の国文学研究者で、当時「詩歌」に「上田秋成短歌私刪」を連載していた。大正五年八月の阪口の歌

　昼をねて夜はねむらぬ病人にかなしきものは松風のおと

に対し、亀廣は「秋成の歌の評釈者としての君の作としては無理はない。実にお目出度い。僕等はこんな作品を本気で批評できない。トルストイの所謂芸術贋造の一小典型だ」と言って、一矢報いた。

この年の七月、亀廣は都会詩人という、いかにもハイカラな響きをもつペンネームを捨て、東村と改名した。

㉕ 口語歌創作の苦悩

大正五年三月、亀廣は日本大学法科を卒業した。夕暮の書いた同人消息によれば、「引続き専攻科に入り狂罪《ママ》心理研究」をすることになったとある。弁護士試験も受ける心づもりであったらしいが、白日社内で口語歌論争に明け暮れする日々では、法律の勉強にどれ程打ち込めたか、は

なはだ疑問である。

　今日もまたかうして暮れるのか本当に自分といふものを思ふ暇もなく

（「詩歌」大正五年五月）

という現状であった。この号の消息欄には、早くも「都会詩人君は病気にて大学の方一時やめ、弁護士試験も来年に延した」と書かれている。病気というのは恐らく、躁鬱的なものであったかと思われる。

　大正六、七年は亀廣の短歌の発表は少ない。「詩の年」と名付けてよい程に、口語詩が掲載されている。白日社周辺にいた萩原朔太郎、室生犀星、山村暮鳥等が相次いで詩集を出し注目された時期でもあった。もともと、翻訳や、評論、詩等を自由に発表させていた雑誌であり、その誌名も「詩歌」という大きな名が冠されているのだから、詩を発表することになんら不思議はない。しかし大正六年から七年にかけてそれは十二回にものぼる。意を決して口語歌の分野にふみ入ったものが、「僕の今する事は、詩を書く事だ。いい詩を書く事だ」（「詩歌」大正七年四月号）と述べている。

　この事実は、大正十三年創刊の「日光」に参加する迄の過程が、決して口語短歌一筋のものでなかったことを示唆する。創作上の悩みもあったに違いない。それらの詩編の中には、「よみかけた本を投げだし、また目をつぶる。いろいろな事が心に浮ぶ。しかし心はひどくつかれてゐる」（大正六年九月号）、「一刻も休むひまなき頭。ねてゐてもあれこれと思ひつづける。寝入つてまでもまだ夢で物を思ふ。あゝ一刻も休むひまなき頭」（大正六年十月号）というような、精神の疲れを感じさせるフレーズがみられる。

同年十二月号に発表された次のような叙景詩は、この頃のものとしてはめずらしい。

冬　その一

雲のきれめから空見え
あゝ雲のきれめから空が見える。
木々はあまりはつきりと枝さしのべ
何ともいへず気持ちよく枝さしのべ
すべてがまとまりすぎて来る

冬　その三

かしのはつぱはがらすどちかく
ひにあざやかにかつかゞやきて
したしみふかくつつましく
ふゆになつたといつてゐる

前述の詩人達の影響も明らかに感じさせる作品である。大正六年十二月の誌上には、「四月以降は殆ど歌が出来なかつた。ここに抜くほどのものは一ツもない」との告白がみえる。

この年の初めの消息欄を読むと、亀廣が湯島の下宿屋から本郷森川町に転居している。その理由は判らないが身辺も決して落ち着いたものではなかった。郷里では実母とくの体調がすぐれなかった。とくは第二の夫との間になした四人の子のうち、男子三人をすでに失い、娘一人を残すのみとなっていた。当然ながら相続問題が生じ、これが長男である亀廣の心をわずらわす一大事となった。法律家志望の身となれば、義妹が養子を迎えて農家を継ぐ以外、道はなかった。しかし、義妹の気持は定まらなかった。身内の中に町の商家に嫁いだ者があり、彼女も又、そのような町家の生活を望んでいたのではなかろうか。

その間、とくの病はすすみ、大正七年三月に亀廣が帰省した時、彼女はすでに危篤状態といってよかった。

「もっと早く知らせる筈だったが、心配すると思って今日までのばしてきた。こんなになってしまった……」

亀廣は、死期の近い母親のきれぎれの言葉を聞いた。「詩歌」大正七年七月号掲載の「その時の詩」は五編から成る長詩であるが、その第Ⅱ、第Ⅳ編を抜く。

Ⅱ

あなたはどんなに喜んだでせう。

そしてまたどんなに待ちわびたでせう。
私の持つて来た葡萄酒を、
あのイスパニアの葡萄酒を、
そばの人がうつはにつぐなり、
あなたは早速一杯を口にふくまれた。
けれども時はもう遅かつた。
その葡萄酒もあなたの口にはにがかつた。

Ⅳ

私は死ぬことをおそれない。
たゞこの苦しみはしたくない。
一人の母が、
僕を生んだ母が、さういはれる。
その声をきくのは私だ。
その苦しみを見るのも私だ。
目の前にこの苦しみを見、
私の心はたまらなくなる。

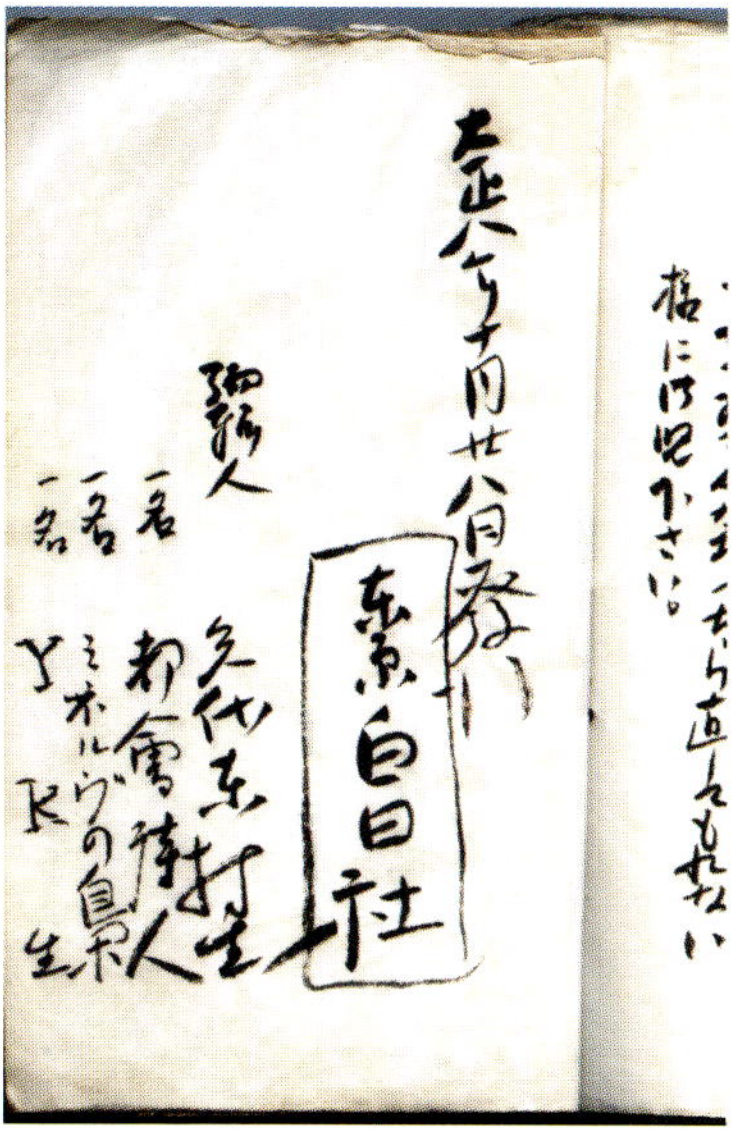

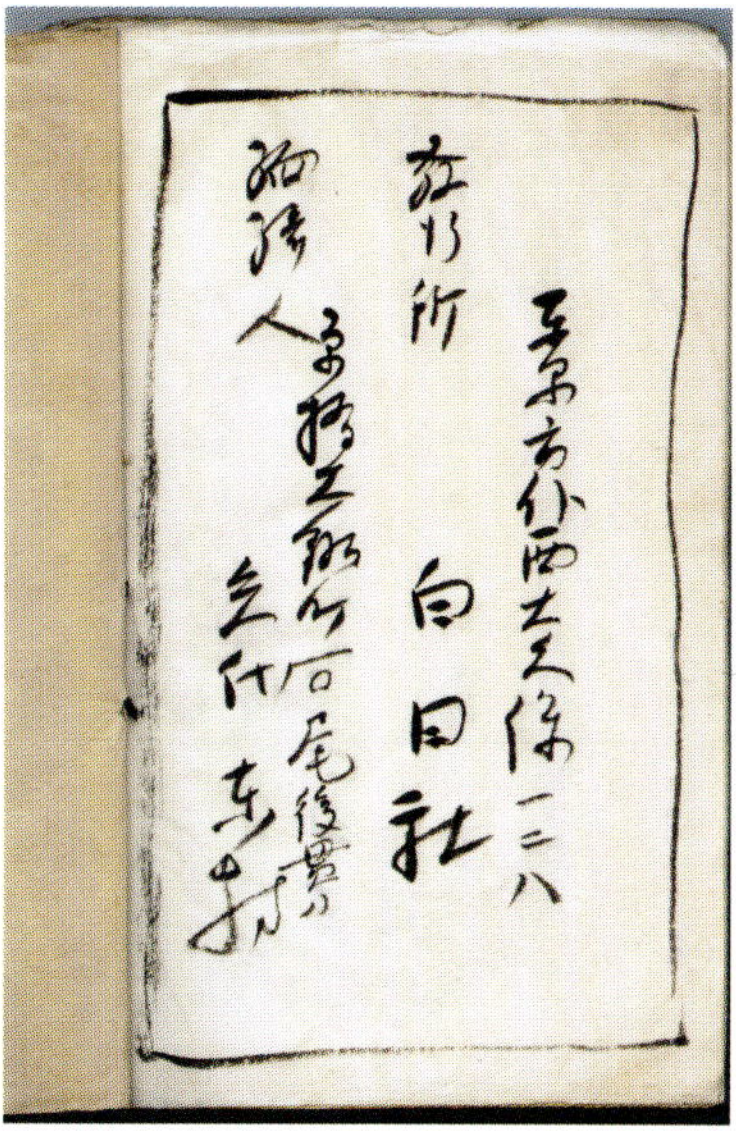

「耕人」矢代東村編集号

一人をこの世に送るため、
その母はどんなに苦労をする事か。
あゝその苦労を知り、
その苦労に生きるものは誰か。

四月、とくは死去した。四十八歳の誕生日の一ヶ月前であった。「できの良い息子」が母の意に沿って、郷里に戻ってくることはなかった。三十歳を越えて東京で自分の意志を果たそうとしている息子は、母から見れば親不孝者と思えたことであろう。

大正十年、義妹は養子を迎えて矢代家の跡を継いだ。この時以来、実家は継父と義妹夫婦の家となり、亀廣にとって血縁の薄いものとなった。

㉖「詩歌」休刊と回覧誌「耕人」の発行

夕暮が小集と呼んでいた「詩歌」同人の会合は、毎月第一土曜の午後が定例であった。大正五年の冬のある一日は、野外小集と決めて武蔵野散策を五、六人でするつもりであったが、あいにくの悪天候で中止となった。一行は亀廣の下宿に行き愉快に打ち興じた。「……午後から市村座に行き楼門五三の桐を二幕覗き、久しぶりで吉右衛門の顔をみてよい心持になり、それから神田のカフェ・パウリスタの二階で三時間ばかり遊び、なお夜風に吹かれて矢代君の案内で詩人バアに行き、二時間ばかり盛んには飲まなかったが盛んに食べて万世橋の停車場で別れた」と夕暮は記している。若い歌人達の「近頃にない愉快な一日」とはこのようなものだった。
大正七年五月の節句には十八名程集まり、菖蒲湯と柏餅が題詠となった。午後から夜半に及び、最後迄残っていたのは六人で、明け方に握飯の朝餉をとって帰宅していった。

日本に生れた事もいいと思ふこの柏餅のうまいのをたべ　東村
かしはもち皆と食うべて五月の夜あかつき近く歌作りけり　夕暮

編集後記には同人の結婚、子供の誕生、病気、旅行等がしたためられ、家族的雰囲気の中で情報が交換された。大正七年一月に夕暮家に長女妙子が誕生した時、亀廣は次のような私信を送っている。

雪の降る一月の日に生れた子は雪のやうな清い子となるでせう
樫の葉の美しい冬に生れた子は樫の葉のやうな美しい子となるでせう
以上二首生れたる御子さんのために。
（「詩歌」大正七年一月）

亀廣が母を失ったことも「矢代東村君は前月母堂を失った」と五月号に知らされており、夕暮を中心にした同人の結束は固く、喜怒哀楽を共にしている感があった。
だが、大正七年十月、突然夕暮は「詩歌」の発行を中止した。創刊よりかぞえて九十二冊が出されていた。このような急な事態に立ち至った理由については、子息の前田透をはじめ、多くの研究者が述べているところである。それらは推測とはいえ、すべて真実を含むものであろう。例えば結社制度への疑問、白日社内部の有望新人の死、夕暮自身の父の死とそれにともなう郷里の山林事業継承の問題、等々である。とはいえ、順調な発展をとげ社友も六百人を抱える雑誌の廃刊は一大事件であった。夕暮の郷里には、このような場面を「鉈《なた》を投げ出す」という表現を以てするというが、投げ出されたのは鉈のみではなく、同人全てが投げ出されたのであった。

戦後に、香川進がそのわけを「生存中の高弟、矢代東村、米田雄郎その他十人ほどに聞いたが、よくわからない、といっていた」(『前田夕暮全集』第一巻)と述べている。年若い弟子達の驚きと困惑は大きかったに違いない。

二ヶ月後、作歌の修練をつむ意志を持ち合った者達が、夕暮の肝入りで小冊子を出すことになった。半紙に各自が手書きし、和綴じをした程度の回覧誌で、これが「耕人」である。第一号は大正八年一月二十日に出され、大正九年六月迄に二十五冊を発行したが、現存するのは二十三冊である。一首毎に各自批評を書き込み、それは一行のものもあればかなり長文の感想もある。作品の頭に◎、〇、▷、☽等の印を付して出来ばえを評価しあった。

参加者は、夕暮をはじめ、醍醐信次、飯田莫哀、広田楽、金子不泣、熊谷武雄、南正胤、阪口多藻津、川端千枝、米田雄郎、矢代東村等二十二名であり、「詩歌」第一期同人の主要メンバーが殆ど集まっている。東北や関西在住の者もあり、全員が回覧する為には、一人の持ち時間は、せいぜい一、二日程度であった。第一号は九名が出詠し最後に夕暮が感想と消息を述べている。この号に亀廣は作品を出していないが、送られてきたものを読み感想をしるした。

「これは面白い。なまじい《ママ》雑誌より余程いい。ダイゴ君から速達で来たのを、今ねどこの中であんかしながら見てゐる。もう十一時半になる。手がつめたい。東京駅の汽車の音がきこへ《ママ》る。時計の音がきこえる。諸君に親しくなれた事をよろこぶ。あした学校のゆきがけに飯田君のところへとどけるつもり」（大正八年一月二十日　東村生）

二月一日発行の「耕人」に亀廣は、「踊子その他」と題した十四首を発表した。

　あゝ冬の夜この一列の踊子のさとあげる足の軽さ真白さ

第一首の歌であるが、実は踊子を詠んだ作品はこれがはじめてではない。大正三年十一月号に、ドガの踊子の絵画に触発された文語定型歌が、一首掲載されている。

　ドガが絵の女の肉の踊子の素足の白のかなし秋の夜

この歌について夕暮は当時、「ドガの踊子の絵は幻像化されたる現実である」とし、「女の肉の踊子の、その白い素足のうすら冷たい感触をこころよく思ふ」と評している。それから丸四年を経て口語短歌へ意を決してふみきった者が、なおその題材に執着して作品としたのである。「耕人」誌上の同人達の感想は遠慮がなく、若い時代の空気が伝わってくる。互いに他を認めつつも、一方「我こそは」と思っている者達が己の腕前を見せ合う場が「耕人」であり、なんといってもそこにこの回覧誌の面白さがあろう。

⑵⑺　短歌「踊子」をめぐる同人達の批評

「耕人」の同人達がこの「踊子」の第一首目をどのように批評したであろうか。まず岡本治彌太は、「――あ、冬の夜――が、――あ、春の夜――では如何か」と述べ、「矢代君の感じた所が不幸ながら僕には伝つて来ない。けれども入りの少ないある小屋ではね近い舞台で踊る女の光景は充分に感じられるが、それはたゞ舞台面だけで、その踊つてゐる女の心もちまでは進んでいかない」と批評した。これに続く数人の評を抄録してみる。

○　僕は無条件で（注、岡本評を）受入れる。（健次）

○　批難ヲ言ヘバ無イデハナイ、然シ此ノ場合無理ニソウシタコトヲ言フ必要ヲ認メナイト思フ。（黒影）

○　謂所矢代君独自の境地を遺憾なく放胆にうたひ去つてあるのがうれしい。何人の追随をもゆるさない。（昇）

○　まあ二重丸にしやう。矢代君がよく出てゐると思ふ。然し爰に一言したいのは君が主張する口語歌でこの歌がないと言ふことだ。（信）

○　はぎれのいいこの歌には感心しました。（雄）

○景情躍動（実生）

○「踊子」五首のうち、此の歌を抹殺することは、あなたの心臓をゑぐり出すことだ。あなたになくてならない歌だ。「ドガ画く」の歌と、あなたの語調とを知つてゐるものには充分わかりうる。しかし、日本のダンサーからはとても之だけの実感がくまい。其処に不安がないでもない。ましてや治彌太兄の如く春の夜にしては、大根のやうな日本の女の足がみえていやだ。あゝ冬の夜、冬の夜。（保）

○「…一列の…さとあげる足の軽さ真白さ」全く快い。絵になぞ描いてはとてもこれだけの感じが受けとれぬと思ふ。（快）

○田舎者である私には最初この歌を見た時、その白さが足袋だけの白さではないと思はれましたのでいやな感じがいたしましたが、西洋人の踊り子であると知つて始めて会得がゆき、いい歌になりました。（千）

○「春の夜」では駄目だ。春の夜の夢ばかりなる手枕に…にあるやうな、なまめかしさを東村兄はねらはなかつた。冬の寒い夜の空気の中にもみなぎる血液をもつた踊子の足は元気よく動くのだ。そこがよいのだ。「軽さ真白さ」がよく冬の夜とつりあつてゐる。岡本兄の様に勝手に自分の気持のよいやうにかへるのはいけないことだ。（南）

注、健次（広田楽）、黒影（村岡黒影）、昇（飯田莫哀）、信（醍醐信次）、雄（米田雄郎）、実

（音馬実）、保（阪口多藻津）、快（西崎快平）、千（川端千枝）、南（南正胤）

いずれも走り書きの批評である。最後に亀廣自身が意見を入れた。

「岡本氏その他それと同じ考への方に申す。これは冬の夜でなければ僕の感じも考へも出ません。春の夜なんてそんな安つぽい歌ではありません」（東村生）

この一首に二重丸を付したのは、夕暮を含めて、「耕人」同人十二名である。この歌については、のちに亀廣自身が「浅草あたりの、当時漸く盛んになりかけた歌劇女優を歌ったものである」（「詩歌」昭和三年六月号）と述べている。レヴューやオペレッタが流行していた頃であったが、亀廣の心象風景にはドガの絵画があったことは疑いを入れない。そして、最終的には

あゝ冬の夜、この一列の踊子の

さとあげる足の

かるさ。

真白さ。

と、多行書きの作品として発表された。その後も口語歌に対する同人の毀誉褒貶の言葉は続くが、半年後には作品に二重丸が多く見られるようになり、少なくとも「耕人」の中では、口語歌はその場所を獲得した。

「耕人」は全誌に関して装幀という程のことはされず、扉字と目次がついている程度のもので

ある。唯一、大正八年十月二十八日発行号は、扉字がデザイン化されて横書きとなり、色鉛筆で彩色された表紙には十字架をいただいた教会と修道院が描かれている。裏表紙には洋花を盛った花瓶のカットが中央に入った。この目を引く第二十号が、矢代東村の編集したものである。

目　次

表紙　秋……ミネルヴの梟

歌、　川端千枝、飯田昇、南正胤

裏画　瓶……ＹＫ生

○　雑録　その他

発行所　東京市外西大久保一二八

白日社

編集人　京橋大鋸町一〇尾後貫方

矢代　東村

「ミネルヴの梟」とは言う迄もなくギリシャの女神ミネルヴァ（技術・学問を司る）の連れている梟であり、知恵の象徴である。ＹＫ生とは、矢代亀廣の頭字である。生涯、自身で雑誌を主宰する事がなかった亀廣が、果たせなかった画家としての夢までも盛り込んだのが、この「耕人」二十号であった。大正七年以降の「詩歌」休刊期は、夕暮の作歌生涯の中では重要な時期であり、「消極的な隠退期ではなく、むしろ内部蓄積の時期といえよう」と、前田透は「評伝前田夕暮」の中で述べている。しかし、この時期に亀廣は、困難な急坂をのぼるように口語歌を作り続けた。この回覧誌に発表された作品は七十二首にのぼる。

㉘ 同人竹内薫兵と「はまなす会」

「詩歌」休刊から約七ヶ月後、夕暮は、八十二名の同人を選び合同歌集「あをぞら」を出すことにした。各々が自選し、更に夕暮の選を経た歌から成る。巻頭には「吾等が過去の棲家なりし『詩歌』の癈刊を紀念《ママ》する為に」とあり、巻末には廃刊に至った心情として「吾々は再び無一物になつて青空の下に立たねばならなくなつた。この事実は――私一人のみでなく私と心を同じうする多くの個人にとつても決して無意味のことではない」と言っている。「あをぞら」の名はここから来ているのであろう。第Ⅰ部から第Ⅶ部にわたって同人が配置され、第Ⅵ部のみが故人となった五名である。第Ⅰ部の巻頭は勿論、前田夕暮であり、各部のはじめに古参の者がおかれた。最後の第Ⅶ部の筆頭が矢代東村である。この八十二名のうち口語歌を発表しているのは東村のみである。旧作から選んだ作品であるから、いずれも「詩歌」誌上（大正四年七月号）で見出すことのできるもので、手を加えたあともあるが、特に目新しいものはない。三十二首はすべて二行書きである。

何もしたくない。しかし何もしないで
じつとしてはいられないこの心持!

どつかに俺の求める物があると思ふ。
この誤りをはじめて知つた。

夕暮はすでに、白日社叢書として『発生』と『外光』を発行し、同人の作品を掲載してきた。亀廣は多くの作品を発表してきたにも拘らず、大正期に自己の歌集を持たずに終った。それはこのような合同歌集が着実に出されている事による便利さや、安心感があった為かもしれない。

この頃の亀廣の住所は「耕人」に記されているように、実父尾後貫浅五郎の住む京橋大鋸町である。浅五郎は、大正初めに京橋区より第十期の東京市議会議員となり、一時期を除いて第十三期迄、その職に在った。彼の生涯のうち、最も得意とする時期であった。郷里の実母とくを失ってからは、ここが亀廣の身の寄せ所となっていったのは自然である。義母とはなじまなかったが、年少の義弟の勉強の面倒をみる、というような場面もあったと聞いている。

◇

大正八年、夕暮の歌風を慕い、その指導を求めて入会した人物がいた。明治十六年生れ、夕暮とは同年の竹内薫兵である。竹内家は代々の医家であり、薫兵も京都大学出の小児科医である。

「青夏」と号し、昭和六年に『青夏集』を夕暮の序文をつけて出している。

「詩歌」は休刊中で、実際の指導を受けることができないため、薫兵は自宅を開放して知己の者を集め、そこに「夕暮先生にお運び願う」ことを考えた。この企ては受け入れられ、月例の小さな歌会が催されることになった。これが「玫瑰会」であり、私の両親の出会いの場となった所である。合同小歌集「はまなすの花」（巻第一）は大正十年に発行されたが、序文を寄せた夕暮は次のように書いている。

「一昨年の春、それは月の明るい夜であつた。――帰りに竹内氏を送つて東大久保迄行つた時の印象は極めて思ひ出深い夜として私の心に遺されてゐる。――竹内氏が来訪されて歌会の企ての話が出た。私は久しく発行して来た「詩歌」を前年廃刊して、何となく一種の寂寥に似た無為の生活をしてゐた時であつたので、またその企てが全然歌壇の人の集りでなくして、これから新しく出発しやうとする人の集りである事、その人達は多く竹内氏と同じ刀圭界の人である事などを聞いてから私の心は少なからず動かされた」

当時の竹内小児科病院の所在地は、日本橋区村松町二十五番地、日本橋人形町交差点から少し入った所で、水天宮や、昔の明治座が近かった。町名は変っても、戦災による焼失迄、大体の場所は動かなかったと記憶する。思い出の中にある竹内病院は昭和期のものであるが、当時の事であるから木造建築であり、入院病室や隔離病棟を備えていた。広い待合室には診察を待つ親子があふれ、看護婦が何人もせわしく往き来し、子供の泣き声やざわめきが常に聞こえていた。私共兄妹の子供時代の主治医であったが、他にも「詩歌」同人の子弟で竹内病院のお世話になった者は多いはずである。両親はクンペイ先生とかクンペイさんと呼んでいたが、長寿の人であったから「詩歌」とのかかわりは長かった。昭和四十八年に没した時、「詩歌」誌上で同人の耳鼻科医伊能秀記が「その（病院の）繁栄ぶりは、門前市を成す程で……云々」と追悼文を書いている。往時を思うと決して大げさな言葉であるとは思えない。

　大正八年四月十三日、第一回の「玫瑰会」が開かれた。その折の情景を、夕暮は前記の序文の中で述べている。

「その夜の歌会席上の床に数株の玫瑰の花が生けられてあつた。青い葉につつまれた、深い赤い色を含んだ、北海の寂しい砂丘に咲く、何となく原始的ロマンスを暗示してゐるやうな花を見入つてゐると、一種の亢奮にもりあがつて行く心を感じた。そこで歌会の名がその夜のこの花を紀念《ママ》として、玫瑰会と名づけられた」

　席上の夕暮の歌二首

　　はまなすの赤き花みつつ波あらき辺土をおもふ心なりけり

　　日かげ粗き砂に散りたるはまなすの花あかくして夏ふかみかも

㉙「はまなす会」を支えた人達

それまで歌壇に手掛かりを持たなかった竹内薫兵が、夕暮の知遇を得るについては、仲介となる人物、あるいは歌会を開く道筋に手を貸す人物の存在があった。それは、大正九年「朝の光」を創刊する宇都野研である。研は明治十年生れ、東大医学部出の小児科医である。薫兵とは同窓ではないが、すでに本郷東片町に小児科病院を開業しており、同業者としても先輩であった。「はまなすの花」第一集は、歌会発足後約二年間の会員作品から成るささやかな合同歌集であるが、その目次に名を連ねた人々と、「朝の光」創刊号の同人の名を見れば、両者の間に交流があったことは明らかである。

「はなますの花」第一集には、夕暮のほか十七名が作品を掲載している。その中から数名を列挙すると、原三郎、岡落葉、河竹繁俊、中島銈子、氏家信、郡山千春、青木健作、安部路人、平野啓司等であり、第二集以降には今井邦子、飯田莫哀等の名も加わる。

一方、「朝の光」創刊号の巻末に同人としてあげられている氏名は、宇都野研、生沼豊彦、中島銈子、氏家信、青山兵吉、安部路人、杉田鶴子の七名である。宇都野研の周囲の歌人が「玫瑰会」に加わったのは、ゲストとして会の順調な発展を助ける意味があったのだろう。中島銈子がのちの窪田空穂夫人であることは人も知るところである。氏家信は中島の義兄にあたり、呉秀三門下の精神科医であった。また、安部路人は「詩歌」の原三郎と同じ東京医大出で友人関係にあり、一時、竹内病院の勤務医でもあった。杉田鶴子は、蘭学者杉田玄白の子孫にあたると聞いている。

「玫瑰会」のメンバーについて、薫兵はのちの「詩歌」にその何人かの紹介文を掲載している。それによれば、青木健作は当時すでに法政大学教授であり、その文才を以て小説も書いていた。青木が成田中学で教師をした頃の教え子にのちに「詩歌」同人となった行方沼東がいる。この会の席上、夕暮に面と向かって「オイ前田君」と言っていたのは青木のみであったという。

河竹繁俊の名がある事に驚く人もあろうが、のちに早大教授兼演劇博物館長となったこの人も、当時はまだ大学卒業まもない頃で、和服に角帯をきちんと締めて出席する端正な青年であった。竹内家とは親戚筋である。岡落葉は当時から挿し絵画家として有名で、国木田独歩とも親しかった。「はまなすの花」の装丁はこの画家の手になる。彼は青木健作に連れられて入会した。のちに「アララギ」の人となる今井邦子は、会に出席したことはなかったが、「前田先生に添削願います」という言葉をそえて詠草を送ってきた。今井邦子の夫と薫兵は中学時代の同級生の関係にあった。

夕暮が、「青木健作、河竹繁俊二氏のまじつてをられたのは鳥渡意外でもあり喜びでもあつた」と述べ、第一回の席上で「原三郎君以外は、初対面の人であつた」と異色の顔ぶれを喜んだというのももっともである。

「玫瑰会」は大正八年から昭和九年迄続けられたが、小歌集「はまなすの花」は第六集で終った。それは薫兵自身の本業が多忙となったこともあるが、「詩歌」が昭和三年に復刊されたので、このような小冊子は自然に消滅したと考えられる。

しかし、長年に亘って個人の私宅に人を寄せることができたのは医家の財力もあった事であろうが、その家の女主人、つまり薫兵夫人の功があったなればこそである。薫兵の妻蝶子は、日本女子大付属高女の出身で、夫と共に歌を詠み、「はまなすの花」にも明星風の歌を発表している。後年私の母は、「才気や理知だけの人は常にいる。又、色気だけの女もあまたいる。けれど両方となると仲々居るものではない」と、この人を評していた。つまりこれを才色兼備というのであろうが、このような通り一遍の言葉ではつまらない。

家庭婦人としてのその面影は、細面できりりとし、中年以後ふちなしの眼鏡をかけていたが、少しも容色を損じることがなかった。知識欲旺盛で多読の人でもあった。雑事に至る迄、完璧主義を通した。下町に居があったのは小児科医としての立地の都合もあった事と思うが、もともとあの浜町あたりの風景が身についたように似合っていた。

日本画家の鏑木清方に、たしか「築地明石町」と題した美人画があったが、あの絵画にみられる女性の、肩から流れるような線が、この人の姿そのものであった。大正の末迄には、四人の子の母となっていたと思われるが、使用人がいたとはいえ、夕暮を迎えて月一回の歌会の仕度をするのは大仕事であったろう。

回を重ねるにつれて、歌会にも参加し、かつ心くばりの出来る女性が必要と思われたに違いない。若い女性の会員もふやしたいという事で、薫兵は再び、宇都野研に相談をもちかけた。

丁度その頃、「朝の光」社友の末席に、私の母辻村恒子がつらなっていた。現在、私は「朝の光」のすべてを見たわけではない。いつ頃恒子が入会したのかは不明である。おそらく大正十年か十一年頃ではなかったか、と推量している。「玫瑰会」に出てみないか、という師のすすめがあったのであろう。恒子は「朝の光」から派遣されて、玫瑰会員となった。この頃迄の母について、以下少し述べておきたい。

(30) 私の母辻村恒子の生い立ち

母、恒子は明治三十五年三月七日、辻村真吉、ぎんの二女として、愛知県渥美郡豊橋町大字西八丁四十七の二番地に生れた。戸籍名はつねであり、恒子という表記は「はまなす会」に入ってから本人が好んで当てた字である。

この地は現在、豊橋市八丁通一、二丁目にあたり、市の中心地といってよく、公会堂や警察署があり、市役所も近い。生家は洋服地、特に羅紗のような生地を扱う商家であった。これが明治の時流に合ったのであろうか、商いは繁盛し、その地の高額所得者、つまり多額納税者となり、それに応じた公的な名誉も与えられていたという。

父親の真吉は趣味に茶道をたしなみ、語られているところによれば容姿もよく、人品も備わった人物であった。現在、私の手に辻村家の家紋の入った棗が一つ残されているが、恒子は「これを用いて茶をたてていた父親の姿を思い出す」としばしば語っていた。

両親の間には七人の子があったが、長男、長女、二男、四女がその地で早逝している。小学校卒業後、恒子は浜松の親戚の家に寄宿し、当時創立間もない私立浜松実科高等女学校に入学した。この学校はその後名称が変わり、現在は私立西遠女子学園中・高等学校となって発展している。当時は、えび茶色の袴を胸高に、人力車に乗って通学するという恵まれた女学生で、学業の出来も良く、幸福な生活を送った。

この時代の話の一つに次のような出来事があった。学芸会で壇上に立ち、古典を朗唱するという人目につく大役が与えられた。課題の文章は「祇園精舎の鐘の声、諸行無常の響あり」で始まる「平家物語」冒頭の十行程である。ところがわずか数行程のところで後が続かなくなり、一言半句も出てこなくなった。立ち往生の揚句、大方の期待を裏切り、引き下がる事になったのであった。「このような人も知る名文を暗誦できないようでは、とても自分には文章の才はない」とこれ以来思いこんだようである。理数系の科目の方が得意であったと自身も言っていたが、あく迄当時の女学校での話の事である。大正七年三月、恒子は五十三名の友と共にこの女学校を卒業した。

しかしその直後、大きな災難が家を襲ったのである。「人の好い父親が身内の者に騙された」とのみ、私は聞かされている。その身内が誰であるかも知らない。一家が父祖の地を去らねばならない程の事であり、容易な話ではなかったに違いない。母ぎんはなくなり、家産の整理をつけて一家は東京に移った。父、妹、弟と共に家族四人が居を決めたのは麴町区麴町十丁目十七番地で、現在の上智大学近辺である。

万延元年生まれの父親は失意のうちにあり、当面の生活が危うい事はなかったが、このままでは細るばかりの暮らしであった。一家の責任は事実上恒子が負うことになった。この中で希望の星となったのが弟の章であった。府立四中（現都立戸山高校）に合格し、家の未来を託す夢を持たせてくれたのである。将来の学資を考え、恒子は銀行に勤めることにし、実務を身につけようと夜は簿記学校へ通った。

「朝の光」に誘われたのはその頃であった。職場の中に歌を作る人がいたと聞いている。費用のかかる習い事は望めなかったが、これなら紙と鉛筆があればできると思った、と後年語っていた。

辻村恒子の歌が「はなますの花」に掲載されるのは、大正十二年二月発行の第三集からである。

そして矢代東村の名もこの号から見える。常々、「はまなす会では私の方が先だったのよ」と語っていたが、この「先だったのよ」という言葉が今思うと少々自慢めいていておかしい。

写真は大正十二年の早春の頃のものと思う。もう三十年近くも前の事になろうか。この写真を前に、前田透が恒子に、各人の氏名の確認をしていた事があった。さすがに恒子は全員の名を記憶していた。その時、私はかたわらに居て共にこの写真を眺めていたのだが、特に興味をひかれる程のこともなく聞き流していた。その為に不明の人を残したままであるが、今となっては判るすべもないこととなった。

⑶1　東村第一歌碑の歌　弁護士試験に合格

その頃、職場である銀行の中に恒子に求婚した人物が居たが、それを受け入れる心にならなかった。恐らく負っている家族への責任からであろう。

「はまなすの花」第四集（大正十二年六月発行）には恒子の歌が二十四首掲載されているが、これは素人の作品数としては多い方である。

年二十一いつか迎へて寂しきにこもらゐ暮すこの長き日を
現身のなげきは多し此れの世に何甲斐ありて吾は生くべき

これらの歌の底に一貫してひびく通奏低音は上京後の恒子の心情そのものであろう。

前節の写真の右端に立ち、本を小脇に腕組みをしている亀廣は、少々の気取りと共に自信ありげに見える。大正十年の春、弁護士試験に合格したのである。二度目の挑戦であった。当時は弁護士と判・検事の資格試験は別に行われていたが、亀廣は共に合格した。

司法修習の制度はまだ存在していなかったので先輩弁護士について実務を修める為、同年練塀小学校を退職した。大正十一年四月に東京弁護士会に登録、神田区今川小路三丁目四番地（旧地名）に住所と事務所を定めて開業し、生涯の弁護士生活の第一歩をふみ出した。

東村　　　前田　夕暮

うら若き弁護士なれば服しろく区裁判所へ大またに行く　（「はまなすの花」第四集より）

天災の予想はできない。平穏にみえるこの写真の半年後に関東大震災が起きた。今川小路の家も、京橋大鋸町の実父の家も焼け、亀廣は西大久保の白日社に一時寄寓した。

九月一日　　　矢代　東村

すぐそこまで燃えて来た火を前に見て玄関で食つた冷たいむすび

恒子の家はかろうじて火災を免れたものの、震災が与えた物心両面の打撃は大きかった。病床の父を看取る恒子の歌は悲痛である。

面白き話きかせと死に近き父はのらせば泪おちたり

老父を見送ってからの最後の不幸は弟が発病したことであった。急性肋膜炎のような病であったと思われる。憧れの一高受験を前にしての急逝であった。娘時代の思い出を多く語らなかった母であったが、最愛の弟を失った嘆きだけは、後々までも私が聞いたことであった。恒子は十代の終りにすでに激動的ともいえる生家の浮沈を目にし、大きな責任を負う身となった。それ故か、現実に対処する時には常に合理的に考え、行動に移す時に冷静、果敢であり、腹がすわったような所があった。苦労を取りこんで愚痴っぽくなる事を嫌った。これは生涯変わらぬ気質であったと思う。

震災後、竹内病院はいち早く復興し、玫瑰会も再開した。夕暮が欠席する事はまれであった。その頃の夕暮の姿を薫兵は、「何しろ三十歳代から四十代の初めにかけての先生で若くもあるし、どんと正座に座ったところは天晴れの先生ぶりで、根が好男子だったから立派でもあった」と「詩歌」で思い出を述べている。会の初めに夕暮は床の花をほめたが、このほめ具合で花の気に入り方が判った。季節の花をある時は豪華に、あるときは清楚に生けるのが、蝶子の腕の見せ所でもあった。「花を見るだけでも毎月楽しみであった」と恒子も語っていた。

大正十三年初め、夕暮は糖尿病を発症し、薫兵の仲介により三月に帝大三浦内科に入院した。その病室はホテルのような明るい部屋であり、北原白秋、古泉千樫らをはじめ、見舞客が絶えなかった。玫瑰会はここに二回程出張して、枕頭歌会を開いている。退院後の歌会に夕暮は常にサッカリン二錠を持参してきた。会の初めに紅茶を呈するのがならわしであったからである。夕暮の為に豆腐のおからで特製の寿司を作ったり、ところ天等の酢のものでもてなしたりしたが、これらの仕度をするのが蝶子や恒子であった。「先生の召し上りもの」に苦心し、「おいしい」と言われれば二人は安堵した。薫兵は「私が医師であるので私の家で差し上げるものはすべて私が許したものと思って居られると見え安心して食べられる様子が、私には大変嬉しかった」と回顧している。

玫瑰会での作品の優劣の決め方は、歌全部を無記名のまま羅列し、それらを出席者が思いのままに投票して決した。夕暮も会員同様に無記名の仲間であった。披講（開票事務）は持ち回りとなっていた。

潮風に日がな一日吹かれてるここの岬の枯草のいろ

第一歌碑のこの歌は、大正十二年三月の玫瑰会に発表され、席上最高点を得た作品である。初出は、「潮風に日がないち日揺れてゐるここの岬の寒菊の花」であったが、後に「短歌雑誌」（大正六年創刊初の短歌総合誌）四月号に発表した時は前記のように改められた。

その時の歌会の披講者は辻村恒子であった。「どなたの御作ですか」と呼びかけたが答なく、数回の問いにも返事がない。座が静まり返ったその途端、大声で「俺だ！」と叫んだのが亀廣であった。一同大笑いの中で亀廣も照れて哄笑した。この話は玫瑰会の語り草ともなった。かつてのこの場を知る人々の総意から、この歌が最初の碑に刻まれる事になったのであろうと、私は考えている。

㉜　椿事のぬれぎぬ

関東大震災の五ヶ月前、亀廣の身辺に椿事がおきた。大正十二年四月十四日の東京朝日新聞には次のような事件が報道された。

島田清次郎氏取調べ・誘拐と氏名詐称嫌疑」――長編小説「地上」で文壇の一部に知られた市外代々木富ヶ谷の島田清次郎氏は八日夜二十歳位の女を連れて相州逗子の旅館養神亭に投宿したが三泊の後十一日午後二時過ぎ上り列車を逗子駅に待合せ中葉山署に引致され……中略……右は投宿の際、氏名を詐称した為と、同行の女を誘拐した嫌疑によるもので女は某海軍少将の長女（二〇）と言ふものであると――

他の大新聞もおおむね同様の報道をした。島田清次郎は金沢生れ、大正八年に生田長江の推薦で長編小説「地上」を出版、一躍流行作家となったが自らを天才と信じ傲慢不遜な態度が非難を受け、最後には保養院で狂死に近い生涯を終えた破滅型の作家である。横浜地裁検事の取調べで彼は投宿先の宿帳に、弁護士矢代亀廣（三十一歳）、妻貞子（二十一歳）と偽名を記した事が発覚した。

この出来事を私は両親から聞いたわけではない。もう三十年以上も前の事になると思うが、直木賞を受賞した杉森久英著『天才と狂人の間——島田清次郎の生涯——』を読み、そこに亀廣が実名で登場している事に仰天したのである。亀廣が島田を知ったのは、大熊信行の紹介による。その頃、島田は大言壮語し、大いに勢いづいていた。大正十二年四月号の「短歌雑誌」には亀廣の次の一首がある。

大いなる望抱きて
物を言ふ
島田清次郎は
可愛らしきかな

事件は流行作家と海軍高官の良家の子女の間の問題として世間の興味をそそる話題となったが、結局、島田が先方の家に対し新聞に謝罪文を載せることで結着したかにみえた。双方の言い分を収める為に奔走したのが、島田と同郷の徳田秋声であった。朝日新聞には「両者の間を丸く収めた秋声氏」と書かれ、彼の写真が掲載されている。だが丸く収まらないのは偽名を使われた亀廣であった。

杉森久英の記述によれば、亀廣は島田に対し慰籍料二千円と、朝日新聞ほか四新聞に謝罪広告を載せることを要求して訴訟を起こした。島田が迷惑をかけておきながら、事件以来一片の挨拶もない事を怒ったのと、また、ドイツ民法には氏名権保護の規定があるが、日本民法にはその条文がなく、大審院判例も曖昧なので、日本の裁判所がこれに対してどういう判決を下すかを見たい、と主張した。

今回、この訴訟問題の成り行きを知る為に、私は改めて当時の新聞に目を通したが、結果は判らずじまいだった。恐らく島田に誠意がなかったか、すでに謝罪文を出す程の力を持たなかったのか、うやむやのうちに終ったと思われる。しかし、当時の歌人の一部に知れた事となったのは当然である。六月号の「短歌雑誌」では「渋顔破顔」欄の絶好のからかい記事となった。「自称矢代東村君のヌレゴト」という見出しで事の一部始終が記された揚句、「法曹界のチャキチャキ、歌壇のチャキチャキ、独り者のチャキチャキである東村がこんな事をするわけはないだらうが、セイジロウ君と友人であつたばかりにこんなハメになつた。――東村が可愛想だとお思ひの篤志家は、ハヤク東村に嫁ッ子をアテがつておやんなさい」と。この記事を書いた「阿閑兵衛」氏は歌人のゴシップを集めるのが得意らしいが、誰であるかは当時の「短歌雑誌」の編集人の顔ぶれを思い浮かべていただくほかはない。この時亀廣三十四歳、独身でいる事が人目につきだしていたのであろう。

しかし、この煩わしい身辺雑事があるにも拘らず、「短歌雑誌」には精力的に口語歌を発表した。大正十二年二月号の「真実な自己」十七首

真実な自己を求めて

生きながら、
だんだん自己に
遠ざかりゆく。

同四月号の「一月下旬」十九首

一本の巻煙草吸ふ。
それよりも
はかなき恋のあり、
一月下旬。

同六月号「草よもぎ」五十三首

摘みたての
ぷんぷん匂ふ草よもぎ、
目笊に入れて里の娘は来る。

山すそに日は一ぱいに輝いて
藁家ところどころ。梅ところどころ。

「草よもぎ」五十三首は「大正十二年早春、夕暮、白秋等と共に武蔵野及び御嶽山に遊ぶ。その時の歌」という詞書がある。同年、村野次郎創刊「香蘭」七月号に「僕と白秋」という一文を亀廣は寄稿しているが、そこには「今年の三月、白秋、夕暮等が武州青梅か御嶽山の方へ遊ぶので一緒に行かないかと誘はれ、鉄幹の何とか祝賀会へ出て来た白秋を、夕暮と二人で、新宿停車場の待合室で待つた」と書いている。白秋とは大正三年秋、まだ白秋が「巡礼詩社」にいた頃亀廣が訪ねたのが初めての出会いであったが、この三月が三度目であった。

　十年ぶりの白秋だつたのに、
逢へばすぐ、
無邪気に笑ひ、話しはじめる。

白秋は人のチョッキをひつぱつて
ねい君、ねい君と
話し続ける。

（「短歌雑誌」大正十二年六月）

㉝　恒子との交際

武蔵野、御嶽旅行は四泊五日もかけた気ままなもので、この時、亀廣は白秋に伊那節と伊那踊を伝授された。楽しさ、おかしさの極みは白秋の踊であった。「短歌雑誌」六月号掲載の歌、

青梅の旅館

まづ驚く
この巧妙な白秋の
自作自演の線香花火。

華やかな松葉牡丹も
今消えて
頭かかへてころりところげ

すいすいと枝垂柳も
今消えて
頭かかへてころりところげ。

飲めば酔ひ
酔へば必ず踊り出す、
白秋尊者天真爛漫。

「松葉牡丹」も「枝垂柳」も花火の型であって、火のつけ始めから火華が衰える迄の様子を、白秋独創の踊としたものである。又、鰌すくいも「自ら鰌となつて踊つた」(「短歌雑誌」)と書かれる程で、いずれも拍手喝采ものであった。「詩歌」同人の南正胤が「東村に伊那踊を伝授された」と述べているが、元は白秋から伝わったものである。「白日社へ同人や社友が集まって伊那節のレコードをかけみんなで踊った。一寸しゃがれたような渋い声で東村が音頭をとることもあった。……夕暮も踊った。東村は泥鰌掬いもうまかった」(「新日本歌人」昭和二十七年十二月号)

大正十二年八月、再び白秋と夕暮、それに橋田東声、吉植庄亮、矢嶋歓一ら、「短歌雑誌」の大森歌評会の顔も加わって、塩原・日光に遊んだ。「塩の湯、須巻湯、万人風呂と泊りをかさねてめぐり、飲み歌ひ踊り、愉快至楽をつくした」と矢島歓一は小冊子「東村追想」の中で書いている。

この時の写真が残されており、夕暮の子息透も共に写っている。亀廣は白の帽子を被り、足元迄白で統一するというおしゃれ振りである。これは新潮社日本文学アルバム「北原白秋篇」に掲載され、又、『前田夕暮全集』(第三巻)にもある。最近では「NHK歌壇」(平成十五年十一月号)にも載せることができた。作品は「短歌雑誌」に掲載する予定であったのだろうが、大震災の為、それはかなわず、翌大正十三年四月発行の「日光」に「小さな馬車」と題して二十五首発

左より矢代東村、吉植庄亮、前田夕暮、前田遥、北原白秋、矢嶋歓一、橋田東聲

表した。その中より二首、

街道

街道を小さな馬車が一つゆく。
青ぬりの馬車だ。
涼しい朝だ。

湯川

いちめんの夏の光りだ。
素裸の若い男女だ。
渓の湯川だ。

大正十二年九月一日の大震災で亀廣の神田今川小路の事務所兼自宅は焼失した。それ迄克明につけていた日記も手帳類も、古い原稿類、書籍、雑誌も残らず失われた。これは歌人東村の前半の生の記録を失ったに等しい。

一時、白日社に寄寓していたが、弁護士の業務再開が急がれた。年月は確定できないが、大正十二年末か、おそくも十三年早春には、麹町隼町に移転したと思われる。無一物になったひとり者の借家生活の始まりであったから、白秋、夕暮両家から好意ある頂戴物をした。布団だの火鉢だの茶器だの、等々である。「この恩は忘れる事のできないものだ。……品物は金を出せば、いくらでも買へる。けれども当座の不自由を思ひやつて、心配して下さるその心持ちは金では買へない。親譲りの財産を擁し、鍋釜の類まで自分の金で買つたことのない者には、分るまいと思はれる」（「香蘭」大正十四年八月号）とまで、述べている。これは当時、亀廣が家族の情愛からは遠い思いを抱いていた証左でもあろう。

大震災により、歌人達の集まりの場も失われたかに思えたが、竹内病院は再建され、十一月には玫瑰会の月例の歌会も復活した。偶然にも、隼町は辻村恒子の住所に近く、歌会が終った後の帰路が同方向であった。

「矢代さん、恒子さんを送っておあげなさいよ」と、肩をポンと叩くと、「貴女のお父さんは真赤になったものよ」と、竹内蝶子は私に語ったが、この昔話を聞かされてから、すでに三十有余年も経つ。婚約したのは大正十三年から十四年にかけての頃であろう。一生独身で暮らすつもりか、と心配していた白日社の同人達は、婚約の話を聞いて「わッとわいたものだ」と南正胤は書いている。

弁護士として安定した収入を得る為には年月が必要であり、結婚は昭和に入ってからであった。

「一見、直情径行の人のようでありながら、そういう点は実に冷静で、きちんとした所があった」と恒子は語っていた。

玫瑰会は亀廣、恒子のほかに、飯田莫哀・操、花崎利義・貞子両夫妻を生みだした。「他に若干不発に終った組もあったらしいが、それは玫瑰会のせいではない」と薫兵は語っている。

「詩歌」廃刊後から昭和六年以降も断続的に続いたこの歌会は、一個人が開いたサロン的な集まりとは言いきれない。中枢をなしていた会員は殆ど「詩歌」在京の歌人であり、それ故同誌復刊への足がかりを提供したと言えるからである。白日社の歴史の中に加えられるべき部分であろう。

「潮風に日がな一日……」の歌がこの会で発表されたことは前述したが、夕暮が歌集『虹』の中扉にかかげた自信作。

出水川あから濁りてながれたり
地《つち》より虹はわき立ちにけり

も玫瑰会初出であった。

（「詩歌」昭和二十八年十月号　竹内薫兵記）

⒁　東村が見た若き日の白秋と夕暮

「香蘭」は、北原白秋を顧問として大正十二年三月に村野次郎により発刊された歌誌である。村野次郎は戦後もよく我が家に現れた人なので、容姿もはっきりと記憶の中にある。当時としては、めずらしく洋風でスマートな感じを受けたおぼえがある。亀廣はその雑誌の大正十二年六月号に「初夏の花」十首を、一行書きで発表している。

　さはやかな初夏の朝です。竹やぶの木苺の花は皆ぬれにぬれ。

翌七月号には村野に請われて「白秋と僕」という散文を載せた。白秋とのその時迄の五回にわたる出会いの印象と風景を綴ったものである。初対面は、白秋が麻布坂下町の巡礼詩社に居た時で、亀廣に対し白秋は「十年の知己の様な親しみとやさしさ」を以てもてなした。「亀廣は理屈ぽくていけない。もっと惚れぼれとしろ」と説き、詩集『わすれな草』の扉に

　　ばらの木にばらの花さく
　何ごとの不思議なけれど

と書いて手渡してくれた。二回目は「地上巡礼」の小集が深川の鰻屋「宮川」で開かれた時で、この時は芸者や半玉をあげて大騒ぎをした。金屏風が持ち出されて皆で歌を書き、白秋も「筆太な大きな豊艶な、そして高踏的な」字を書きつけた。更に白秋は、斎藤茂吉が短冊を書く時にみせる真剣な態度を真似て、皆を笑わせたりした。

その後、白秋が小田原に落着く迄は一度も会う事ができず、三度目は、前述の武州青梅御嶽山

旅行であった。

「十年ぶりの白秋は、ますますよい人になつてゐた。すつかり人間が枯れて、昔のような色つぽい所はなく、少し渋味を帯びて来てゐた。それでゐて昔の我儘と無邪気とは失はない」白秋の口語歌

あ、今夜も城ヶ島のとつぱづれに
　灯台の日が青うついてる

を亀廣がほめたところ、白秋は、これは僕にも自信のある作だと言って、第一句の「あ、今夜も」には一寸苦労した、という話をした。旅行中には猥雑な話も出たが、そのような時にも「どこか上品で温雅で、清冽な香のぷんぷんする様な所は他に類のない白秋の天稟だと思ふ」と評している。

次の出会いは、「短歌雑誌」の歌評会の折であった。亀廣が入っていくと「そこに肥満した朱面童顔の士が丸つこく坐つてゐて、……たまらなく人なつつこい目をして」迎えてくれた。この場には、当時の歌壇の「一騎当千の士」がずらりと居並び、まず口語歌問題について討議した。これに関する白秋の考察には独特な傾聴に値する言葉があった。「本物の口語歌は己れの方から出るんで、お前達に何が分るもんか」という調子で、白秋は大変な元気さであった。

第五回目はその翌日の銀座アルス書店の階上で会った。編輯員を前にして、白秋は詩集の校正

をしていたが、ものさしを以て、一々寸法を計りながら組方の模様を調べており、その細心な注意ぶりには驚かされた、と亀廣は述べている。その後、小田原の「赤煉瓦の家」をしばしば訪ねるようになった。

「白秋と僕」は読者に好評で、すすめられるままに、この種の散文が掲載されることになった。「夕暮の一面」、「才人哀果」、「ある日の茂吉」がそれらである。三十代半ばの亀廣がこれらの先輩歌人達をどのように眺めていたのか、意外な一面も表れ出ていて興味をそそる。

まず八、九月合併号に「夕暮の一面」が掲載された。大正元年秋、「秀才文壇」の編集部に夕暮を訪問したことは前に述べた。初対面で亀廣が得た印象は次のようなものであった。

第一に「眉目秀麗の美男子といふこと」、第二に「温雅な中に熱情を蔵してゐるといふこと」、第三に「鋭い直覚力の持主であるといふこと」、第四に「臆病に近いはにかみやであるといふこと」であった。これら諸点が、夕暮の生活の上にも歌の上にも表れていて、それが「長所となり、短所ともなつてゐる」事を亀廣は言う。

白日社入社当時から、亀廣の作品は良い待遇を受けていたが、それに満足せず、「生活と芸術」「アララギ」等に出詠したことを夕暮は心よく思っていなかった。だがこれは後で知ったことである。十年余の交際のうちには、最初の印象の他に複雑な点を見出す事もあり、亀廣自身の生活や思想も変化した。夕暮について、「あれでゐてなかなか常識家だ。世才にも長けてゐる。仕事の経営もうまい」と述べ、「その様な事は尊敬すべきこと」と判っていながらも、亀廣はそれに違和感を覚えるのである。

大正四年に「詩歌」誌上に口語歌を発表した時も、夕暮は、これは良い事である、という位の事は承知していた筈だったが、実際には、口語歌の発表には困惑していた事を知った。これには亀廣も「少し癪にさわつた」と述べている。その間、無礼なことをし通しであった事もあるが、やはり「詩歌」とは因縁が深かった。それは矢張り、夕暮という人物の趣味や品性にどこか親しみ易い点があったからで、「交はってきて深く得られる点があり、此頃は夕暮は僕のたつた四、五人しかない大切な友人の一人になつてしまつた。相かはらず我儘もし、言ひたい事も言ひ、……それでゐて平気な仲になつてしまつた」と述懐している。

この小文の中には親密な関係にあった者同志の感銘もみられるが、夕暮と亀廣との性格の違いも明らかに浮き出ている。

㈾ 東村が見た若き日の哀果と茂吉

関東大震災後、多くの歌誌は休刊したが「香蘭」は大正十三年一月に復刊した。その号に「才人哀果」が掲載された。哀果との出会いは大正初期にさかのぼる。哀果が「生活と芸術」を出したのは大正二年九月であった。その頃亀廣は「詩歌」に属していたが、哀果が「啄木から系統を引いたような歌を詠む歌人でありとする関係」から、「生活と芸術」に出詠した。その創刊号には芸術座の公演広告が大きく出ており、共に観劇する仲間を哀果が募っていた。演目はメーテルリンクの「内部」一幕、同じく「モンナ・ヴァンナ」三幕であった。亀廣は見物に出向き、三十分間の長い幕間に食堂で初めて哀果に会った。

「早稲田出の秀才として、若手の新聞記者として、新進の社会主義思想家として、ローマ字論者として、また歌壇一方の旗頭として」の哀果を見、同時に「その頃の一部青年の崇拝の的であつた」哀果を、彼等と同様の気持を抱きつつ眺めたのであった。その時、その食堂に居合わせた青年は他に三、四人居たのだが、亀廣の記憶に残っているのは大熊信行一人であった。それ程、哀果は大熊のことを大騒ぎして「ほめたり可愛がつたり」していた。紺絣の着物を着たその大熊は高商予科に籍を置くまだ二十一、二歳の若者であった。「若さ」というものが大熊一人に代表されているかのように、哀果は喜んでいた。

この時亀廣は、哀果に会ったというよりは、哀果を観察していたというべきであろう。

「面長の鼻の尖つたそして額の廣い長髪を綺麗にくしけづつた（後にはこの長髪をちゞらかしてゐた）、歯磨楊子の様な髯を一寸蓄へてゐられる色白の顔――それは何か薔薇科の植物の種子を思はせる様な顔」、「――きちりと身にあつた洋服の着こなし、会話の時の手のやり所、椅子にかけた足のくみ方にまで無雑作な磊落な所を見せてゐながら、矢張りきちんとしたまとまりすぎた所が見られる」と顔や身ぶりの著しい特徴をスケッチした。「趣味的で気がきいて……反面、小さな利己的な独善的な所のあるいはゞ東京人の長所短所を一人で背負つた様な人間」と見るのである。

「生活と芸術」廃刊後、程なく哀果の書斎を訪ねたことがある。そこには洋風のしつらえの中に、変わった椅子、本棚、時計、タイプライター、ストーヴ等があり、壁かけにはローマ字で、MAKANU・TANEWAHAENUと書いてある。紅茶やチョコレートが出る。雑談の中で哀果は「下らないね」を連発した。これは人間や社会に対する哀果の「退屈のあくび」であり「自慢の挨拶」でもあろう。手紙はタイプライターを用いてローマ字で書くというが、短冊や半折に書く字は仲々うまいものだと、亀廣は感じ入った。「実行としての社会主義はどんな具合にゆきますか」と聞くと、「まあ皆自分の考と教養からあゝいふ世の中が来ても、きちんと生きてゆける用意をすればよい」というのが哀果の返事であった。

それから数年を経て、亀廣は弁護士となり、あの時の大熊信行は小樽高商に職を得て北海道へ行った。弁護士開業祝いにくれた哀果の葉書には

大熊は教師となりて弁護士に矢代はなりて二人も来ない

と書かれていた。すでにその頃、「一行書きの、何でもない事を歌ふ」短歌の作者になっていた哀果を、亀廣は嘆くのである。「この際僕達が思つてゐたあの十年前の哀果にかへつてくれませ

んか。それは出来ませんか。悲しいことだ」とこの一文を結んでいる。

亀廣が嘆いても哀果が十年前に戻るということはもうない。「ヴ＝ナロード」の時代はすでに終り、ボルシェヴィズムの勝利が告げられていたのである。亀廣の問いに対して哀果のいう「あゝいふ世の中」が「どういう世の中」なのか、単純に理想社会を想う亀廣よりも、ジャーナリストである哀果の方がはるかに知識を持っていたであろう。亀廣が哀果を「才人」と呼んだ所以である。「香蘭」の一文は大正十二（一九二三）年の「十月十四日」に書かれたことが明記されている。

「香蘭」連載の最後は「ある日の茂吉」である。大正十三年二・三月合併号に載せられた。亀廣が茂吉の名を知ったのは、「詩歌」誌上に茂吉の歌が紹介された時である。

「実にいい歌を作る人だと思つた。どうも変つた特異な歌を作る人だと思つた。……読んでゐるとしみじみして涙のこぼれる様な時がある。時々粛然として襟を正させる様な目にあふ。かと思ふと微笑がやがて失笑に行く様な稚気と一本気とユーモアとにぶつかる。それに古語を自由に使ひこなして、近代的な感情をにじませ、生々とさせる手法。それから言語に対して妙な愛着と興味を持つてゐる癖性……」。この様な面が亀廣にとって十分魅力的であったことを述べている。

晩秋のある一日、それは茂吉が巣鴨の精神病院に勤めて居た頃であったが、亀廣はその病院に茂吉を訪ねた。時雨空のうそ寒い日で宿直室のストーヴには火が入っていた。茂吉はすでにさかんに酒をやっていて、亀廣にもすすめた。酒は土瓶で燗をしたものらしかったが、猪口の代用品は通常の飯茶碗であった。茂吉はいい気持ちのようで、亀廣に「よく来てくれた。よく来てくれた」を連発した。

(36) 茂吉に短冊を所望

亀廣は、かつて青山脳病院を訪問したことのある白秋から、茂吉の印象を聞かされたことがあった。「……あの脳病院と来たらまるで御殿だからね。……円い太い石の柱が玄関に何本も立つてゐるんだよ。そこにゐる茂吉さんが又面白よ《ママ》。君素朴でね。何ともいへないよ。話をしては時々赤い舌を出す。また少し禿げかゝつた頭に一寸手をやる。それがまた実にいいんだ」と。亀廣が訪れた日も、茂吉はそのくせを時々やっている。亀廣も白秋とまったく同じ感想を持った。持参した短冊に一筆所望すると、茂吉は機嫌よく墨をすり出した。「僕はどうも字が下手でね。これで僕字は少し習つたんだが、仮名は駄目だ。君御歌寄人なんて実にうまい字を書くね。俺もう少し稽古して上手になつたらまた書くからな。今日は下手でも我慢してくれ」と言って亀廣が註文する歌をどしどし書き出した。

　けだものはたべもの乞ひて啼きゐたり何といふかなしさぞこれは

他一首、金の短冊に書いてもらう。見事である。赤地に金粉をぬった短冊が大層気に入り、

「これはいい。俺にくれ」と、それを大事そうに棚の上にしまった。その仕草が子供らしくて実によい。「もつと書くぞ」といよいよ興に乗ってきたが、その墨というのが宿直室の日記をつける為のものらしく極めて粗末なものであり、筆もまたこれにふさわしいちび筆であった。

十日なまけ今日来て見れば受持ちの狂人一人死にゐたりけり
かぜひいて寝てゐたりけりとの面には雪ふるきこゆさらさらと言ひて

今度は俺の好きな歌を書こう、と、

もののゆきとどまらめやも山峡の杉の大ぼくの寒さのひびき
夕されば大根の葉にふる時雨いたくさびしく降りにけるかも

最後のこの歌は亀廣もいいと思う。茂吉も得意らしく字ものびのびして来て良い。短冊の注文はここ迄とする。「君、病院を見るか」と言って医員の案内人をつけてくれた。亀廣はこの日、初めて精神病院を見学し、玄関迄見送られて帰った。

その後、亀廣が法律の勉強をしていた頃に、茂吉に会うとよく言われたことがある。「君、歌をやると勉強の邪魔になるよ。歌は止め給へよ。それにどうも歌をやると信用がなくなる様だ」と。茂吉がドイツ留学の途についた時、――それは茂吉年譜によれば、大正十二年十月二十七日東京を発ち、翌二十八日横浜を出帆と記されているが――、亀廣はその東京駅へ茂吉を見送りに行った。古泉千樫も来ていた。茂吉は「一寸行つて来るよ」と言って微笑した。

「……僕は島木赤彦といふ人が嫌ひで今のアララギには好意はないが茂吉さんといふ人はひどく好きだ。一寸行つて来るよ、から、早や二年たつ」と亀廣のエッセイは締めくくられている。白秋、夕暮、哀果、茂吉、四人の歌人に対するこれらの文章では、すべて敬語が使われている。亀廣には、古風な迄に礼儀正しい所があった。先輩達とは言っても、亀廣を含めて五人はすべて一八八〇年代に生を受けている。そして哀果を除いて、すべて二十世紀後半の人生を持ち得なかったことに改めて感慨を覚える。

「香蘭」に於て亀廣は歌壇月評欄を長く担当し、数編の随筆を載せたり、定例歌会にも出席するなど同人並の働きぶりである。大正十三年四・五月合併号に「三月歌壇評判記」と題した匿名の批評がある。内容は当時の与謝野晶子への批判や、「短歌雑誌」の老化を攻撃する言葉、口語短歌に対する私見、哀果の近作への批評等である。その評者「塗師屋杢平」を私は亀廣ではないかと考える。そう推量する根拠は文章の内容もさることながら、筆者の奇妙な名前にある。

千葉県の故郷東村《あずま》長志の矢代家では、代々、長子に「杢」の一字を襲名させてきた。亀廣の実父浅五郎が養子であった為、祖父杢平を最後にこの慣習は絶えたが、この杢平が村内で塗師の役目をしていた。大原町古文書の中に、杢平が勝浦の御神輿の漆の仕上げ料として、金八両を受取った旨を記した慶応二年の書状が残されている。農業のかたわらの副業であったろうが腕を買われていたと思われる。

大正十四年七月号には「三角街雑記」、九月から改題して「隼町より」というエッセイを連載している。震災後の住居は三宅坂から赤坂見附に至る界隈にあり、折々の心境、歌壇、時局への批判等、軽い文章であるが内容は面白い。大正末期の「香蘭」を通じて、白秋との交わりは濃いものとなり、小田原の白秋家にも度々、遊んだ。大正十三年四月号の「文芸春秋」に十九首の短歌が発表されているが、そのうち三首をあげる。

　白秋山房にて

咲くまゝに
咲かせた花だ。
庭いちめんの
うす紫のかっこうあざみ。

あかあかと
かんなの花に照る日見て
両手をひろげ声をはなつ児。（隆太郎君）

バルコンも窓の硝子も一ぺんに

うちぬらし降る。
夕立。
夕立。

⑶7) 東村の口語歌論「椿は赤く」

「文芸春秋」に口語歌を掲載した大正十三年四月は、「日光」が創刊された時でもある。亀廣は主要メンバーの一人として参加した。「日光」が出された経緯については、既に短歌史上述べられている事であり、詳説はしない。大正中期以降の歌誌の勢力関係やそれに伴う離合集散、結社分立の弊害が明らかとなる中で、白秋と夕暮が密接な交わりを持つに至り、それが雑誌発行の気運を高めたと言えよう。

「日光を仰ぎ、日光に親しみ、日光に浴し、日光のごとく遍ねく、日光のごとく明るく、日光のごとく健かに、日光とともに新しく、日光とともに我等在らむ」と宣言し、その清新自由の気風に魅かれた歌人達が参集した。

亀廣について言えば、「日光」が発刊されたからこれに加わった歌人というよりはむしろ、「日光」が表出しようとした時代気分をすでに内部に熟成させてきたが故に、発刊を促す力となった歌人であったと言ってよい。この創刊号に亀廣は「小さな馬車」二十五首を発表した。本書の中ですでに述べたように、大正十二年八月に白秋、夕暮、庄亮らと塩原に遊んだ時の作品である。更に「椿は赤く」と題して五頁に亘る口語歌論を掲載した。これはかつて「矢代東村追悼号」（「新日本歌人」昭和二十七年十二月号）に再録された。

「世上口語歌と称せられるものがある。口語又は現代語を使用して作つた謂ださうである。もし口語歌なるものが、そんな表面的な意義だけしか持たないものであるとしたならば、それは随分下らないものであると思ふ」と書き出される。「口語歌を提唱する人の多くは、理論上現代の精神なり感情なりは現代語に依る表現を正当とするからであると主張する。……しかし……問題は用語の問題ではなくして実に主張者自らのいつてゐる現代の精神とか感情とかいふもの、それ自体は何であるかといふことに帰着する」と述べ、更に真の現代人の精神と感情を持つ者とは「我々の伝統と歴史と古典も理解し承継し、そしてそれ等が現代生活上、如何様に制度化され現実化されてゐるかといふ事を知り、そこに表はれた精神なり感情なりを持つた人」であると説いた。

ここでは、古典や伝統への視線を絶やすことなく、これらをふまえて己れの内に生かしつつ、現代を歴史的にとらえ直すことのできる者のみが、真の意味の主体者とされている。新しいリズムはこのような人間の内面的欲求から生じるものであり、単に趣味や好奇心だけから口語歌は生まれるものではないと主張している。

又、五音、七音から成る三十一音律は日本語の持つ特質からくる落着であり、短歌の基本として長く在り続けてきたが、口語的発想による音律がこれを破った時に、それを字あまりや、破調として例外あつかいするのは滑稽である、とも述べた。更に「在来の作家が多くなし来つた様に、どの歌もどの歌も皆千篇一律に一行か又は三行五行に書くことの甚だ興味少なく、又詩としての効果を損ずるものである事を思ふ。歌によつては一行に、二行に、三行に、四行に、五行六行にもわたるべきものであらうと考へる。そして正しく句読点を施すべきものであらうと考へる」とし、多行書きによる表現上の自由を述べた。

「椿は赤く」が書かれた前年、大正十二年六月に「短歌雑誌」が「口語歌問題の是非と雑感」と題して座談会をおこなったが、その席上での発言も補足の意味で掲出する。出席者は白秋、夕暮、東声、庄亮、歓一、東村である。亀廣は「……要は、……短歌と現代人との問題と《ママ》である。僕は言葉を口語だの文語だの現代語だの古語だのと区別して現代人の歌は口語たるべしといふ結論は下らないと思ふ。まして口語で歌を作るなどといふのは本末転倒した話で、歌を咏《ママ》んだ所がそれが口語になつてしまつたといふ工合でなければ本当でない」と発言し、その席上での白秋の口語歌論に賛同している。

夕暮も「口語歌には口語歌の発想があるといふのは、僕の最近の経験からして首肯できる。何でも彼でも口語でなければならんといふ処迄には僕は到達してゐないが、……東村君の言つてゐることは作者としては頗る妥当な言である」と述べた。実作として亀廣は「日光」大正十三年五月号に「市ヶ谷刑務所」を掲載した。特殊な対象であるが、職業柄、見学できたのであろう。

音もなく
静かにひらく
刑務所の重い扉だ。
ひっそりと
はいる。

事もなく
説明をする典獄の
顔のかなしさよ。絞首台の前に。

更に同年八月号の「ストケシアの花」から三首をあげる。

麦刈
ざんざらん
ざんざらんといふ麦刈の
鎌のひびきをききながらゆく。

夏

あゝ夏も雑草の中に
ひるがほの
ほんのりと赤く
咲く日となつた。
　ある時
することの
どれもこれもが悉く
馬鹿らしくなるに——
ストケシアの花。

⒅ 白秋山房で連句を作る

「日光」の寄稿者は文芸全般にわたるといえるが、その中に萩原蘿月がいた。自由律の「感動主義俳句」を唱えた俳人・俳文学者である。亀廣とは肝胆相照らす仲というのだろうか、戦後迄親交を結んだ。「ラゲツ」という名が父の会話の中によく出ていた事を思い出す。白秋はこの蘿月と「小田原興行」と銘うって連句の会を持った。

八月号には白秋と東村の作品が掲載されている。亀廣の説明によれば、その五月に白秋山房を訪ねた時の作で、「興に乗じてといいたいのだが実は初心のこととて何が何やらさっぱり分らず、やっとの事で出来上ったもの」である。「連句を口語でやろうという事で始めたものだが、この連句をあとで蘿月がひどくほめてくれたので、雑誌へ出す気になった」と述べている。発句が白秋、偶数行が東村である。

初夏の星座だ蜜柑の花が匂つて来る
一風呂あびて今出たところ
種牛を連れて戻つて飯を食ひ
足なげ出して灸のあとかく
外庭は筍の皮がちらかつて
郵便脚夫が子をあやしてる

と続いていくが未完のままである。

又、一方で「橄欖」主宰者の吉植庄亮との交流も更に深くなった。彼の招きにより、八月に夕暮とその子息透も共に、一面の真菰や葦が生い繁る千葉県印旛沼畔に在る豪農の館に泊った。「日光」大正十三年九月号掲載の「真菰の花」五十六首はその折の作品である。

もう秋も近いぞ。

葦原の
犬蓼の茎の
赤いのを見ろ。

東村による情景文を抄出してみる。

「鶏が六七十羽、家鴨もいる。湯殿に入れば鶏が平気で巣の卵をかえしている。皆素裸足になって玉蜀黍をもいだり、隠元豆をつんだり、葱や大根を引き抜く。次には泥沼で鯰とり、鮒、鯉、鰻が面白いようにとれる。印旛沼のやわらかな土を踏んで帰れば親馬、仔馬が迎えてくれる。この仔馬はぽかぽかと何度も座敷へ上ってくる」(「日光室」東村記より)

夕暮はこの田園体験を「印旛沼の歌」五十九首にまとめた。感興を共にした両者の歌を併せ読んでみるのも面白い。夕暮は一行書き定型歌、東村は多行書き口語歌である。

湯に入れば卵ぬくめゐる鶏の顔と我が顔と相対ひたるかも　　夕暮

うすくらい
湯殿の棚にひなをかへす、
この牝鶏の
顔のしたしさ。　　東村

座敷の上仔馬あがりてうつとりと人をみてゐる額しろじろし　夕暮

この家の涼しさはどうだ。
のこのこと
座敷へあがる、平気な馬だ。　東村

子供なれば馬柵《ませ》をくぐりて真菰青くふみつつ馬と話はするも　夕暮

馬小屋の
馬に顔をよせ話してる。
少年と馬と
親しい夕だ。　東村

（「日光」大正十三年九月）

三首目は前田透の少年の日の情景である。印旛沼風景を夕暮、東村が数頁にわたって競うように詠みあげていること自体、「日光」の気分の表出であり、壮観でもある。

創刊号以降、誌上にみえる亀廣は、口語歌を発表し、歌論を書き、意気さかんである。白秋山房に泊りがけでたびたび遊び、同人仲間と小旅行を楽しみ、新しい友も得た。このような愉快な場面では常に亀廣の高笑い、大笑が聞えた。「君の会話の後の高笑いはどういう意味のものかね」と白秋に聞かれたことがある程の、亀廣の一大特徴であった。居合わせた人は皆、その上機嫌ぶりを見て「陽気な東村」を印象づけられたであろう。しかし、これは急転する時がある。「日光」大正十三年十月号に於てさわやかな大原海岸を詠んだ気分は、十一月号ではもうみられず、内省的な文章があらわれる。

「少年の頃のあの燃える様な希望と感激とは、今どこへ行つてしまつたのだらう。……僕は剛情であつた。一徹であつた。自分の思つた事は人が何といはうとかまはずに今日までやつて来た。教員をしてゐたが下らないと思へばそれもよした。法律を勉強しようとして、それもやつて見た。結婚も気がむかなければ今日までしずに来た。短歌なども人にかまはず口語でやつて見た。しかし今になつて見て、何一つ自分に幸福をもたらしたものもなく、満足に思つたものもない。……事によつたら僕の一生は失望と不満とで終止し、生涯淋しい淋しいといつて居ればよいのかも知れない。が考へて見ると、今までの僕にどんな仕事がされてあるか、ろくな仕事はないではないか。……実は何も仕事らしい仕事一つしてはゐないのだ」と自分を責める。

「日光」大正十三年十二月号掲載の「シェレーの額」は旧作に手を加えたものを含んでおり、

その頃の心の状態が推し量られる。
どうしても人と容れない性質を
誇つてたのもあの頃のこと

そこまで行け。
そこまで行けと思つても
ゆけないところ。
たゞ一つのところ。

㊴　白秋が描く「東村百態」

「日光」誌上に亀廣は「少年の日」と題した散文を掲載している。第一回は、まだ母に抱かれているような幼児のかすかな思い出の記憶から始まっているが、定期的に連載されたものではなく、数篇のみにとどまった。これがもし標題通り、「少年の日」のつぶさな記録になっていたら、幼少時の心の模様がわかり、その後の人生の軌跡を理解するよすがにもなろうかと思うのである。生後一年程で矢代家の養子であった実父が去り、母が再婚する迄、祖父母が居たとはいえ、事実上の母子家庭であったことは前に述べた。明治中頃の農村で、父親と生き別れの状態の中で一人っ子として育っている子供がどれ程特別視される存在であったか、大正十四年一月号の文章がその情景を物語っている。

村童達が「夕焼小焼。あした天気になあれ」と唄いながら、草履を投げ出し合って明日の天気を占っている。「亀廣のお父さんは東京に居るんだつてさ。うちのおばあさんがさう云つたよ」と一人の子供が言うと、悪童達が口々にそれに和して亀廣をからかう。「夕焼の美しいあつちの空は東京だ。東京。父。私にも父がある。そしてそれが東京に居る。この事は私にとつて実に不可思議な、また今までの生涯を通じての大きな驚きであつた。うちには母と祖父母との三人より外、誰もゐない。自分には父はない。父といふものは全然知らない。……けれども父、父、父、それは自分にもあつていいわけだ。いやきつとある。自分にも父はあるんだ」しかし、自分を可愛がる母も祖父母もそれにふれた事はない。聞いてはいけない事だと子供の心は直覚的に感じるのである。この「夕焼」の小文は哀切の情あふれるもので余韻を残す筆使いである。すでに三十代半ばをすぎた男が思い浮かぶ故郷の原風景は、このようなものであった。

「少年の日」のような回想的、田園的な文章を書くに至ったのは、おそらく同誌に連載されていた夕暮の「緑草心理」に触発されての事ではなかったか。この秀れた詩文集は、夕暮が糖尿病加療の為に入院した病床で書き出され、白秋の好意でただちにまとめられて大正十四年一月に刊行された。恩地孝四郎の装幀と共にこの書物を飾ったのが、白秋の描いたデッサン画「夕暮百態」である。夕暮の日記には、大正十三年十二月四日、小田原に白秋を訪ねた夜、興に乗じて白秋が一気に描き上げたものとあり、その折の情景が述べられている。

「白秋とふたりで蜜柑山に行く。素晴らしい日没の光景に逢ふ。恍惚となる。月光をふんでかへれば東村が来て待つてゐる。また『やあ』『やあ』を連呼する。夜は夜でえらい感興が虹の様に湧いて白秋が八時から夜半の一時迄に私をモデルにして『夕暮百態』の素描を書く。東村のも二十枚ほど書く」。夕暮が「驚くべき不思議な線の閃き」と言った画の中に、夕暮のみでなく「東村」のものもあった。このうちの、気むずかしげな東村の顔を描いた一枚が「日光」大正十四年一月号の裏表紙をかざっており、更に二月号には「東村熟睡之図」が載っている。これらのデッサン画については、生前の母からしばしば聞いていた事である。母は「東村百態」などと言っていた。戦禍による焼失の打撃には生活財のみでなく、我が家にとってかけがえのないそれらの宝物も含まれていた。

『緑草心理』の出版記念祝賀会は大正十四年二月三日、日本橋三共ビル六階エムプレスで開かれた。「日光」の記事によれば六十余名の多彩な顔ぶれが集ったとある。当日は亀廣が受付、庶務一般を引受けていた。その折の集合写真をみると、第一列目の向って左から、吉植庄亮、土岐善麿、尾上柴舟、中央に夕暮、その隣に太った体をもてあまし気味の白秋、画家の正宗得三郎、

『緑草心理』出版記念会

その隣に竹内蝶子が座り、川端千枝、辻村恒子、更に女性一人が続き、最右端が三木露風でその後が並木秋人である。二列目中央に恩地孝四郎が見える。三列目右端竹内薫兵、その隣り矢代東村。

古い写真にある人々の名を正確に伝える事はむずかしい。四人の女性のうち、やや年配の人はその雰囲気から察するに、「玫瑰会」の竹内蝶子であろう。最後列に亀廣と並んで夫の薫兵がいる。母恒子の隣の女性は醍醐信次夫人と想像するが、断定はできない。この時の恒子は精一杯の装いをしている様に思える。母が美容師の手によって髪型を整えるのは稀な事であった。当時恒子は「日光」の詠草欄に出詠しており、夕暮の選を受けていた。同年の八月号には七首が掲載されている。

当夜、テーブルスピーチをしたのは、尾上柴舟、竹内薫兵、宇都野研、土岐善麿、小林亀郎、永田龍雄、並木秋人、生方敏郎、北原白秋であったが、そのうち「土岐、小林両君は原稿にして日光室に寄せてくれた」と夕暮が謝辞を述べている。これらの人達の中で小林亀郎の名を知る人はおそらくいないであろう。文章も載せているが、歌人ではない。彼は亀廣の先輩にあたる弁護士で東京弁護士会では長老格の人であった。震災後に亀廣が夕暮宅に居住しつつ、弁護士業務を再開できたのはこの人の助力あっての事と推量する。終生、歌人としての亀廣にも理解を持ち、私の想像であるが「日光」に経済的援助をしていたのではなかろうか。「日光」のような大雑誌でも理想だけでは成り立たなかったと考える。

Ⅳ　隼町時代

⑽「秋山小助」とは誰か

大正十四年春、亀廣は当時の麹町区隼町五番地に、法律事務所を再開した。現在は最高裁や国立劇場の在る場所であり、ここに小さな借家があったとは到底信じられない話である。当初、独居生活は定めし静かで仕事もできるだろうと思っていたが、「日光」の編集実務を引き受けていた為、白秋、夕暮、庄亮、羅月などが時を問わず訪ねてきた。不在時に来た夕暮は勝手元から上がりこみ、雑誌を見ながら寝ころんで過していくという有様だったし、庄亮は夜、雨戸を叩いて寝込みを襲い、朝から酒を飲んでゆく事も度々だった。

東村のひとりぐらしを尋ね来てうれしきものは朝を飲む酒

焼雲丹のかみしめてうまき家妻を矢代東村いまだもたずあはれ　庄亮

庄亮は「日光」誌上に「東村は親切な弁護士であると共に口語歌ぢや一派をなしてゐる歌よみだ。……改めて皆さんに東村のお嫁さんの事をお願ひします」と本気で書き、嫁さがしを心配してくれている。

独身生活の亀廣をモデルとして、白秋は「中央公論」昭和二年六月号に短篇「秋山小助」を掲載した。改造社版、アルス版を経て現在は岩波版『北原白秋全集三十二、小説』の巻で読むことができる。「秋山小助」つまり亀廣の生活習慣、小事件等を白秋独特の躍動する文体で綴ったもので、これは文章による「東村百態」といってよい。

「秋山」は下目黒に住む図案家となっており、登場人物「A」が夕暮、「B」が白秋、「O」は庄亮である。亀廣は家の中での生活習慣、例えば帰宅後の靴の手入れ、背広の収納、着物の着替え方、これらすべてに定まった手順があり、白秋の描写により、私は生前の父の姿が眼前彷彿とした。又、外と内との違いが大きく「潔癖で身のまはりに細心なことは驚く」のだが、「一旦外に出るとなると、かなりに粗雑な、寧ろあまりに荒つぽい言動を平気で敢てする」のである。白秋は「内に向つて所謂求心的に益々密度を深めてゆく一方に、外に向かつては、遠心的に思ひきり放漫になつてゆくらしい」と書いている。ここではある暮の一日、「B」つまり白秋が秋山の家に泊まったその翌朝の光景を抄出する。

「勝手へ降りると、彼秋山は甲斐甲斐しくも袂を襷で絞《ママ》りあげて、狭い廊下を厠の前まで、膝を著け著け前屈みに、両手で濡れ雑巾を押へながらしゆうつしゆうつと拭き立てて滑つてゐた。しゆつしゆつと。勝手の整然たることにも私は一驚を喫した。それは如何なる嗜みの深い主婦でさへがかうまでには周密に清浄に、所謂また文化的に整へ配置することはでき難いであらう。観るところ、七輪は上の板の間の片隅に、七輪として在るべき位置を正しく保ち、また釜は七輪の上に、厚い釜の蓋はまた吹き上げた白い灰や炭の粉ひとつ止めてなかった」

台所諸道具は包丁から擂粉木《すりこぎ》、洗濯用品に至る迄、磨き上げて整然と置かれていた。

「新婚の二人きりの新世帯でもおそらくこれほどの簡約と整頓とは尽せないであらう。私は土間の流しの前の座板の上に立つたが、……中略……水一滴すらこぼすことを慎まなければ、どうしても紳士としての洗面はできなさうであつた。だが過つて一二三滴、足元の板に落として、私は恐縮した。さうして雑巾掛から一つの雑巾を抜いて虔ましくそれらを拭いて、やつと僅かに安心した。息もつけなかった」

白秋は「こんな男の妻になる女はホネだな」と推量したのであったが、それは正にその通りであった。度を越した綺麗好きと潔癖さに、更に不機嫌が加わった時の家庭内の息苦しさは、いまだに忘れることができない。

短篇の結びの数頁は独身者の滑稽さと哀しみを伝えてあます所がない。春の一日、「B」は秋山を再訪した。外まで聞こえてくるレコードの音は、「天龍下れーばー」の唄と三味線の乱痴気騒ぎ、戸を叩いても声は届かず、のぞいてみれば秋山は頬っかぶり、尻からげ姿で伊那節を踊っていた。

「恍惚として、陶然として、踉々として、飄々として、また蹌々として、凄然として」「人が見てゐるにも気がつかず、一心に、いや無我夢中に。小男の秋山」

訪問者の「おい俺だ」の声に驚いて振り向いた秋山の顔……。「私は悖然として立ち竦んだ。両の頰にたらたらと二筋の涙が、跡が、光つてゐたのではないか。まざまざと流れてゐたのではないか」

このモデル小説の在ることを私に教示されたのは、白秋長男の隆太郎氏である。北原家が鎌倉へ転居した時の葉書には、「東村先生のよくいらした小田原天神山に少し似た眺めで悦んでいます」とあり、その後の便りにもしばしば「御尊父様の、あの呵々大笑が聞こえるようです」としたためられていた。隆太郎氏は平成十六（二〇〇四）年春に逝去されたが、三十代の父と会話した最後の人であった。「日光」誌上の「東村隆太郎問答」はいかにも無邪気で楽しい。

室生犀星はその著『我が愛する詩人の伝記』中の白秋篇で、「この不世出の大才人はその生涯を通じて散文の仕事だけは、見事な完成期を持たなかった」と書いているが、「秋山小助」の人物描写の鋭さは白秋ならではのものであり、細密画を見る思いである。

⑷⑴　辻村恒子と結婚

大正十五年初頭に白秋が書いているところによれば、「日光」の編集委員は古泉千樫、前田夕暮、土岐善麿、それに白秋の四人であるが、「これに矢代東村が終始助けることになつてゐる」

とある。だがこれは年齢の順からいっても、校正のような仕事は亀廣に廻ってくるという事であり、弁護士業のかたわらであったから多忙な日常となった。一月号からは発行所とは別に、編集所は亀廣の住所である麴町区隼町五番地と明記されている。同年五月号には「原稿締切を厳守してくれないものがあるので、編集子は気が気ではない。少しは察してもらひたい」とある。年末の「短歌号」では、一月号より十二月号に互る一年分の同人の歌から殆ど亀廣が一人で選んで掲載した、と自身で述べている。

隼町五番地に住みゐたり居りいまだめとらぬ源の亀廣

紫の藪こんにやくも咲きにけりはやほどほどにめとりたらなむ　白秋

大正十五年春の「日光」にこのような歌がみえる。先輩、仲間達の関心を集めていた亀廣の配偶者は、前述したように「はまなす会」に出席していた。この歌会は当時も開かれていたから「日光」と「はまなす会」の両方にかかわりを持つ人達にとって、両者の間柄を推し量ることは不可能ではなかった。現実的な場面として一切承知していたのは、竹内薫兵（青夏）夫妻であった。

翌年、時代は昭和と改まった。その二月号で亀廣はやっと「結婚式は今月の中旬。極めて簡素にやる考です」と編集人便りの欄に書いた。その後、「日光」の発行は滞り欠号となっているが、これは編集人自身の結婚によって、業務が遂行されなかったためではないかと思う。同誌六月号の同人消息欄に簡単に、「矢代東村　二月十八日北原、前田両氏の媒酌で辻村恒子と結婚した」と記されている。しかし、「香蘭」三月号の編集後記を見ると、やや大げさに「日光編集者として、本誌の為にも多大の援助を頂いた矢代東村氏には、去んぬる如月吉日辻村つね子氏と芽出度く華燭の典を挙げられた」とある。

結婚式は昭和二年二月十八日、赤坂山王日枝神社であげられた。翌三月十一日に亀廣は三十八歳、三月七日につね子は二十五歳となる夫婦であり、亀廣のみならず、つね子も当時としてはおそい結婚であった。鬱蒼とした木立を背景に新夫婦の両側に、北原白秋、菊子、前田夕暮、繁子（狭山信乃）両夫妻が座って集合写真がとられた。数少ない親族の他に歌友、弁護士仲間が居並んだ。今考えれば「日光」時代を象徴するような結婚写真であった。当日は大変寒く、母の話では新郎はしきりと鼻水をすすっていたという。また、菊子夫人が「こんなに可愛いお嫁さんは見たことがない」と語ったそうで、これもつね子の自慢話の一つであった。

新生活は隼町五番地から始まったが、白秋の「秋山小助」に書かれた通りだとすれば、「下は玄関の二畳と床付きの座敷の六畳と狭い廊下とを隔てて勝手側の二畳と、その三間しかなかった」のであり、二階には六畳が一間あるのみだった。「こんなに一人ぼっちの人がいるだろうか。肉親の愛に恵まれず、まさに天涯孤独といえる」。これは、結婚して改めて抱いたつね子の感想である。くり返し述べる事になるが、亀廣の父は離婚後東京で結婚し、そこには義母と義理の弟妹が居た。千葉県の実家も母と養父の没後は義妹が養子を迎えており、実父の他はいずれにも完全な血縁の者はいなかった。

「これからは本人のやりたい事をさせてあげよう。少々の我儘もよい事にしようと思った」と、母は後々まで私にこう語っていた。しかしこのように思った母自身も上京後に父と弟を失い、妹一人と暮らす身であったから、状況は亀廣の場合とさして異なるものではなかった。ともあれ、出発は簡素ながら夫婦にとって幸福感のあるものであったに違いない。結婚後、北原家に夫婦で出向いた時、幼い隆太郎が「トーソンがオキサキを連れて来た。トーソンのオキサキが来た」と言ってはしゃいだそうである。

大正最後の年、つまり結婚前年に亀廣は短歌の他に書評、時評、口語句、散文等を「日光」に発表している。翌(昭和二)年十二月号(短歌号)の「鱈釣る舟」はその一年間の作品より二十三首を自選したものであるがその中より掲出する。

早春

やはり
早春といふ感じだな。
あの空の
あの空の色は

すこし冷たいが――

梅

よく晴れた
午前の空に、はつきりと
梅が描いた線の
細かさ。

オットマン筆巴里の女

近代的な
何か愉快な
空想が
空想が湧くよ。
あの横顔に――

品川沖

一列に
鱚釣る舟はならんでて、
見てゐれば

ただ静かな沖だ。

⑷②　口語歌論議

「日光」の時代に亀廣の口語歌は、一つの到達点を得たとも言われる。昭和二年一月の同誌に「一人の道」と題して、大正四年以来の自身の口語歌に関しての短い整理と感想を書いている。その中で亀廣は「日光」、「短歌雑誌」、「近代風景」に掲載した作品群に対して北原白秋、土田杏村、大熊信行が寄せてくれた批評に改めて感謝し、同時に大正十四年来の「鱚釣る舟」の歌境について、「一つの境にまで来てしまつた」と感じ、「これから更に勇躍しなくては、僕の歌境はひらけない。勇躍々々。それを思ふと、からだがぞくぞくして来る。とにかく一人の道を行くといふ事は、淋しいけれども、何か愉快だ」と述べている。勇躍して武者ぶるいを覚える程の行くべき道は勿論、「口語歌の創作に関わる道」である。だが大正末期に口語歌人は亀廣一人ではない。それをあえて「一人の道」と言ったのは何かを意志表示したかったからに違いない。

改めて述べるまでもなくすでに明治期より、青山霞村、西出朝風等が口語歌を唱えており、大正初期には西村陽吉が社会的関心の強い口語歌を発表していた。陽吉は大正十四年、新雑誌「芸術と自由」を発行して多くの口語歌人を集め、翌大正十五年には「新短歌協会」を結成し、「芸術と自由」はその機関誌となった。しかしそのメンバーの中に矢代東村の名はない。これは一方で「日光」によって作品発表の場を持っている事で足りているとも思えようが、根本的な差異を本人が堅持していたからである。陽吉の歌集『第一の町』が出版されたのは大正十三年であるが、その書評を同年十月号の「日光」に亀廣が書いている。

「(西村君は) 芸術を心がける芸術家の態度を二つに分け、芸術を偏重する傾向のある人と、人間の生活そのものを偏重する傾向のある人とし、芸術そのものより、人間の生活現象の方を重く見ようとする態度が生活派だといつてゐる」それに対して亀廣は「生活を重く見る事が即ち芸術を重く見る事になりはしまいか。——中略——人生とは何ぞや、我等如何に生くべきか、この考が、我々をして或は芸術に或は宗教に或は科学に赴かしめるのだ」と述べた。

更にこの歌集では、「ロシアを憶ふ」、「ストライキ」、「議会を詠ず」など、取材の方面に特殊な境地を開拓していることはとも角もユニイクであると認めるが、作品の価値は、その内容の如何によって決定すべきではない事、所詮芸術は表現であり、「対象の事ばかりに急であって、それだけで既に何等かの功績を挙げたかの如く思つてゐるのは、大なる誤りである」と書き、「外部の刺激にばかり心を向けすぎて、深く己れの心にきく所が少い」と辛口の批評を呈している。

大正十五年十一月といえば、大正の最後の月となるが、その号の「日光」に大熊信行が「矢代東村の口語歌」と題した一文を寄せている。彼は、東村の口語歌の本当の出発点は大正十二年頃ではないか、とし、「当時短歌雑誌にのったあの数十首は、従来の口語歌がゆめにもおもはなかつた方向にその道をひらいたものとおもふ。——同じ年の九月の『改造』に北原白秋の口語歌『塩原の夏』がのった。かぞへると十二頁に四十四首ほどある。これははじめての人にはおどろきだつたかも知れないが、矢代の口語歌をよんだものにはすくなくも驚異ではなかつた。もとより白秋の天才はかかる方面に前駆を必要とはしないだらうが、事実は矢代東村が前駆だつた。『塩原の夏』は東村がひと足ふんだところをもうひと足さきへふんだ。そして東村がどこへゆかなければならないかが東村にもはつきりしたらしい。大正十三年四月、『日光』の創刊号にのつた矢代の口語歌『小さな馬車』（二十五首）は『塩原の夏』のつづき絵である。——矢代の『小さな馬車』はそれから一人で走つてゐる」と書いた。彼は口語歌の理論については白秋と東村に一致点があるのだろうと感じ、「矢代の口語歌が西出朝風や西村陽吉とべつな道をあゆむものだといふことはまちがひないこととおもふ」と記した。

明けて昭和二年、この頃より「日光」誌上には白秋、夕暮の作品発表量は少なくなり、発行にも乱れを生じた。白秋と夕暮の間に感情の疎隔をきたす出来事があったという事も言われるが、全くの私見で述べれば、両者にあとを引くような出来事があったとは考えにくい。すでに対抗線上に強く意識されていた島木赤彦は前年に没し、「日光」内でも善麿の外遊に続き、有力同人古泉千樫の訃がもたらされた。同人達の間の結束意識に変化が生じた事は否めない。

「日光」はその年の十二月に終刊に至った。しかしこの事をもって「日光」に集った者達が終息したわけではなく、むしろその逆に、それぞれがここで蓄積した力を発揮する場を求めて飛翔したのである。もともと一国一城の主である力を持った詩人、歌人の集合した雑誌であった。東村がこの「日光」の場を得た事は幸福であったと言えよう。短い期間ながらも「日光」は大正デモクラシーの時代の空気を伝え、その光芒を十分に放ったのであった。

その年の十二月十日、亀廣、つね子に第一子が誕生した。その男児は、夕暮の本名洋造から一字をとり、洋一と名付けられた。

⑷3　「詩歌」復刊、「口語歌の意義」を掲載

「日光」終刊と同時に夕暮は「詩歌」復刊に着手した。昭和三年正月の白日社新年会の後、東村、近藤武雄、元吉利義ら在京の同人達の手で復刊を呼びかけるビラと清規を封筒に入れ、宛名書きをする作業が進められた。この時、中学生になっていた前田透も共にこれを手伝った。その折の思い出を「評伝前田夕暮」の中で綴っている。

熱気あふれる空気の中で仕事の終り近く赤塗りの桶に入れた釜揚げうどんが運びこまれた。まるでこれは首桶のようだ、と誰かが言った時、東村が「何某と何某の首をとったぞ」と呵々大笑した、という。何某とは当時、歌壇の雄と目されていた人物であった。

「青天の下、健康なれ。白日恍たり、歓喜に燃えよ」の呼びかけの下、復刊第一号が四月に出

された。春迄に六百名もの参加申し込み者がいた。寄稿者に、久松潜一、三木露風、室生犀星、高村光太郎、尾上柴舟、岡本かの子、宇都野研等々、社外の錚々たる人物を得ている事も、当時の白日社の実力を示すものであろう。「詩歌」昭和三年四月号に亀廣は短歌十五首と歌論を発表した。

　　四十になる
　何もかも
皆これからだ。
これからが、本当のおれの
仕事だと思ふ。

前月の三月に亀廣は満三十九歳となり、意欲十分の壮年期を迎えていた。同誌に次の一文がみえる。

「昨年（昭和二年）の十二月十日午前五時、長男の洋一が生れた。僕は自己完成主義者で、人間は各人が、自分自身の分を知り、自分を完うすればそれで目的は達しる《ママ》。子供はいらない。もし子供が出来たら……全力は子供の為めに尽さなければならない。といふ観念上の論者であつた。しかし観念は必ずしも一切の事実を掣肘しない。事実は子供を生んだ。子供が生れるといふすぐ前の気持、生れて育てるといふ時の心理は又別なものだ。人力ではどうにも仕方のない、一つの運命といふ様な事が思はれる。――中略――僕は今までは、自分の事は自分の力でどうにもなる位に考へてゐた。しかしさうでもないらしい。僕は子供を持つて、『お蔭様で』といふ言葉が、人類の辞書の中に生きてゐる事を、はつきり知つた。――生れた者の上に祝福あれ」

同人名簿の中で夕暮は、大いにからかい気味に東村を紹介している。

「……本年四十歳。麴町隼町五番地在住。雄弁を以て聞ゆ。閨秀歌人辻村恒子女史と結婚一男をあげ、洋一と命名。爾後少しく人生観を一変せりといふ。近く処女歌集上梓の筈である」と。

復活創刊号の亀廣の掲載歌の中には普通選挙を詠んだ五首がある。

　きまり文句の
　出来さうもない大げさな
　この候補者の
　宣言である。

第一回普通選挙が実施されたのは、昭和三年二月である。亀廣も初の選挙権を行使したが、五首をみる限り、特に期待を抱いている様子もない。だが、この時局詠は時代の意味を考えさせるきっかけを与えている。普通選挙法が成立したのはこれより三年前、大正十四年のことであるが、この時の議会で、同時にもう一つの法案が通過した。治安維持法である。普選法との抱き合せで制定可能となったものであった。曖昧な表現を用いたこの法律は、第一回普通選挙後に死刑、無期刑を加え、一九三〇年代にはリベラリストや新興の宗教団体迄も適用範囲として無限の拡大解釈をおこなった。普選法と治安維持法を「右手のお菓子と左手の毒杯」と言ったのは労働運動家の山本懸蔵であったが、これから始まる「昭和」の時代に「毒杯」が如何に猛威をふるう事になるかを予知した歌人は、この時期に殆ど居なかった。

更に同誌上で亀廣は「口語歌の意義」について五ページに亘って所感を述べた。

「凡て在来のものに対して、新しく興つたものは、何かしらそこに異つた別の理由を持ち、形体を具へてゐる。これを口語歌について考へて見ても、同様な事がいへる。口語歌が口語歌としての存在の理由を主張し、美を提唱するからには、在来の文語歌に対して、更に一歩を進めたものでなければならない」としつつも、当時の口語歌と言われるものがいまだ合致点も見ず、無自覚派、生活派、無産派、感覚派等に分立していると指摘した。

「無自覚派」とは亀廣自身の命名によるが、「――表現上単に口語を使用したといふに止まり、……その表現が不自然でその上拙劣であるばかりでなく、観照も不正確で幼稚で、かへつて在来の文語歌よりも退歩したものであるかの観を呈してゐる」と批判した。

生活派に関しては、以前から社会制度の不合理や貧乏の苦痛について歌ったが、今日に至っても「たゞ事象に囚はれ、事実を述べ感慨を記すに急であつて、芸術としての短歌の本質にまで深く考へ及ぼし、詩としての短歌の形体について専ら工夫する事を怠つてゐる」と述べ、無産派については、興味と期待は持つがまだ未知数に属する、とした。感覚派は「唯美に流れ、享楽に走り健全な短歌の本道を行くとも思はれない」と評している。

昭和三年春、「詩歌」誌上にあげた「口語歌の意義」についての第一声は熱情あふれるものだったが、歌壇は、当時の文壇の情勢と相呼応し、諸派分立の様相を呈していた。

⑷「新興歌人連盟」の結成と分裂。牧水の死

昭和三年九月、「詩歌」同人の柳田新太郎の呼びかけによって「新興歌人連盟」が結成された。これは結社を超えて短歌革新をめざす歌人の集まりで、筏井嘉一、坪野哲久、石榑（五島）茂、前川佐美雄、更に渡辺順三、大熊信行、大塚金之助らが参加し、東村も土岐善麿と共に加わった。「旧」に対する「新」のすべてを包含する集合体は「プロレタリア系」と「モダニズム系」の歌人が同居していた。「革新運動の戦線統一」をまず唱えたが連盟結成以前にすでに問題を孕んでいた。「詩歌」昭和三年四月号にみえる東村の次の一首はこのあたりの事情をうかがわせる。

見給へ。
共同戦線などといつてゐるが
仲間割ればかり
して居るぢやないか。

この歌に対してさえ、柳田新太郎は反動的傾向がみえると評している。（同誌九月号）

結成後、連盟機関誌の発行是非をめぐって早くも意見対立をみた。定期的刊行はいまだ時期尚早とする者と、主張を明確にする為に雑誌発行の必要を主張する者とに分かれ、投票による結果は八対五で「必要派」が敗れた。渡辺順三の『近代短歌史』（昭和七年十一月発行、改造社版）によれば、時期尚早派には、矢代、石榑、前川等が居り、発行必要派は坪野、浅野（純一）等であった。後者はこれにあき足らず、分派脱退して「無産者歌人連盟」を結成することになる。この当時、夕暮が書く「詩歌」編輯後記には、「此頃歌壇が大分混亂してゐる様だ」とか、「時代の激しい流れを感ずる」などの言葉が散見される。

この一年の経緯に関しては、昭和四年一月号「詩歌」誌上の「来るべき支配者の姿――一九二八年度から一九二九年度へ――」と題する柳田新太郎の一文と、楠田敏郎の「認識不足の発言を戒む――歌壇のこと、自分のこと――」が参考になる。この二人の同人の記述から察するならば、新興歌人連盟結成に至るまでには、主義主張の問題のみならず、人間関係の意志疎通も十分でなく、委員選出等の人事問題にも不満があったようである。

昭和三年の夏（七月号）に「詩歌」に発表された「高圧線鉄塔のある景色」六首は、記憶、愛唱する人もあり、この時期の東村の作品として掲げる。

麦畑だ。

楢の林だ。
高圧線の大鉄塔だ。
六月だ。
野だ。

照りつけて
何の音もない野の上を
三羽鳥がゆく。
一羽ははなれて。

「新興歌人連盟」が結成された九月に時を同じくして、若山牧水が沼津で他界した。「詩歌」十一月号に東村は「九月十九日」と題した牧水葬儀の日の有様を伝える一文を載せているが、この文章からは「日本歌人協会」の事務方を委されている当時の東村の一面がのぞかれる。「日本歌人協会」とは昭和二年にできた歌人の親睦・共済団体である。

牧水の訃報が伝えられた時、夕暮は急性腸炎のため葬儀参列が不可能であり、東村が「白日社」を代表して出向くことになった。また、白秋からは電話で「僕が歌人協会代表で弔辞を読むことになったが、（歌人協会からの）香奠の方は君一つ心配してくれ」と伝えてきた。東村は裁判所からの帰途、朝日新聞社に土岐善麿を訪ねたが、善麿からも「十九日は社の都合で行かれないから香奠を持って行ってくれ」と頼まれる。次に協会幹事の石榑茂に電話をかけると「これから樺太へ出張する所だ」という。ついに東村は松村英一を同道して宇都野研の所へ出向き、事情説明の上、宇都野の快諾を得て香奠を立て替えてもらう事ができた。東村はこの「九月十九日」の一文中で「これで協会の香奠も出来た。一体協会には規約は出来てゐても、毎月の会費も正確に集めてないのでかういふ時の金も困つてしまふのである」と書いている。最後に夕暮の香奠をたのまれ、「まるで皆の香奠を届ける役」のようになって沼津へおもむいた。

歌人協会の香奠がどれ程の額であったのか知るすべもないが、「日本歌人協会」という代表的かつ一般的な歌人の団体が、牧水への香奠を用意するのにこれだけの労を要しているのだから、当時の新しい歌人の集まりが組織としてどれ程整っていたか、推して知るべしであろう。また、東村の弁護士という職業が時間的に自由な面があったとはいえ、ここには彼の人柄の良さが自ずと表れていて、まことに面白い。

東村は牧水と同時代の歌人には大抵面識があり、中には親しく往来している者もいたというのに、どうしたことか牧水とは生前一度も会う事がなかった。当日の沼津千本浜の家で、東村は最初にして最後の牧水の顔を拝んだ。棺の中には、酒が満たされているであろう瓢箪が一つ納められており、牧水はその傍らで実に楽しそうな、まるでゆっくりと寝ている様にも見えた。

同年十二月の「創作」若山牧水追悼号にも小文を寄せ、「白秋から、牧水、白秋、善麿三氏が、早稲田に居た頃は同じクラスであつたといふ事をきいて、面白く思つた。三人が三人とも変つてゐて、甚だ特色のあるのがよい。今この中の一人が欠けたと思ふと急に淋しい」と、追悼している。

㈮　無産派短歌には「詩がない」

「無産者歌人連盟」がその機関誌として「短歌戦線」を出したのは昭和三年十二月であったが、慎重派であった東村はこれに加わらなかった。翌昭和四年の五月から六月にかけて、夕暮を囲んでおこなった同人座談会が「詩歌」に掲載されている。当時の問題意識が率直に表されている。東村が「（歌壇では）最近の風潮が思想やイデオロギーを主要問題としてゐないか」と発言した事に対し、夕暮は「確かに現歌壇では、さういふ問題が提出され強調されてゐる。然しそれに依つた作品がまだ現れてゐない様だ。若しさういふ議論を裏書する作品としたら、果して誰があるだらう。矢代君」と問いかけ、東村は「短歌戦線の連中はどうです」と答えている。「短歌戦線の人とはどんな人ですか」と米田雄郎が聞き、東村は伊沢信平、渡辺順三、浅野純一、坪野哲久などの名をあげた。

ここで二首があげられ批評された。

前田「作者の意図は解るが、表現といふ点に於てあまりに不用意過ぎると思ふ。之では単なる矢代君の言つた愚痴に過ぎないではないか」

矢代「それに第一詩がない」

原（三郎）「そこだ。どうも歌と思へないのはやつぱしそこだ」

前田「今の無産派の人は詩を拒否してゐる様な態度が少し見える。そして観念露出の場合が眼につく」

東村は無産派の短歌について、作品価値には幾多の問題があるとしつつも、その果敢なやり方に興味を覚えると発言した。「それでは矢代君は無産派歌人か」との同人達の問いかけに対して「果してさうかしら」と東村自身は答え、原三郎（それは）「矢代氏が昔から思想を内容に盛る作家態度《ママ》の為であらう」と述べている。翌月も古参の仲間が集まり、大合評会を開いているがその席上でも東村は、無産派短歌に於ける「詩の不足」を述べた。この座談会では自由律短歌に議論百出し、筆記者がその全てを速記する事が不可能となった程であったという。「詩歌」昭和四年六月号には「第十回メーデー」と題して、東村の作品七首が載っている。

どの顔も
みな押へきれぬ不満のいろに
ひしひしと行列から

迫りくるもの。

復刊後の「詩歌」には自由律短歌やプロレタリア短歌を論ずる文が同人達によって度々書かれているが、これは当時の社会や文壇一般の状況を反映していることであろう。昭和三年には特別高等警察、――いわゆる特高――が全国に設置され、文学運動全般への弾圧はきびしさを増した。そのような情勢にもかかわらずプロレタリア文学は活気を呈し、綜合誌に発表されるそれらの作品や論文は、都市の知識階級が読者層となり、強力な支持を与えていた。「白日社」の主要同人の殆どはこのような当時の高学歴者であり、インテリゲンチャを自認する集団であった。昭和三年から、改造社が『マルクス・エンゲルス全集』の刊行を開始しており、夕暮や東村を含めて彼等がこれらの著作にふれていたことは確かである。昭和四年十二月号の「詩歌」には、「多くのインテリゲンチャに依つて支持されつつある現在のプロレタリア短歌」という夕暮の言葉がみえる。

前記の座談会で、関西から上京した同人の阪口保は、広島高等師範の斎藤清衛の著作『国文国語要覧』の国文代表文例に、紀記歌謡や催馬楽、神楽などと並べて、口語歌の代表として東村の口語歌が出ている、と述べた。その時、東村は嬉しさを隠したようなとぼけた顔をした、という。

私はこの書物を現在手にする事ができないが、口語歌を、古代の民衆的な歌謡や素朴な祭事の中に置く、という一国文学者の考え方に興味を覚える。

前田透の『評伝前田夕暮』によれば、昭和四年秋、夕暮は「形態上の自由律にふみ切った」とされ、「詩歌」は殆ど自由律で埋めつくされた。「短歌戦線」誌上の歌を、詩がない、と評した東村の言葉は、そのまま本人が課題としたことであって、生涯を通じて苦闘したといってよかろう。

昭和四年十月号「詩歌」編輯後記には、改造社の『現代日本文学全集』中の短歌篇に百数十名の歌人が選ばれ、白日社からは前田夕暮、矢代東村、楠田敏郎、中島哀浪、広田楽、米田雄郎、熊谷武雄の七名が選に入った、と書かれている。この「選に入った」という言葉からすれば、出版社主導の人選であろう。東村の掲載歌は口語歌四首であるが、そのうち一首は「小さい両手」と題して「詩歌」昭和三年十一月号に発表した、長男洋一を詠んだ七首連作の中の一つである。

　両手を出して
小さい両手を出して
その父に
その父に
抱かれたいといふ。

子供の歌はこの一年だけでも二十二首が「詩歌」に発表されている。
「自分の子供って実にいいもんだよ。丁度ネ、自分の古い歌を出して読む様な感じがするものだよ」と語る程の子煩悩ぶりであった。

鼻・鼻と
いへば小さな指ざしが、
その鼻を指す。
小さな指が、

耳・耳と
いへば小さな指ざしが、
その耳を指す。
小さな指が、

（「詩歌」昭和四年二月）

㈣ 肉体労働者の力を詠む

無産者歌人連盟の機関誌「短歌戦線」は昭和四年五月には発禁処分を受けて事実上活動停止に追いこまれた。これに対してプロレタリア系の歌人は再編成の動きをみせて、同年七月に「プロレタリア歌人同盟」が結成された。現在、短歌史、短歌辞典類の中には、東村はこれに参加した、と記述しているものがある。「プロレタリア歌人同盟」は「短歌戦線」に拠っていた人々、又、

「尖端」、「黎明」等の無産者意識に立った小雑誌で活動した人々の集合体ともいうべきものである。東村はこれらの雑誌には参加せず、「詩歌」を本拠としていた。

これ迄の東村の経歴は、昭和二十七年十二月に新日本歌人協会によって出された「矢代東村追悼号」と、昭和二十九年九月の三回忌に新興出版社より刊行された『東村遺歌集』に掲載されている略年譜に依拠して書かれる事が多い。残念なことに両方の略年譜に誤りがみられる。この時期の東村について、「遺歌集」の方の年譜は次のようになっている。

昭和三年九月　新興歌人連盟結成され参加。大日本歌人協会委員となる。

昭和三年十一月　無産者歌人連盟に加入した。

昭和四年七月　プロレタリア歌人同盟結成され加盟した。

「大日本歌人協会」の成立年月は昭和十一年十一月であり、略年譜の記述は正確でない。また東村の経歴についても、実に大ざっぱに括られている。無産者歌人連盟参加の件は前号で述べたとおり、事実と反し、プロレタリア歌人同盟についても加入した時期等は決定しがたい。歌壇全体に動きがある時に、新興歌人連盟、無産者歌人連盟、プロレタリア歌人同盟のステップを一直線に踏んだと考えることは、論理的には説明しやすいが、一人の人間の歩んだ道筋における悩みや振幅は現れ出ない。これ以後も書かれた東村に関する評論の類が、この略年譜を参考にした事は間違いなく、一度書かれた文字は化石の上にはりついたように動かないものとなったかに思える。

「詩歌」（昭和四年八月号）には、

七月の
この炎天下に
ふりあげる
鶴嘴のさきだ。
ぐひと堀り下げろ。

にみられるような肉体労働者の力を詠んだ作品もあり、プロレタリア短歌への接近は見てとれる。東村は、人災、天災により三回にわたって資料を焼失する不運に出会った。日記、メモ類、書簡、事務上の記録等を、父は克明に記して残していたが、そのすべてが失われてしまった。この損失を補うものとして、この時期の「短歌雑誌」や「短歌月刊」（昭和四年五月、柳田新太郎創刊）に発表された作品や論評等を、一部分ではなく、すべてを見る必要がある。しかし、現在ではそれは至難の事となっている。いずれにせよ、同盟加入の時期や、その内実については考証の余地を十分残している。

短歌の形態、様式に関して議論沸騰のさなか、昭和四年十一月に、歌壇の話題となる出来事があった。朝日新聞社が歌人の招待飛行を計画し、当時土岐善麿が調査部長であったこともあり、ただちに実現した。善麿は、茂吉と夕暮を選び、それに飛行機に興味を持っていた庄亮を加え、善麿と共に「四歌人の空中競詠」を実行した。当日、コメット型朝日新聞社機は四歌人を乗せて、丹沢上空、富士山付近を飛行し、二時間程で無事立川に着陸した。この時の飛翔詠が発表されると、定型律、自由律それぞれの作品に対してさまざまな批評、感想が出された。飛行機は時代の先端技術の産物といってよく、これに対し歌人達がどのように歌作をするか、という事に興味が持たれたのである。東村はこの出来事と直接関わりを持たなかったが、私にはこの時の夕暮の歌が小さな思い出となって残った。年月は下るが多分昭和十三、四年の頃であったかと思う。幼時の事であり年月ははっきりしないが、この飛翔詠を夕暮がみずから録音したレコードが出された。それが商品であったのかどうかも判然としない。その昔、東村が独身時代に伊那節や八木節を練習したであろう古びた蓄音機が取り出され、そのレコードがかけられた。蓄音機から聞こえる夕暮の声は私にとって驚くべき事であった。

自然がずんずん体のなかを通過する――、山、山、山

機体が傾くたび、キラリと光る空、真下を飛び去る山、山、山

私は何回もくり返し聞き、真似をした。「山、山、山」というフレーズに独特の間があったことを思い出す。

改めて考えれば、夕暮の歌の中で私が最初に覚えたのは、この自由律作品であった。人口に膾

灸している「向日葵は金の油を身に浴びて――」でもなければ、「木に花さき君わが妻とならむ日の――」でもなかった。これらの歌はその後、書物の中や、学校教育の中で知識として覚えたものである。学齢に達する前の子供が文語定型歌を聞いても、そらんじたり、馴染むことは滅多にないであろう。これが口語歌の持つ最大の成果と魅力であろうと考える。

⑷⑺　茂吉との争論（一）

昭和五年三月号「詩歌」に「事実は事実だ」と題した東村の一文が載った。これは斎藤茂吉の記述に対する反論で、この内容を理解するには、その数ヶ月前の両者間のいきさつを知る必要がある。前年の昭和四年九月、改造社から『現代日本文学全集』が発行された時、その短歌篇に茂吉は「明治大正短歌史概観」を執筆した。その中に口語歌に関する一項をもうけ、東村を含む四人の作例をあげて次の様な文章を付した。「大正十五年四月に、新短歌協会が結成し《ママ》、口語歌人をそれに集めた。青山霞村、西出朝風、鳴海要吉、西村陽吉、石原純………矢代東村、清水信………等であつた」

東村は新短歌協会に関係した事がなかったので事実相違の点について訂正の必要を思った。偶々、会合の席上で茂吉に会った折その旨を述べ、後日改めて書面を差出しておいた。協会に対しても抗議と訂正を申し入れたが、協会の対応は迅速ではなかった。後の考えになるが、両者の争いの一因はここにあった。一方、茂吉は「アララギ」誌上に「明治大正短歌史概観余録」を書いていた。「余録」は「概観」中の不備な点や訂正事項を補筆したものである。その昭和五年一月号誌上に「矢代東村氏より」として、さきの申し出に対する答を記した。「大正十五年四月に、新短歌協会といふものを結成したことを書いたが、あの中に、西村陽吉氏と矢代東村氏とを並記したについて、矢代氏から来書があつたから、記して、私の文の訂正とする」とし、東村の茂吉宛の私信を掲載した。

「拝啓、いつかお話しました通り、貴兄の改造社版、現代日本文学全集短歌篇の中の御論文中、小生が西村陽吉君の「芸術と自由」創刊につき、その仲間の様に書いてありますが、あれは全然事実相違にて、当時西村君から勧誘を受けましたが主義主張に容れない所あり、お断りしました。——中略——御序の折御訂正願へると結構です。いづれ拝眉のうへ、一月二日。矢代東村。斎藤茂吉様」

しかし、この書面の掲載を以つて茂吉は筆をおかず、更に次の様に続けた。

「私の文は、矢代氏を西村氏の児分乃至家隷として取扱つてゐざること」、「新短歌協会といふものは、口語派歌人等が結束して、私らの『けるかも調』に当らうとしたものだと私は看做した」、「さういふ意味で（矢代氏は）口語歌を主張し、実行してゐる点からいへば、青山、西出、石原、西村の諸氏の仲間と看做すべきである」、「概論の如き論文の性質上、あゝいふ記述にせざるを得ない」等々である。

ここに至って論点は拡大した。「詩歌」三月号の「事実は事実だ」はこれに対する東村の反論である。「どうしてこの場合児分乃至家隷の問題が飛出して来るのか」、「口語歌を主張し、実行してゐる点から矢代氏も西村も仲間と看做す、そんな議論がどうして成立するか、如何に口語歌を主張し、如何に実行してゐるか、問題はこの如何にかかつてゐる。単に口語歌を主張し、実行してゐるが故に仲間とするならば、文語歌を主張し、実行してゐるが故に、斎藤茂吉も太田水穂も仲間と看做してよいのか」、「概観の如き論文の性質上——など何の弁解にもならない。徒らに古風な思ひあがりと偏狭さとを暴露したに過ぎない」と応酬した。

この言葉に怒った茂吉は「アララギ」誌上に長文に亙って「矢代氏の反駁について」を書き、これに対して東村は更に又、「何をどう訂正したのか——斎藤茂吉氏に答ふ——」を「詩歌」（五月号）に掲載した。

茂吉が東村を新短歌協会員としたのは、大正十五年の雑誌彙報に東村の名が確定会員としてあがっていたからである。明治大正短歌史を書く上で、茂吉はこれを「一定の記録」として重視した。この「一定の記録」を無視し、容易に矢代東村の名を削除することができるか、（もし東村が）「さういふことを勝手にするなら、矢代氏には歴史を書く資格がない」と言いきった。

これに対し東村は「要は記録云々ではない。その記録が信ずるに足るべきものかどうかを見極める事、彙報を唯一の資料となすにつき相当の注意を払ったかどうか、この彙報の責任者は誰か、を考へたか」と迫った。この争論に新短歌協会は、恐らくあわてたのであろう。五月に至って彙報の最後に「会員人名中に、矢代東村氏があるのは校正子の誤り」と訂正した。つまり協会が本人の同意もなしに、確定会員として粗雑な報告をした事に起因したのだった。長びく争いとはならぬ筈の事であった。しかし、激昂した両者の言葉のやりとりはおさまらなかった。

「私の短歌の看方に向つては矢代氏ごときものが彼此いつても、実は利目はない。『古風な思ひあがり』ぐらゐで私の文章が動揺するとでもおもふのか――中略――私には私の看方があつて、また私の流儀で歴史を書いてゐるのである――」

対するに東村は以下のように述べた。

「『私の流儀で歴史を書いてゐる』と。まことに結構な次第である。それでこそ茂吉は茂吉である。だがその為の事実を枉げたり、他人の心理を揣摩《ママ》し換言し、虚偽の記述をなしたりする事は許されないであらう。重要なのは『矢代氏ごときもの』ではない。いはれてゐる事が如何に真実であり、正当であるかといふ点に存する」

㈵ 茂吉との争論（二）

茂吉と東村の議論の背景には、「日光」の存在があった。反アララギ派の歌人の集結と目されたこの雑誌には、「アララギ」を去って「日光」同人となった石原純、古泉千樫、釈迢空がおり、「日光」の編集をしているのが東村であるとなれば、両者が争う素地は十分にあった。茂吉は「概観余録」の最後に「口語歌人仲間」と「文語歌人仲間」とを対比させ、彼等を「蛆仲間と人間仲間の如きもの」と表現した。そして「概観の如き論文の性質上、……あれだけの制限された紙面と時間とに於て、矢代氏は、どういふ歴史を書くか。――中略――例へば、矢代氏は、根岸短歌会の歴史を書いて見よ。ひとに向つて、『徒らに古風な思ひあがり』などいふまへに、実行の『事実』を示せ」と激しい口調で述べた。

東村は「概観」の批評や価値判断をしたのではなく、論文中の事実訂正を求めたのだった。それ故、これらの茂吉の議論を一連の「釈明」と「抗弁」と受け止めた。「詩歌」誌上の「何をどう訂正したのか」の文中の最後は次のように結ばれている。「よく落着いてものをいはれた方がよい。争点を明確にし立証された方がよい。――矢代氏には歴史を書く資格がない様に、議論をす、め、――然るにその歴史を書く資格のない僕に、ここに至つては『歴史を書いて見よ』と云つてゐる氏の文章の矛盾はこの一段でも判然とする。一体氏は何をどう訂正したのか。問題はそれからであり、又それだけである」

茂吉が反論者の片言隻語をも見逃さず徹底的に追求する文章は、アララギ派の総帥として一門を担った人間が仁王立ちとなった姿を思わせる。又、対する東村も、緻密な論理には一分の隙もなく、構築された文体は、法律家の法廷に於ける上告文を見る観がある。

ここで改めて気付くのは、両者の生活のなりわいとするところが、医師と弁護士であった、という事である。理論、理屈を手中にしている本業を持っていたことに思いが至る。しかし、喧嘩とはいえ、相手を強く認識してこそ、初めて成立するものであろう。東村が訂正の申し入れをしたのは、茂吉の論文を「比較的多数の人々に読まれるであらう所の、しかも文献的価値さへあると思はれるこの種のものに――」と考慮した結果であった。一方、茂吉が「詩歌」誌上の東村の記述を入念に読むに至ったのは、京都在住のアララギ会員からの指摘によるものであり、その人物は「(東村の)あゝいふ文章に対しては黙看して欲しい。一々応酬せられなくとも―」と言われたにも拘らず、看過できなかったのである。

これよりさかのぼる大正十四年に書かれた茂吉の「短歌道一家言」の中に、当時の口語歌についてふれた部分があるが、そこで茂吉は、青山霞村、西出朝風、西村陽吉、矢代東村、石原純の名をあげ、「そのうち、西村、矢代二氏のものが一番よいであらう」と注目している。昭和五年の両者の議論も、この認識の延長線上に展開されたものと考える。又、昭和九年に書かれた小歌論「現代の短歌」に於ても、茂吉は伝統的定型律歌人群を論じた後に自由律歌人に言及し、詳細に論じてはいないがそれらの代表的歌人として、石原純、金子薫園、土岐善麿、前田夕暮、矢代東村をあげている。東村の作品例としては、本書の(46)に掲載した、「七月の／この炎天下に／ふりあげる」を取り上げている。

茂吉の「明治大正短歌史概観」及び「概観余録」は昭和二十五年、中央公論社刊の『明治大正短歌史』の中に収められた。この堂々とした書物は、現在各種図書館や古書店で容易に手にすることができる。茂吉の筆になるものが将来、多数の人々に読まれ、文献として重要視されるであろうと、東村が予想した通りになったのである。この著書の中では記述は訂正され、東村は新短歌協会員ではなく、西村陽吉とも並記されていない。しかし「概観余録」の、「矢代氏の反駁に就いて」は実に十八頁にも亘って、全て掲載されている。これを初めて読む者は怪訝な気持となろう。一冊の短歌史の書物の中に個人に対する反駁文が他との均衡を欠く程に述べられており、しかも相手の主張は当然ながら十分語られてはいないからである。だが、両者の議論は読了してみると、カラリとした印象を受ける。どちらも意気さかんな四十歳代の、争いであった。

昭和五年前半の東村は茂吉との問題に明け暮れた感があり、「詩歌」誌上では、新年号に八首、年末号に自選歌七首を掲載したのみで寡作の年であった。自選歌号に於ては多行書き作品は東村だけである。そのうち二首を掲げる。

　　雨よふれ
降る。
降る。

降る。
よこなぐりに降る秋の雨だ。
屋上の旗も
ちぎれるばかり、
　輝くもの
街路樹も
ぺーヴメントも
びしょぬれの
秋雨の中のネオン・サインのいろ

又、この年の秋、東村の二人目の男子の誕生をみて、私生活上も充実、多忙の身となった。次男には、白秋の本名隆吉から一字をとり、隆二と名付けた。

㊾『現代短歌全集』への掲載をめぐる問題(一)

昭和六年に「詩歌」は創刊二十周年を迎えた。その前年に同人達により「夕暮会」が設立されたのもその祝意の現れといえよう。事務所は麹町区隼町五、矢代東村方である。第一回例会は新宿中村屋で開かれ、三十四名の在京同人が参集、夕暮はこれを親族会と呼んで喜んだ。この会は戦争中、一時中断したが、戦後再び東村の尽力で復活している。夕暮会は「雑誌の前途を思ひ、今後の道程を確保していく上に」、基金を募集した。一口一円、一人一口以上、醵金はすべて白日社に提供された。その用途は夕暮に一任されることとしており、これについて東村が誌上で一言述べている。

「財界不況の折柄、特に農村の疲弊甚しき昨今、一般応募者に於ても、少なからぬ苦痛を感じることと思ふ。しかしわれわれは一口でもい丶。二口でもい丶。諸君の心持だけでいいから、どうかわれわれの意のある所を察して、大に応援されたい。真に夕暮氏の為め《ママ》『詩歌』発展の為め《ママ》を思ふ上から――後略――」と。そして「(夕暮会に)未入会の諸君はいつでも入会されたい。喜んで迎へる。一年分維持費五十銭を添へて、東村方へ申込まれたい」とある。夕暮も後記に、「矢代君も書いてゐる通りであるが、財界極度の不況の際同人費社費丈でも可成り負担であらうと思ふので少し心配してゐる。で無理のない最小限度に於て応募してほしい」と遠慮がちに記した。ちなみに「詩歌」誌代が六十銭の時代で、東村は基金に二十口を出している。

五月十七日、白日社は読売新聞社講堂で二十周年記念講演会を開いた。社外より尾上柴舟、土岐善麿、折口信夫、福士幸次郎、石原純、北原白秋らが講演に立ち、内部からは夕暮、雄郎、東村らが話をした。その後新宿白十字に大会の場を移し、東村司会のもと、至楽をつくし、最後に「前田先生万歳、詩歌万歳、白日社万歳」と唱和して散会した。大会記事からは、夕暮を中心とした自由律短歌の前途を信じる同人達の意気軒昂ぶりが伝わってくる。

しかし、この時期には「プロレタリア歌人同盟」が存立していたのであり、白日社内にも尖鋭的なプロレタリア派と目されている美木行雄や、飯田兼次郎がいた。通常、結社の中に主義主張を異にする他の団体に接近する者が出てくれば、それはお家騒動の火種となり、それらの者が除名されることにもなりかねない。しかし、「詩歌」誌上にはその気配さえみられない。

すでに昭和四年秋より改造社は『現代短歌全集』の刊行を進めていた。その最後の巻に「口語歌集・新興短歌集」が企画されており、ここに東村は改造社から作品の掲載を求められていたが、最終的にはこの依頼をことわった。

昭和六年七月号の「詩歌」に彼は「初夏の日記から」と題して自身の日記をのせている。掲載辞退の事情を知る上で日記公開の意味を考えてみる必要があろう。ここでは歌人の往来と短歌全集に関わる部分を抄出して参考としたい。括弧内は筆者の加筆である。

六月一日　晴

改造社員大橋（松平、「創作」を経て当時改造社に勤務）君来。現代短歌全集口語歌集の中へ、原稿を貰ひたしとなり。編輯方針、人選等につき聞く。あまりはつきりした事はいはないが大体七八人位だらうといふ。午《ママ》になつたので鮨をとつて出す。

六月二日　晴

改造社から来書。タイプライターで詳細に寄稿の注意が書いてある。短歌全集の件なり。多分、吉田（孤羊、盛岡生れ、啄木研究家、改造社勤務を経て、帰郷後盛岡市立図書館長）君の手蹟らしく、同盟（プロレタリア短歌同盟）との話はついたから、是非御承諾願ひたしの旨書いてある。

六月三日　晴

裁判所。今日から夏服にする。すんでから尾山（篤二郎）君へまはる。現代短歌全集第十六巻。尾山、松村（英一）、吉植（庄亮）君の分出来たので一冊貰ふため。

六月六日　晴

四時半宇都野（研）氏へまはる。歌人協会の事務を見るためなり。いちごを御馳走になる。一緒に今夜の委員会へ行《ママ》かける。内山下町のレストラン・ツクバ。珍らしく土屋（文明）君も出て来た。先へ夕食をすまして提案二件につき協議する。八時半すむ。名古屋から石井（直三郎）君上京するといふので九時まで待つ。見えないので前田（夕暮）氏、村野（次郎）君と三人自動車で帰る。

六月八日　雨

午後、「現代文芸」と「詩歌」の選歌する。「現代文芸」の投稿今月は馬鹿に少ない。これは何に原因するかと考へる。「詩歌」詠草の方、一二の人を除く外はまづい歌ばかりで閉口。渡辺（順三）君から手紙。同盟の分は別輯として、いよいよ仲間に入る事になつたといふ。改造社の現代短歌全集のことなり。その後の情報では割込みがあつたり何かして、全部で二十人にもなつたといふ。編輯方針、人選について不服なるものなり。どうも気が進まない。同盟は同盟としてきまつても、個人として出詠拒絶しようかも考へる。不愉快なり。

この数日後、東村は改造社に自身の出詠を辞退する旨の手紙を書いた。

(50)『現代短歌全集』への掲載をめぐる問題（一）

平成十四年五月、「盛岡てがみ館」から一通の封書が届いた。この「てがみ館」とは、かつて盛岡市立図書館長であった吉田孤羊が保存していた手紙類のコレクションを、その没後、市に寄託したことに始まり、現在では盛岡ゆかりの著名人の書簡、原稿、日記等を収集、保存している資料館である。

来書の内容は、第七回企画展「文人・芸術家のてがみ展」に、所蔵している矢代東村の手紙一通を展示する許しを得たい、というものであった。私は寡聞にしてその時迄この「てがみ館」について知る事がなかったが、東京から遥か遠隔の地に、昭和初めの直筆手紙が保存されていたとは夢にも思わなかった。この時展示された書簡が、前述の改造社版『現代短歌全集』刊行時に関わる東村のことわり状であった。私はその秋盛岡を訪ね、額に入った父の手紙と対面した。私が生まれる前の父の筆跡であり、それは「対面」というに等しい心持であった。

拝啓

貴社現代短歌全集、次回配本分への小生の出稿、一度承諾しましたが、初めのお話と、現在とは（これは情報で確かな事は分かりませんが）大分違つてゐる様なので、改めて前承諾を取消します。同盟としてはある条件の下に承諾した様ですが、小生個人としてあの集の編輯方針と人選に承服しかねる所がありますので断然お断りします。

甚だ勝手なことを申上げてすみませんが、又何かの時お願ひします。

右あしからず御諒承願ひます。

六月十三日　　　　矢代東村

吉田兄

封筒表書きは、本所区厩橋一ノ二十七凸版印刷会社、改造社現代短歌全集印刷部室、吉田孤羊様、と書かれ、既に印刷にまわった原稿を取消す忙しさの為であろうか、速達で出している。

六月十五日に、改造社は同歌集に載る顔ぶれを発表した。「詩歌」七・八月号の夕暮の編輯後記によれば、同集には、白日社より四・五名銓衡されていたが、改造社の意図とギャップがあり、「一同原稿を送らぬことにした」と書かれている。ただ飯田兼次郎の分は既に送稿後であった為、返して貰えなかった。改造社はその後改めて、美木行雄を指名してきたので本人一任の事とした。

その後、夕暮はある条件付きで十人程を推薦したが、その条件は容れられず、結局、飯田と美木のみが出詠することになった。これは、夕暮が眼病治療のため東大病院に入院中のことであった。

夕暮自身は「牧水・夕暮集」として一巻を成していたので問題なかったが、当時、口語自由律歌誌として最大ともいえる「詩歌」の主宰者としては、納得しがたい所であったろう。人選には複雑な経過があったとはいえ、とも角この「口語歌集・新興短歌集」は昭和六年九月十五日に発行された。プロレタリア歌人同盟の三名を加え、計二十名の短歌が掲載された。同盟の三名とは、浅野純一、坪野哲久、渡辺順三であり、東村は載っていない。巻末に匿名の「付記」が加えられ、これが同盟側の説明文となっている。この「付記」については、既に水野昌雄「矢代東村について」(「新日本歌人」一九八八・二月号)、同『歴史の中の短歌』(一九九七・アイ企画刊)にふれられている。

「付記」によれば、改造社は四名即ち、矢代東村、浅野純一、坪野哲久、渡辺順三を個人として作品を掲載することで了解を求めてきたが、「同盟」はこれを拒否し、あく迄団体として参加する事、作者本位として全同盟員から選択する事、と答えた。改造社側はこれに対し、「絶対に発禁を避けたいこと、あくまで営利事業なのだから、多少社会的に名を知られてゐる人を選びたい」旨を述べた。これは当時、言論弾圧が厳しくなる中の、一民間書肆としての本音でもあろう。同盟は個人別略伝を止め、同盟の名による付記を掲載することで妥協的合意に達し、刊行のはこびとなった。「付記」には矢代東村について次の様な説明がなされている。「改造社で最初指名して来た四名のうち矢代東村はプロレタリア歌人として参加するに不適当だといふ理由で同人から脱した」と。

不適当だ、というのは本人自身がそのように思ったのか、それとも他者の見方であるのか。少くとも東村の外見については、同人の醍醐信次が観察した「詩歌」誌上の一文が面白い。

「身の廻りも贅沢で、銀座の森田屋仕込の二十円の帽子を被り、一枚一円二十銭のカラ《ママ》、ぴたりと身についた背広服、エナメルキットの靴、すつきりした靴下、手には見事な赤鞄を持ち、渋いネクタイ、精巧な銀時計には常に新しい黒の細絹紐……上品で嫌味のない紳士である」

文中「見事な赤鞄」とあるのは、現在でも盛業中の銀座の老舗T鞄店のものであり、靴も（足が小さい為もあるが）、常に注文靴であった。

外見と生活のありようからみれば、東村はプロレタリア歌人ではあり得ない。幼児二人の居る家庭には、若い地方出身の女性が家事手伝いとして来ていた。その名から「ふみや」と呼ばれていたその人は、高齢ながら現在、金沢に在住し、亡母の思い出を語る時、「奥様」というのである。その頃の我が家は典型的な山の手の中産階級の家庭像を保っていたと思う。

⑸1 伏字の時代始まる

改造社が東村に出詠を求めてきたのは、昭和初頭の発表作品に注目してのことであったろう。昭和四年六月号「詩歌」に載った「第十回メーデー」七首のうち、三首はすでに同年九月発行の改造社版『現代日本文学全集』に採られている。その中の一首は東村には初めての体験であったが、伏字にされた発表作品となったのである。

××。
××。
また××だ。
しかし思へ。××しきれないものを
みなが持つてる。

これでは一首の意味を解することはまず不可能である。「××」とは「検束」の文字が入るべき箇所である。東村にとり、「検束」とは警察権により個人の身体の自由を奪うという行為そのものを意味するのではなく、精神の自由、思想の自由を奪い、人権をふみにじる行為の意味である。「検束しきれないもの」という表現にそれがにじみ出ている。ここに東村の弁護士という職業上の使命感が大きく作用した、と思える。昭和四年四月の大検挙（四・一六事件）以後、その思想的影響を恐れた政府の出版事業への干渉は一段と厳しくなった。『現代短歌全集』の刊行は丁度この時期であり、出版社が発禁を恐れ、伏字を多くしたのも止むを得なかった。

盛岡てがみ館が「文人・芸術家のてがみ展」に展示した資料は、歌人としては、東村のほかにもう一通、石原純の書簡があった。これも『現代短歌全集』に関するもので、歌人の組合せ方に注文と異議を唱えたものである。石原は、尾山篤二郎、松村英一、吉植庄亮と一巻に収められることを好まず、系統的に言っても古泉千樫、釈迢空と同列になることが良いと述べ、申し出が容れられない場合は断然辞退したい、と書いている。

東村がもしこの『現代短歌全集』に作品を掲載したとするならば、大正四年から昭和初頭にかけての、つまり「日光」時代を含む期間の作品となる。この期間の歌集の出版はすでに念頭にあり、歌集名も「飛行船に騒ぐ人々」、「パンとバラ」と決めていたが、独立歌集としては出版される機会を失った。

その後、昭和十五年八月に弘文堂書房発行の『現代短歌叢書第八巻』の中に百八十二首を自選して載せたが、それも頁数の制限のため、大正期迄の作品に限られている。このようななりゆきを考えれば、改造社版『現代短歌全集』に出詠できなかったことはいかにも残念なことであったが、しかしこの出詠辞退は作者としての矜持を示すものであったとも言える。時を経過してふり返る時、過去の歌人の分類や系列づけは容易である。しかし当代活躍中の者、更に未来志向の者を分類することはそう簡単ではない。『現代短歌全集』出版のいきさつがそれを示している。

昭和六年十二月、丸の内のレストランで前田夕暮と土岐善麿が発起人となって「短歌雑談会」が開催された。この時の出席者の顔ぶれは、東村や矢嶋歓一、原三郎、竹内青夏等の「詩歌」同人のほかには、石原純、西村陽吉、細井魚袋、鳴海要吉、阿部静枝、福田栄一、渡辺順三、前川佐美雄、佐々木妙二等々である。これが「今日、及び明日の歌壇に対して何等かの革新的意図を持つてゐる人達」であった。彼等が「皆真剣に、生一本にものを言ひ合つて、大変に快よいものであつた」と「詩歌」同人の近藤武夫が記している。今、半世紀以上の時を経て、彼等がどのような系譜を形成したかを考えれば、昭和初頭の歌壇は、答の出ない混沌の状態であったと言えよう。

昭和六年暮、東村の処女歌集『一隅より』が出された。「詩歌」叢書の第八篇であり、これは同人仲間のうちでも早い方ではない。大正元年十一月から同四年五月迄の定型文語歌作品から自選した歌集である。歌集名は夕暮の命名によるものであり、就中「ニヒリスト」四首は東村が出世作としたものである。

既に口語派歌人として名を得ている東村が、その得意とする作品から成る歌集を最初に出版しなかった理由については、同書のあとがきから知ることができる。一つは懐古的な意味、一つは生前から早々と歌集を出すような気質ではない、という現在からすれば古風な迄の謙虚さ、そして、出版するならば、作歌の歴史的経路を示す意味で、定型歌集を出発点として示すべきだと考えた、事などである。

本書の前半において、私はその中の数首を採りあげて考証を試みたので、ここでは重複を避ける。しかし、これが口語歌集でないからといって、その内容的価値が下がるということはない。二十世紀初頭の青春歌集としての意味は十分持ち得ている。

「もし……であったならば」という仮定は一人の人間の生涯を述べる時、それは空しいものであり議論するべき事とはならない。しかし、『近代短歌の鑑賞77』（二〇〇二年新書館刊）の中の影山一男の次のような批評は、娘として若干の慰めとなるものである。

「もし、この歌集（『一隅より』）が大正初期の段階で出版されていたら東村の評価はずいぶん違ったものとなっていたろう」

「大正初期の段階」とは、啄木の『一握の砂』、『悲しき玩具』発行から大きく時をへだてていない、ということである。

⑸2 五・一五事件を詠む　第一歌集『一隅より』を刊行

昭和六年秋、満州事変が勃発した。『一隅より』の刊行が進められていた時である。大陸の一地域の「事変」と思われたことが実は長い大陸侵略の第一歩であった事は述べる迄もない。軍事侵略の拡大と、国内の思想弾圧は歩調を合わせて進み、昭和七年一月にプロレタリア歌人同盟は解散に追いこまれた。昭和六年十二月号の「詩歌」に夕暮は「今年度詩歌の回顧」を書き、そこで次の様に述べている。

「新しい短歌運動のグループであるところの、プロレタリア短歌同盟がその作品を検討した結果、短歌にあらざることを自覚し詩に解消した、といふ事実は、果たして何を吾等に暗示したか」「同盟の人々は、その出発の最初歩に於て重大な用意を忘却して、唯旧短歌形式を破壊すればよい、といふ意図の下に勇敢に破壊するだけは破壊したが、その短歌的なるものの継承を忘れた為めに、遂に自由詩と同じ方途に疾走し、遂に短歌にあらずと自覚する程に、その形式を引延ばして仕舞つたのである」と。

いわゆる「短歌の詩への解消」と言われることである。当時のけわしい社会情勢に題材をとれば、必然的に短歌は散文調となり、韻律は壊れざるを得ない。東村は満州事変を次のように詠んだ。

旗。
旗。
旗。
万歳！

万歳！
わけのわからない亢奮の中に
立つてゆく汽車。

走り出した
汽車の窓から、一番さきに
顔をひつこめた兵士が、
考へさせるもの。

送る人も
送られる人も、まるで狂気だが
狂気でない人のあるのを
誰が否めよう。
（「詩歌」昭和七年二月）

古参の同人である原三郎は、のちに東京医科大学教授となった人であるが、かれの次の様な一首が掲載されている。

出征の祝辞を群衆の中で述べて帰つて――実験室で鉛のやうな憂鬱を感じる

同僚の出征を見送った歌である。更に若い同人、元吉利義の一首をあげる。

満蒙の一角に破るる平和、国際不安の電波がひたひたと全世界を覆ふ。

元吉は扶桑海上火災（後の住友海上火災保険）に勤務しており、戦後社長になった人物である。これらの歌から、その頃「詩歌」にひそやかに流れていた戦争批判を読みとることができる。定型歌人の多くが真実性に乏しい報道を根拠として、爆弾三勇士を詠んでいたこととは異なる。

昭和七年一月、前年末に出版された東村の『一隅より』の出版記念会が新宿白十字で開かれた。これは新年例会を兼ねていたが、東村は上機嫌で出席した。三十七名の出席者の顔の中に、その前年に入社した一人の新人がいた。ペンネーム三木祥彦《あき》、詩人立原道造のことである。彼を連れて来たのは、当時東京帝大大学院で植物学を研究していた同人の近藤武夫であった。東村と近藤はすでに親密な間柄であった。両者が初めて会ったのは一高短歌会である。この学生短歌会に東村が講師として招かれていたことが、近藤により「詩歌」（昭和四年五月号）に記されている。

後になって、近藤が一高OBとしてその短歌会に出席した時、そこに入学したばかりの立原がいた。昭和六年五月のことである。すでに府立三中時代に師の橘宗利の導きで作歌し、北原白秋を訪問していた立原は、一高短歌会で口語自由律の作品を発表していた。その会の先輩で親友ともなった杉浦明平の思い出によれば、アララギ派が主流であったこの短歌会で、立原は「行くての道、ばらばらとなり。月、しののめに、青いばかり」という一首を提出して、アララギの先生を面くらわせていた、という。この歌は昭和七年五月号の「詩歌」にも出されている。
白日社例会では新人作品の批評をすることになっていたから、東村と立原が全く会話をかわさなかったとは考えられない。その年の六月迄に八十一首の歌を掲載し、彼は夕暮のもとを離れた。近藤も留学の為、一時白日社を退いたが、帰国後復帰し、終生、前田家に対しても我が家に対してもその厚情は変わらなかった。立原の心の内奥に何が生じたか、もとより私の述べ得ることではない。彼がその後、深く関わるようになる萩原朔太郎や室生犀星は「詩歌」初期からの寄稿者であり、東村も親しくその名を呼んでいたことを思い出すと、立原の「詩」への旅立ちに際して「詩歌」の人脈は充分な程の温床を彼に用意したと言える。
しかし満州事変以来の政局はとめどない軍部の暴走を許していた。犬養首相暗殺の五・一五事件を東村は「詩歌」誌上に次のように詠んだ。

老首相の
白髪頭を狙撃したのは
軍人らだが。陸海軍の
若い軍人らだが。

政党本部にも

警視庁にも
銀行にも
同時に、手榴弾を。
この遺口を。
（「詩歌」昭和七年六月）

同人の元吉利義は、
撃たれて地に踞む蒼白の顔、老政客の最後の幕が降りる。
又、「アララギ」誌上に斎藤茂吉も
卑怯なるテロリズムは老人の首相の面部にピストルを打つ
と掲載している。政党政治はこれ以後事実上崩壊したが、これらの歌には、時局への不安、疑問、テロへの怒りはあっても一九三〇年代の歴史の闇を見抜いている者はない。

(53) 小林多喜二の拷問死、長男洋一を失う

昭和八年五月号「詩歌」同人作品欄に東村のうたが掲載されている。
「あつ、やられた。××はやられた」と
夕刊を見た瞬間、思はず
口に出していつてしまふ。

逮捕、急死、
急死、急死、急死。
ああ、それが何を意味するかは
いふまでもない。

格闘したから
道へ倒れたから
捕縄をかけたから
それで四時間後の「心臓麻痺」が
どうして起つた。

屍体の
解剖まで拒絶され、
病院といふ病院から
みな拒絶され。

告別式の
参列者まで総××。
その中には、ほんの一読者だつた
花束を持つて来た
女性さへ。
（「詩歌」昭和八年五月）

二月二十日、小林多喜二は路上で逮捕され、築地警察署で三時間に及ぶ拷問を受けて死んだ。伏字の部分は事前検閲によるものか、夕暮自身の考えによるものか、おそらく前者であろう。

たまに出た
飜訳ものの新刊書さへ、この伏字。
伏字、伏字、伏字。
一行も、
二行も。
（「詩歌」昭和八年七月）

すでに前年の昭和七年には東京商大の大塚金之助が治安維持法違反で逮捕されている。東村が死去した時、この学者歌人から、「アナタノウタガスキデシタ」という弔電が寄せられたことを思い出す。昭和八年六月号「詩歌」には次の様な出来事も書かれている。同人であり広島文理大教授の斎藤清衛が、社寺を廻り古文書類を集めた大荷物を持って旅行中、思想犯と間違われ、巡査に取調べられて鞄の中迄すっかり点検された、という事である。一研究者が持物検査をされるという常識外のことが、誌上では日常的な出来事のように語られているのに驚かされる。京大滝川事件とほぼ同時期のことである。

出しさへすれば
すぐに発禁。
たて続けに発禁。そのあげ句が
編輯者と
発行者への
罰金刑なんだ。

（「詩歌」昭和八年七月）

この年、家庭内にも思いがけぬ暗雲がたれこめた。長男洋一がその秋より肺門淋巴腺腫脹と診断され、病床についた。

いたいたしく
やせ細つた手くび。そのことを
子にいはうとする。
いつてはならぬ。

（「詩歌」昭和八年十月）

主治医は信頼をおいていた同人の竹内薫兵（青夏）博士であったが、程なく腹膜炎を併発した、
と告げられた。

九月の日は
まだ暑かつた。
病院からのかへりを、
ぼんやりと俺は
バスを待つてゐた。

この病気と
闘ひぬくんだと子に教へ、
「うん」といつて、堅く口をむすぶ子に
泣かされまいとする
（「詩歌」昭和八年十月）

来客の多い家で、洋一は年齢より知恵の早い子に育っており、「詩歌」同人間の人気者だった。
夕暮夫人（狭山信乃）が見舞におとずれた。

洋一さんを見舞つて
悧潑なあなたの瞳に、はつとして私はいひかけた言葉をのみこむ

痛々しく痩せ細つた手！ものを言はうとすれば泣けてしまふ
病状は進み入院した。大好きだった自動車に水枕と羽根布団を持ちこみ、かかえられて乗りこんだ。

「ここはどこ？」ときく
「東京駅近くだ」さういへば
目を輝かす子だ。病気など
忘れてしまへ。

（「日本短歌」昭和九年五月）

「これが三越」と
指指せば親しくうなづく子の
想像することは
何か楽しげ。

「なほつたら
動物園へ行きませう。僕はまだ
キリンを見てないから」と
こんな約束もし。

（「短歌研究」昭和九年五月）

病状は好転することなく、昭和九年二月二十六日、洋一は逝った。その深夜、父母の膝に抱かれ、自動車に乗って洋一は帰宅した。

三越横も
東京駅前も通つたが、
今はもう何もいはぬ
遺骸となり。

よろこんで
いつかは乗せられた自動車を
いま抱いて降される。
重く。
冷たく。

（「詩歌」昭和九年五月）

その四月に小学一年生になる子供に学用品はすべて用意されていた。

納棺

こらへてゐた
涙は声と一緒に出る。

この死骸の
あまり
いたいたしすぎ。

花を入れろ。
玩具を入れろ。
あの帳面を、筆入れも入れろ。
みんなみんな入れろ。

（「詩歌」昭和九年五月）

夕暮夫妻をはじめ、多数の同人達が弔問におとずれ、挽歌を供えてくれた。

洋一君を悲しむ　　夕暮

みまいとしてみてしまつた。拝んでしまつた。仏になつてゐた。
今はもうかたみになつた一枚の葉書、あなたの愛しい言葉が呼びかける。　狭山信乃
おれが死んだら洋一君とあそぼう――朝のきれいな雪晴れのそら　米田雄郎

「親をなくした悲しみは時が癒すが、子を失った悲しみは消えることがない」と後々迄も父は語っていた。早逝した洋一は「繊細な神経をもった明敏な子」であり、残った子供は「凡庸なもの」という構図は、我が家に定着して変ることがなかった。

兄、洋一は今、両側から父母に守られて、谷中霊園に眠っている。

⑸4 京大教授田辺元の歌論（生活感情重視）に共鳴

歌壇綜合雑誌である「短歌研究」と「日本短歌」が創刊されたのは昭和七年であるが、東村はこれらにも作品や論評を発表した。「短歌研究」昭和七年十二月号には、歌人協会秋期総会の報告があるが、そこには「白秋、善麿、夕暮、庄亮、篤二郎、英一、研、東村等の委員が打ち揃って出席し……言々」という文字が見える。会計報告や事業報告は事実上、研や東村の仕事であり、実務担当委員といってよかった。医師や弁護士という職業がこのような組織に於て便利であったのであろう。

折しも「アララギ」が創刊二十五年を迎えており、昭和八年一月にその記念号が発行された。これについて東村は「詩歌」二月号でいち早く取り上げてほぼ概要を紹介し、「短歌研究」十二月号には「本年歌壇の諸問題」と題してこの記念号について言及した。一雑誌で八百四頁、目次のみでも五頁という大冊であり、一驚を喫したのであろうが、それは単に量的な面ではなく、質的な意味でも十分に東村の注意をひくものであった。

巻頭の茂吉自身の「回顧」から始まり、「アララギ」と特に縁故の深い先輩や友人の祝詞、感想は東村にとって一読に価した。茂吉は同誌の編集所便の中で、「御多忙中にも拘らずアララギの微衷を納れられ、続々と玉稿を給はつたことを深く感謝します」と述べている。祝意を寄せた人々は国文学界、歌壇関係にとどまらず極めて広汎で六十余名にのぼる。白日社からは夕暮と東村が一文を寄せている。東村の文は、「あの頃のアララギ」と題して大正三年頃、同誌に出詠した頃を追懐したものである。

寄稿者の中で東村が注目したのは、歌人では宇都野研、土岐善麿、歌壇外からは徳富蘇峰と田辺元であり、特に、哲学者で京大教授である田辺の一文に興味を示した。彼は「アララギ」が「生活人」から成る集団であり、いわゆる有閑支配階級の社交機関ではないこと、その「生活人」が生活表現をする時に「写生」といふ方法に依っている、と述べた。更に「アララギ」の将来の発展に対する具体的希望として、従来の「アララギ」歌人に歌われた生活は、主として非社会的非政治的であるとし、時代の変遷と歴史の進行は、必然的に生活に対し社会的政治的意義を重要な契機とさせている以上、将来は、このような生活感情が作品の内容となるべきで、この進歩的傾向は排されるべきではない、と強調した。この主張は、記念号に掲載されている土岐善麿と宇都野研の所感とも接点をもっている。

田辺は、「プロレタリア短歌の如くに、生の感情を単に感情の言葉に移し、或はイデオロギーをイデオロギーとして言表はすことをアララギの将来に期待するのでない」と言いつつも、「新しき内容を盛る為めに新しき言葉が使用せられるに至ることは当然予期せられるべきこと」と述べ、これは伝統破壊ではなく、真に伝統を生かす道である、と結んでいる。

田辺はいわゆる京都学派創設の碩学の一人として知られているが、みずから「門外漢の見当違い」と称して寄せた一文に対して、東村は「卓見である」と評している。プロレタリア派歌人とも目される東村のこの評価に、違和感を覚える人もいるかも知れない。それというのも、田辺を含む京都学派は第二次大戦後に戦争責任を問われ、厳しく糾弾されたからである。しかし、昭和八年という時点では、この学派がその後どのような政治的姿勢をとるようになるかは、まだ明確でなかった。

同時期の東村の所論を知るには、昭和五年以来発行されている「詩歌新人叢書」が参考となる。これは近江支社の米田雄郎に指導されていた関西の若手の作品を発表したものである。これに東村は夕暮とともに序文の執筆を米田から依頼された。

「今年も米田君がやつて来た。ごめん、といふ力強いそして親しみのある言葉と一緒に、松茸、無花果、柿など一度に近江の秋を僕の家の玄関に運んで来た。座敷へ上るといきなり『新人叢書』を出すからといって、その原稿を取出して僕に選をしろといふ。序文を書けといふ――」

このような次第で叢書は昭和十五年迄発行され続けたが、その中の「窓」（昭和十年十月発行）に寄せた東村の序文には大意、次のように記されている。

「最近の『詩歌』に寄せられる批難は二点、第一に古いといふこと、第二に詩がないといふことである。これらの批難は如何なる人達によつてなされるか。又如何なる意味をもつものであるか。批難者達は新短歌を旧短歌の発展物として理解することが出来ず、又理解しようともせず、現実を正しく認識することが出来ず、又認識しようともしない徒輩である。彼等の古いといふことは、我々の作品が旧短歌のよき遺産を承継してゐるといふことであり、詩がないといふことは、あまりに真実に満ちた作品であるといふことである。彼等の新しさといふことは、構成の珍奇、用語とリズムの偏向ある形式を指し、詩があるといふのは、あまりにも馬鹿々々しい空想と欺瞞に満ちた内容を指すものでなくんば幸である」と。

田辺の視点への共感、又この序文に示されたリアリズムの立場は、東村の昭和十年前後の創作の基本姿勢というべきであろう。

㈤「短歌評論」との関わり

プロレタリア歌人同盟が、短歌の「詩への解消」論をとなえて、事実上崩壊した後、この主張があまりに性急な結論づけであったことを自省し、短歌運動の再出発を期して発行されたのが「短歌評論」であった。昭和八年四月のことである。この雑誌の清規は次のように記されている。

「我々は、広汎な勤労者大衆の現実の生活を短歌によつて表現したい要求の下に集つてゐる。そしてその目的達成のために、短歌に於ける用語形式内容等の問題について真摯な究明を行はうとするものである。真の意味の短歌の大衆化と新しい時代への甦生を志す人々の参加協力を希望するものである」と。

この雑誌と東村との関わりはどのようなものであったのか。東村追悼号や遺歌集に載せられた略年譜には、「昭和八年四月、『短歌評論』創刊、同人となり選者となった」と簡単に記されている。昭和九年四月は啄木生誕五十年にあたり、雑誌は特集号を発行しているが、そこには窪川鶴次郎、徳永直、中野重治、編集発行人である渡辺順三らの名はあるが、東村の名は見出せない。啄木にとって節目の年に東村が何もしなかったわけではない。祥月命日である四月十三日に、明治文学談話会が主宰した講演会が東京日々新聞の講堂で開かれ、そこに講師の一人として招かれていた。東村は「啄木再吟味の必要」と題して三十分ばかり話をした。雨にもかかわらず定刻前から満員の盛況であったと、当日のことを「詩歌」に記している。このような当時の状況をみると、彼はまだ「詩歌」の東村であって、「短歌評論」との間の微妙な距離を感じさせる。

東村の名が目次に現れるのは第三巻第四号、つまり昭和十年である。このような希覯雑誌については見ることが可能な範囲での記述にならざるを得ない。昭和十年五月号の投稿作品の選後評に東村は次のように述べている。「本誌の作品選者を押しつけられてから、もう半年はたつ。外に適当な人も少くはないと思ふが、渡辺君からいはれるままに続けて来た。僕は本誌の外に『詩歌』と『詩人時代』の作品の選をやらせられてゐる。――中略――毎月百四五十人の作品、数にすれば千五百首位からの選歌をしていて驚くべき事だ」とも書いている。
渡辺順三の依頼で選者をひき受けたが、この文章から察すると、当初から乗った話ではなさそうである。半年前ということならば、昭和九年末頃から選をしていたのであろうか。誌上では選者名が伏せてあったことになる。
作品は、昭和十年に於ては四月、七月、十一月各号に出されているが、これは「短歌評論」初出ではなく、それぞれ、「短歌研究」三月号と九月号、「日本短歌」七月号、「文学評論」十月号からの転載歌である。

　街のうぐひす
あとの声を
待つ間もなくすぐに続けて鳴く。
あのうぐひすは
昨日も鳴いた。

　工場地帯
見る限り
立ち並ぶ煙突の
幾十本。

（「日本短歌」昭和十年七月）

烈日のもとに
皆煙り吐き。

（「文学評論」昭和十年十月）

転載という事は当時の結社間でどのように了解されていたのであろうか。現在では判断しかねるが、その折も折、夕暮が「詩歌」（昭和十年九月号）の編輯後記に概要次のように記している。「東京で発行せられてゐるある雑誌では毎号作者に無断で一旦発表された作品（主として自由律作品）を、発表してをり、それが一見如何にもその雑誌の社友らしく見える。編輯者はそれによつてある効果（その主張や作風の）をあげるつもりらしい。私は編輯者の徳義心のために特に一言する」と。

これが、東村の場合の転載歌を指しているかどうかは不明であるが、東村は「詩歌」の同人であり編輯委員でもあることを考えると、関係がない意見とも思われない。すでに五月に「短歌評論」は年刊歌集として『世紀の旗』を発行しており、東村の作品が二十首掲載されている。

被告接見

編笠を
とるなり、「やあ」と元気よく
挨拶する被告だ。
押され気味になる。

（「詩歌」昭和九年八月）

この歌は治安維持法違反で収監されている者との面会であることを窺わせる。被告との接見は弁護士業務の一つであり義務でもあるが、それにも監視がつく時代状勢であった。

昭和十一年には第二の合同歌集『集団行進』が発行され、東村の作品は「無題」として十六首が掲載されているが、これも「詩歌」（昭和十年三月号、六月号）からの転載である。内容は思想犯の獄中生活やメーデーを詠んだものであり、これらの合同歌集に掲載された作品は、「短歌評論」の主張するところにより一層近いものと思われる。が、すべて他雑誌からの転載である。

思うに、昭和十、十一年頃の東村は、渡辺順三に乞われて選者となり、これに関わったことは確かである。しかし、発刊当初は「短歌評論」と、ある間隔を保っていたのではないだろうか。「詩歌」の近代主義と大らかな気風に共鳴しつつ、その依って立つ所を「白日社」から変えることはなかった。同時に、生来の正義感と弱者擁護の精神から「短歌評論」に集まる人々への協力を惜しまなかった、と私は考える。

㈶ 啄木短歌の評釈

昭和九、十年頃は東村にとって公私共に多事であった。昭和九年二月号「詩歌」に伊沢信平が「矢代東村論」を発表しているが、その中で東村を評して、「マルクス主義を認容する自由主義者」とし、「あまり歌論や作品批評を書いてゐない」と述べた。

しかし、そのようなことは決してなく、執筆活動は旺盛であった。同年二月号と三月号の「詩歌」に「子規の短歌論に関して」を掲載している。これには付記があり、それによれば、この評論は前年の昭和八年に執筆したもので『正岡子規研究』（渡辺順三、篠田太郎、神畑勇編）の中に収められて十一月に楽浪書院から発行されたが、発行後間もなく禁止の厄にあい、改訂版も出来ないような有様であり、一般人の目に永久にふれない事となりそうなので、「詩歌」に再現してもらう事になった、とある。

短歌革新論者としての子規を、その「歌よみに興ふる書」十篇と、それに対する反駁者への反駁を書いたとも見るべき「人々に答ふ」一篇に依拠して、東村が子規評論を試みたもので、「詩歌」誌上で読む限り、特に発禁となる理由はまったく見出せない。子規に関しては、戦後の昭和二十三年に『子規短歌選集』（新日本歌人協会編）の中の解説を東村は書いているが、「詩歌」に発表されたものと同文ではない。

更に、昭和十年十月には、『啄木短歌評釈』が出された。前半の「一握の砂」を東村が、後半の「悲しき玩具」を順三が分担執筆した書物であり、ナウカ社という当時の左翼系出版社から発行されたが無事に陽の目を見た。その後も版を重ね、戦後は『啄木の歌と鑑賞』と改題された。啄木の作品三百数十首を選び、その評釈と共に技術上の問題点を指摘し、伝記と共に彼の短歌論を付した、初学者入門書とも言うべき書物である。

今では、その初版を見ることができないので戦後版から数首を選んでみる。「　」内は東村が付した批評であるが、長文が多いので要約とした。

東海の小島の磯の白砂に
われ泣きぬれて
蟹とたはむる

「如何にもロマンチックである。内容はといへばこれはたゞ青年の感傷を歌つたまでである。――この歌はその有名なのにもかゝはらず、さう優れたものとは断じ難い」

こころよく
我にはたらく仕事あれ
それを仕遂げて死なむと思ふ

「朝日新聞の校正係に採用される前後のもの。彼は人生に対し社会に対し、どんな仕事をしようと思つてゐたのであるか。しかもそのしようと思ふ仕事も出来ず、どんな事をしてゐなければならなかつたのであるか。以上の感想と併せ見る時この歌は一段と興味深くなつて来る。しかもこの歌は、正面から堂々と歌ひあげた如何にも歌柄の大きい立派なものである」

盛岡の中学校の
露台《バルコン》の

欄干に最一度我を倚らしめ

「一度中学生々活をした人達の心情を、たつた一首でいみじくも代弁したものである。――一首は一つの詠嘆にすぎないが、どこにもなつかしいとか恋しいとかいふ作者の主観語が出てゐない。この出てゐないところが、この一首をいやみのないものにしてゐる」

ふるさとの山に向ひて
言ふことなし
ふるさとの山はありがたきかな

「『言ふことなし』『ありがたきかな』は少しうるさすぎはしないか。気持は分かるが感情としては既に古風なものではないかと思はれる」

子を負ひて
雪の吹き入る停車場に
われ見送りし妻の眉かな

「妻子を小樽に残して釧路に出発した時の歌、夫婦の生活状態とその日の天候が窺ひ知られ、『われ見送りし』といふ一つの事件が持ちこまれる。作者は何も判断を与へず、感動を披瀝することなく、それを形象したのが『妻の眉』である。これは平凡な一抒情歌に過ぎないかのやうに見えるが、この技法はなかなか非凡である」

次の一首は昭和十一年一月号の「短歌研究」に中野重治がとり上げて、東村の書いた批評に同感を示している。戦後版には見当らず、昭和十年版のみに掲載されていたと思える。

わが抱く思想はすべて
金なきに因するごとし
秋の風吹く

「まづ啄木の歌としては駄作に属するものであらう。……如何にも投げやりな態度が、この歌を粗雑なものにしてゐる。深刻さもなければ悲痛さもない。さうかといつて滑稽さもないし飄逸さもない。困つたものである」

東村は、「啄木の全作品千五百八十首、これを厳格に批判の対象とすれば優秀な作品は十数首乃至数十首であらう」と述べている。啄木を「導きの星」とした歌人としては意外な感を免れないが、東村は「十数首の優れた作品を持つことによつて、その歌人は当然一代の歌人たる資格はある」と結んでいる。

私が生れたのは、この『啄木短歌評釈』が出版された時である。前年の二月に長男を失った家庭は一人っ子状態となっていた。晩婚であった父は、育て得る子供の数は二人が限度である、と考えていたと後に母から聞いた。しかし当時、同人の中に子を失う話は、一、二に留まらず、現に夕暮家も娘の妙子は療養中であった。子供が無事に成人するとは限らないという不安が、夫婦にもう一人の子を持つ決心をさせたのである。

(57) コンバインの歌

弘子の場合

十月三十一日午前一時

三度目の
出産でもあつた。
なんの感激もなく
産院に妻を送つて、帰つて来て
そのまゝ寝て。

無事に
生れたといふだけのこと。
事務的に菊の花を買つて来させ
瓶にさす。

同日午後産院にて

三四時間前に
生れたばかりだのに、この子から
父親としての感情を
俺に強いるもの。
（「日本短歌」昭和十一年一月）

戸籍には、「東京市麴町区永田町一丁目五番地ニ於テ出生、父矢代亀廣届出」とある。この前年に町名変更があり、隼町五番地と同一地であるが、永田町となった。出生時九百六十匁もあり、安産であったが、女児ということは父を大いに失望させた。まだ洋一の憶い出が去らぬこともあったが、男児にのみ将来像を描く時代であった。命名の由来も特に聞かされたことはない。父の名からきているものと多くの人は思うであろうが、そのような話もとり立てて聞いていない。名はひろびろした感じが良い、というありふれた話を母がしていたことと、字は「弘法」の「弘」と説明していたことを思い出す。三人目ともなれば育児も手なれていたのであろうが、事実、本当に手がかからなかったと母は言っており、順調に育ったようだ。

昭和十年前後は、東村自身の歌歴区分によれば未刊歌集「溶鉱炉」の時代にあたる。とり上げられた作品は多いが、昭和七年三月号「詩歌」に掲載された「ある写真画報」中の一首をあげる。

広い――
広い――

小麦畑だ。コンバインだ。
快走するコンバインだ。
空は青いんだ。

本人も自信があったようで同年十二月号の自選歌の中にも入れている。これに対する夕暮の批評が「雑草園歌話」(「詩歌」昭和八年四月号)に記されている。同人中、唯一の行分け作者である東村への批評である。

「この作の記載法は普通ならば、広い広い小麦畑だ。と誰も書くであらうが、それを行別けにしたところに此作者が、恒《ママ》にリズムやその記載法に如何に注意してゐるかがわかる。此場合、広い広いと立体的に表現するよりは作者のやうに行別にしてダッシュをつけた方が確にその如何に広い小麦畑の面積を平面的に拡大してゐるかといふことが、すぐに効果的に読者の頭にくる。コンバインだ。といひ、さらに快走するコンバインだ。といつたのも動的だし、さらに、空は青いんだ。とぐいと一本なすりつけたやうに太く線をひいたのもよい。これが若し少し遠慮して、空が青いのだ、としたら効果は半ば減殺される。青いんだ、といふ弾力性のある言葉は撥音効果である。これは最近の佳作と言つてよい」

未刊歌集「溶鉱炉」の時代範囲は、ソ連邦に於て第一次五ヶ年計画の下、農業の大集団化が押し進められた時にあたる。理想化されたコルホーズの姿が、画報、映画、絵葉書等によってもたらされ、「詩歌」誌上にも映画上映会の広告などが出た。東村はこれに接して感激したのである。現在、その内政の実態は明らかとなり、いやそれ以上にソ連も存在しなくなった今、この東村の作品は空疎なひびきを伝える。「これは良い」と見るものに触れれば、直ちに心を動かす直情型の人間のなせる事であった。東村には一方に於て、東北地方の凶作を詠んだ作品があり、コルホーズを理想視する当時の彼の姿を笑ってすますことはできない。

素晴らしい外套を着て、
知事をつれて、
大臣の
視察といふものは
それでいいのか。

実らない稲を
両手にかかへ相談所の入口に立つ
農婦のうしろ姿だ。
よく見ておけ。

教室の隅に
袋を口にあてて何か食つてゐる児童。
稗飯だ。
ぼろぼろな稗飯なんだ。
（「短歌研究」昭和九年十二月）

東村の生家は数人の小作人を手伝わせる程の田畑を持っていた。小作人の家の子は未就学であることが多く、祖母が彼等に古着を与えると礼を述べにくる貧しい農民達を見て東村は育った。また、「日光」以来の友人である吉植庄亮は知らぬ者ない印旛沼の豪農であったが、東村が訪問した際の一光景として、土間にはだしで伏す小作人の姿があったことを語っていた。

東村の社会主義は哀しい程、単純、素朴なところに根源があった。しかし如何に誇大な社会主義国家の宣伝があったとはいえ、全ての者が同様な反応をしたわけではない。「詩歌」同人の原三郎は欧州留学をした病理学者であるが次のような作品を残している。

パイプを銜へて傲然と見おろす政府巨頭の査閲を受けるメーデーの民衆
メーデーは労働者農民の観兵式だつた。労働歌を歌ひながら査閲を受ける婦人隊
（「詩歌」昭和七年四月）

ここにはヨーロッパの実情を見る機会を持ち、外国に知友のある者の別の視点がある。国際事情に関する東村の認識は、やはり狭い生活範囲の所産と言えよう。

東村の「コンバイン」の歌は、その技法が秀れていればいる程、逆に、時代の枠に閉じこめられた作者の限界を思わずにはいられない。

(58) 二・二六事件と我が家

昭和十一年二月二十六日、東村は早朝の電話の音で起こされた。声の主は近所の歯科医である。「外の騒ぎを御存知ですか。何か重大事件があったらしいです。兵隊が剣つき鉄砲で立っています。弟が卒業試験で出かけようとすると、出ると撃つぞ、と驚かされて家へ戻った所です」。のちに二・二六事件といわれる一大事が起きた日の朝であった。この体験記を東村は「詩歌」誌上に昭和十一年四月号から三回にわたって連載した。以下はその記述による我が家の二・二六事件の顛末である。

玄関の外は雪がしんしんと降り、電車もバスも通っていない。新聞配達員二人が門口で立ち往生している。着剣の兵士が外へ出さない為であり、彼等に朝食用の握飯を提供した。住人達の話では首相官邸前の警備はものすごく、玄関前には「尊王義軍」と四隅に書かれた日章旗が張ってあるという。午前中に某新聞社勤務の友人からの電話で事件の概略を知り得た。「今朝五時を期して、一挙に元老、重臣、官僚、財閥の巨頭が襲撃された。朝日新聞社も警視庁もやられた。主謀者は誰でこれに参加したのは、云々……」。これを聞いて東村は前年の秋、ある会合の席上で一将校が語っていた時局談を思い出した。「すべて予定の筋書き通りだ。冗談じゃない。この辺は行動隊の占領地帯だ」。改めて、立っている歩哨は住民の為のものではなく、行動隊側の守備兵であると知った。

夕方、陸軍省内部はごった返して大変な事になっていると伝わってきた。夜になってやっと陸軍省広報が放送されたが、それらは全て住民の見聞の範囲内の事で、規模を小さく述べているのが、かえって不安を増大させた。翌二十七日交通は自由となり、一見、事件は終ったかのように思えた。が、トラックに兵士が満載されてきて要所々々に配置され、何が何やらさっぱり判らないうちに、その日戒厳令が施行された。

二十八日、朝から「今日は戦争が始まる」という流言が飛び、引越をする家が続出した。一家の主が世間の風評で動くのも滑稽であると思い、麹町警察署に問い合せたが「脱出の用意だけはしておくように」とのこと、その直後に町会報が来た。「大切ナモノヲ片付ケ、火ノ用心ヲスル。避難スルニハ麴町小学校、番町方面、アワテヌコト、オチツクコト……」。意を決して妻子だけを京橋（実父経営の米穀店）へ避難させることにした。辛うじて車をつかまえることができた。しかし安心する間もなく、京橋に到着した妻から電話があり、「洋一の位牌を持って早く来てほしい。ここも人数多く落着かない」とのことである。

相談の末、東村は「勁草」主宰の宇都野研宅への避難を考え、宇都野夫人の快諾を得た。「勁草」は母恒子も「朝の光」以来の縁があったところである。家を閉め、歩哨の目を逃れ、す早く鞄一つで脱出した。途中、半蔵門から麹町二丁目にかけて土嚢の上に機関銃がすえられ、要所には鉄条網が張られていた。後に知った事だが、三時頃に天皇の奉勅が出され、その時から行動派は反乱軍と呼ばれていたのだ。夜六時、本郷東片町の宇都野邸に一家四人が落合った。部屋には火鉢や炬燵が用意され、お茶の道具まで出ていた。弘子の為に布団がしかれ、おむつ掛けから便器まで置いてあった。小児科病院とはいえ、「まるで親の家へでも帰つて行つたやうな気持ちになつた」と、東村は「詩歌」（昭和十一年六月号）に記している。

二十九日、戒厳司令部は「――右に関し不幸兵火を交ふる場合に於てもその範囲は麹町区永田町の一小地域に限定せらるべきをもつて一般民衆は徒らに流言蜚語にまどはさるる事なく勉めてその居所に安定せんことを希望す」と放送した。一家は正にその「永田町の一小地域」から脱出した「一般民衆」であった。「万一流弾あるやも知れず、市民は掩護物を利用し難を避ける事、等々……」のニュースに皆、ラジオを囲み耳をそばだてた。十時頃にやっと反乱軍の帰順が報じられ、午後すべて平定のニュースが入った。すすめられるまま宇都野邸にもう一泊し、三月一日に無事帰宅した。

郵便受には沢山の雑誌類の他に電報もあった。「ミナサンココヘココヘハクシウ」。白秋が自宅の世田谷砧村への避難をすすめてくれる電文であった。午後からは、白秋一家、尾山篤二郎、

「詩歌」同人達、弁護士仲間等の見舞客が殺到した。

事件は終った。判決は七月五日に出され、同十二日に死刑が執行された。

昭和史上の一大クーデターは当該地の住民にとって判らぬ事ばかりであったが、それはその日歩哨に立った兵士達も同様であった。最上等の制服を着ることを命じられ、実弾を携行させられ、現金まで持たされていた。住民達に「これからは小作人や小商人の為にいい世の中が来ますよ」と語りかけた兵士もいた。

戒厳令下、雪中五歳の兄と乳児の私を抱き避難した母は、あわてて車の入口に私の額をしたたかぶつけた。その傷痕はかなり長い間残っていた。「この傷あとはあの時に……」と母はよく語り出したものだった。私の人生は事実上、二・二六事件で始まったと言ってよい。

⑸⑼「大日本歌人協会」の発足と自由律をめぐる対立

昭和十一年二月に新団体「新短歌クラブ」が発足した。「新短歌」とは概括的な呼称であって、この場合は在来の定型律によらない作品すべてを対象としており、モダニズム系のいくつかの歌誌からプロレタリア系の「短歌評論」までを含めていた。歌人の友好団体としては「日本歌人協会」があり、すでに十年近く運営されてきていた。

東村は長く「日本歌人協会」の運営実務に携わった者として、「短歌研究」二月号に見解を述べた。それには速やかに解決してきたこともある一面、逆に困難な問題、つまり会計面の赤字や年刊歌集における大家と新人の処遇問題、異なった主義主張からくる歌人間の様々な軋轢等、当時の協会が抱えていた問題点を指摘した。新団体にこれらの困難を克服する可能性があるのか。また、旧来の短歌となんら選ぶところのない、新短歌的扮装を施しただけの作品を成すだけの「新短歌人」がメンバーである限り、どれだけの期待をもつことができるか。東村は様々な疑問を呈した。

夕暮は、これ迄の歌人協会は一つの文学運動を実行して会員を統制してきたものではないとして、この友情的集合（日本歌人協会）の他に別箇の集団を持つ必要はない、と述べた。更に「詩歌」は、定型短歌の発展物であり、短歌の革新運動としてあくまでも終始しようとする意図から、新鮮な空気と刺激を歌壇に送ってきた、と自らの立場を明らかにし、「新短歌クラブ」へ参加せず、日本歌人協会に留まることを表明した。

この間に、日本歌人協会は改組へと動き出し、十一名の組織委員が協議の末、昭和十一年十一月、「大日本歌人協会」が成立、発足した。発会式当夜の出席者は四十七名であり、まず前協会庶務委員の東村が、会務並びに経過報告をし、議長に白秋を推して討議に入った。問題の一つは「短歌の伝統」に関する会規第五条、すなわち

「短歌ノ伝統ヲ尊重シ定型ニ依順スル作家ハ会員並ニ会友タルコトヲ得」

の解釈であった。

太田水穂から「定型作家を以て伝統を継承するものとすれば、前田夕暮等の自由律作家はこれに反するものとする理由から、協会としては当然これを拒否すべきである」と意見が出された。しかし、「夕暮の他と異なるところは、これらの自由律が定型短歌の発展物であるとし、伝統を尊重して定型に依拠する意志が既に度々披瀝されてゐるのであるから、これを無下に退けるのは、大局的に見て協会の態度を固陋に陥れる結果にならう」という説が大勢を占めて、白日社の協会への参加は認められた（「大日本歌人協会月報」第一号）。「詩歌」同人中、大日本歌人協会の新会員になった者は旧歌人協会時の半数もなかった、と夕暮は記している。

十二月の理事会は十名の理事の中から常任理事に北原白秋、土岐善麿を推し、書記は松村英一、年刊歌集編纂委員は臼井大翼、岡野直七郎、矢代東村の三名が就任することを決した。大日本歌人協会はなにはともあれ、歌人の自発的意志によって成立したものであったが、それは日独防共協定の調印と時を同じくし、時局は翌年の支那事変（日中戦争）勃発に向かう流れの中にあった。文学の他の分野の諸団体と同様に報国思想を以て国民統制の一翼を担うことが義務とされた。発会式の状況を考えれば、この団体が昭和十五年に崩壊するおのずからの遠因が垣間みえる。

昭和十一年は歌壇も変動期であったが、夕暮も、娘妙子を失うという不幸に見舞われた。当時、白日社は西大久保の地をすでに去り、荻窪に移っていた。娘の療養にも適すると考えた夕暮が、田園的なおもかげを残すこの地に新築移転したのは昭和九年夏である。玄関前庭に青樫がそびえ、円窓のある屋根が目印のこの家を、夕暮は青樫草舎と名付けた。今もそのたたずまいは変らない。東村は「詩歌」（昭和十二年二月号）に「白い花」と題して妙子の訃に接した時の作品を掲載した。

あつたかい
朝飯を食ひながら、とめどなく
ながれ出す涙、
どうしやうもなく。

悔みの
言葉さへまとまらず
しどろもどろな僕を
みせてしまふ。

その父が、
その兄が、

手づから棺に入れる
バラだ。カーネーションだ。
みんな白い花だ。

この時の東村の様子を後に母は「とても他家の出来事とは思えないような取り乱した悲しみ方だった」と私に語った。東村は感情の高ぶりが甚だしく、喜怒哀楽の表れも時をおかず出た。外での職業生活とは別の激情型の一面を家庭内ではさらけ出した。時代の動きは東村の精神に苛立ちを与え、日々陰鬱さを増大させた。幼年期の私が家庭でみた父は「呵々大笑」とは全く別の表情であった。

無題

誰も
何もいへなかつた。
いはせなかつた。
将棋が習字が詩吟が
流行した。

批判のない

生活に人々をたたきこみ、
これでいいのかといふ
一人もなく。

人々は
正しい怒りを奪はれ、
従つて、正しい笑ひも
笑へずにゐ。

（「詩歌」昭和十一年九月）

⑹⓪　新短歌を除外した「新万葉集」

東村は独身時代から、新年には山王日枝神社に初詣をした。特に神信心をしていた程のことはなく、幼時の農村環境の中で身についたもののようである。先輩、知友への挨拶も欠かさず、古風で礼儀正しいところがあった。師の前田家を松の内に訪問することも恒例であった。昭和十二年の正月は前田家は喪中であったが、さびしい春を過しているであろうと考え、家族で訪ねようということになった。「弘子は初めての客となる」（「詩歌」昭和十二年二月号）と書かれてある。以後、一家四人で正月は必ず、荻窪迄出向いた。私の夕暮一家の思い出はすべて、この青樫草舎を背景としている。昭和二十年の一時期、我々一家の住居にもなった。戦前から戦後を経て今に至る迄幾星霜という思いも、あながち大袈裟とはいえないのである。

初訪問をしたその頃、私は一年二ヶ月であったことになるが、「詩歌」昭和十二年一月号に「立つた。立つた」と題した東村の作品が掲載された。私事に亙るものであり、ここに掲げるのも恐縮の思いであるが、今、私宅を訪ねてこられる方々は、殆ど皆といってよい程、この歌を念頭におかれてくるのである。

立つた。立つた。
弘子が立つた。両手をはなして
うれしさうに立つた。
みんな見てやれ。

父に母に
その兄に、女中に見よといふ、
両手ははなして立つた弘子。
瞳かがやかし。

弘子と呼べば
にっこり笑ふ。用もないのに
父なれば子の
名前を呼ぶ。

全七連から成る歌である。訪問者は私の顔を見るなり大抵は驚き、呆然として中には「貴女が弘子さんですか」と聞く人もいるほどである。私は、「失礼な」と思うどころか訪問者が思い浮かべている情景を思い、心中ひそかに微笑を禁じ得ない。この歌は固有名詞を変えればどの家族にもみられる風景である。時空を超越して、人々の共感を呼ぶことが芸術の一要素として求められるのならば、この一連の作品はその明快さと歯切れの良い語感をもって成功したといえよう。

一方、同年の「短歌研究」一・三月号誌上に、「近詠」として土岐善麿が破調の定型作品を数十首掲載した。

はじめより憂鬱なる時代に生きたりしかば然かも感ぜずといふ人のわれよりも若き
わが無為にして過せりとおもふ一年に彼がなせしもこの程度のことか
一生に成し遂げむとせしこともなかりしかどかくありたるわれはわれなりき

偶然であろうが東村も同誌（昭和十二年一月号）に心境吐露の作品を載せた。

去年も

かうして過ぎた。
今年もまた
同じやうに過ぎようとする
なに一つ出来ず。

なにか一つ
やらうとする気持。この気持を
今にすてきれず
ひそかに思ふ。

いまさら
なんの希望が、感激がと思ふ
自嘲の心叱咤して、更に
競ふもの。

この年、善麿五十三歳、東村は四十九歳になろうとしていた。「詩歌」二月号で東村は「近詠」を評し、「この定型はもう昨日の善麿の定型ではない。あべこべに新短歌は如何に旧短歌に影響をしたかを思ひ見るべしである」と述べた。

この時点での善麿の考えは、改造社が出版計画を進めていた「新万葉集」とも関連を持っている。「新万葉集」はその名が示すように、明治、大正、昭和三代に亙って、宮廷歌を始めとして大家から一般応募歌に至る迄を厳選、集大成しようというもので、「劃期的な一大壮挙」、「千載に伝へるにふさはしい大事業」として宣伝されていた。ここでは、「新短歌」は除外されていた。十名の選者の中にはその分野に関わる者として夕暮と善麿が加わっていたが、掲載作品は旧短歌形式によるものに限られた。善麿は「一審査員としての覚悟」として「短歌研究」（五月号）に次のように記した。

「新短歌運動は現在発展の過程にあるものであつて、その帰趨は、なほ将来の実践に待つべきこと」とし、「今日の状態において、一つの確定完成した作品とすることは、尚ほ早きに過ぎると謂はざるを得まい」と。

東村と善麿は、かつて啄木死後、「生活と芸術」誌上で志を同じくしていた時があった。善麿と東村を往復書簡の形をとって討論させようという企画を、「短歌研究」編集人の大橋松平が実現させた。善麿はこれに乗り気でなかったが、東村が第一信を発した為、しぶしぶ応じた。このような形をとらなくても、もの言い合える仲であるから、これは舞台上の役者ぶりを他人が見物する趣きのものである。前述の善麿の言葉に対して東村は、「現在あるもので完成したものが何一つあるか。完成したものは凡てその一瞬時から過去のものである」と応酬、破調型定形に復帰した善麿を「利巧で才気に満ちたあなた」と呼び、自らを「馬鹿で頑固な僕」といい、「一人孤塁を守つて奮闘してゐる」と意地をみせた（「短歌研究」昭和十三年八月号）。

このようなやりとりを見ていると両者の差異が浮かび上がる。役者として善麿は名優ぶりを示したが、東村はおのれの信条とするところを演技力によらず、直言するという方法を選んだ。

V　麴町一番町時代

(61) 憂鬱な時代の始まり

昭和十二年七月、我が家は麴町区永田町から同区上二番町三番地に転居した。間もなくこの地は地番が改正され、一番町六ノ二となった。麴町は坂の多い所である。この家も坂の登り口を脇に伸びる小道に沿って立つ七、八軒の家の一つであった。現在、その坂の名称を示す道標が建っており、「南法眼坂」とある。登り切れば九段に至り、市ヶ谷駅が近い。この坂上方面がいわゆる麴町の豪邸街となるところで、坂下にはごく普通の民家や商家が並んでいた。

東村は職業柄に似合わず財を確保することに無頓着で、このたびも借地、借家であった。近隣の家も同様であったと聞いているので、当時は普通のことであったのだろう。転居した家は門から三つ四つの敷石伝いに格子戸を引く玄関があり、木の塀に囲まれた庭には五、六本の樹があった。三和土《たたき》を上って玄関部屋があり階下は二つの座敷、二階に法律事務所を兼ねる書斎と客間があった。後方にも庭とは言えないが土地のゆとりがあり、多分家族四、五人が住む典型的な借家造りであったように思う。

この家に移ったまさにその月に支那事変（日中戦争）が勃発した。昭和二十年五月の戦災に会う迄の八年間の住まいであった。一家にとっては善麿の歌の如く、「はじめより憂鬱なる時代」の幕明けでもあった。

事変勃発は「詩歌」という一結社誌にも影響を及ぼした。その一年のうちに白日社から七名の若い同人が応召され、早々と二人が戦死した。東村は「詩歌」連載のエッセイの中で心境や世間の風景を述べている。

「出征兵の出発はいつも数台のトラックによつてなされた。――カーキ色の服と、旗と、万歳の声が街を真直に疾走して停車場へ走つた。――この間僕は神保町の交叉点近くを歩いてゐると、この見送りの一行にあつた。――トラックに乗つてゐた若者の一人が、僕の方に向つて、おい万歳位やれよ、と要求した」。東村がこれに応じるとトラック内の一同は満足げに旗を振った。「これは……である。しかし大国民の用意といふものは……筈だ。用意は実にこの奥にあらねばならない」（昭和十二年十月号）。「……」は削除された部分である。同年十二月号の「短歌研究」掲載の七首はこの時の情景を作品としたものである。

小学一年生位の思考に

人並に

万歳、万歳といへないから

たやすくいへないから
俺！
旗だ。
提灯だ。
万歳の声だ。
みんな小学一年生位の思考に
なる。

これ以降、東村の場合同誌上では社会批判の要素のある作品は殆ど見出せない。参考迄に記せば昭和十二年二月から十一月迄、「短歌研究」には一首も載らず、十三年前半迄続く。作品が出来なかったのではない。拒否されたと言ってよかろう。「詩歌」誌上の東村の文章への統制も甚だしい。出征に際し兵が述べる返礼の言葉、「一死報国」「たとへ身は戦場の露と消えるとも」「男子の本懐これに過ぐるものはありません」等々、これらを聞いて思いを綴った東村の文章は十行も削られ、何も書かぬことと同様となっている。あるいは次のような一節もある。

「今度の事変のやうに戦線では勇士が続出し、銃後には美談が充満してゐることも珍しいことだ。とにかく我々は毎日さうした新聞を……」この先はない。東村の心を暗雲が覆う。「(僕は)

神経衰弱にかかつたのだと思ふ。時局と結びつけて『事変とインテリ』と題するエッセイを思ひついたが実際は何も書かないであらう。いや実は書けないのである。この思ふ通りに書けないといふことが、僕の神経衰弱の有力な原因の一つとなつてゐる」（「詩歌」昭和十二年十一月号）。

十三年三月内務省警保局が要注意執筆者のリストを雑誌社に内示し、原稿掲載について自粛を要請していた。戦場では南京攻略の暴挙がおこなわれ、徐州作戦が進められていた時である。この頃の東村の作品はそのような背景をふまえて読まれるべきものである。

　聡明な人達は
　申しあはせたやうに沈黙し、
　実に効果的に
　沈黙する。
（「詩歌」昭和十三年一月）

麹町界隈では、出征直前の兵士の宿として各戸に割当がおこなわれた。新潟出身の二人の兵士が来て十日程待機していた。「こんなんなら俺等もゆっくり百姓仕事をやってくるんだった」「こんなに御馳走になって、これでこのまま家へ帰れるんならいいがなあ」

この人間的な言葉に東村は涙した。出発は町内一斉に午前三時ときまった。勇ましい喇叭の響き、銃のきらめき、万歳の叫び声、町中の悲痛と亢奮に包まれて、彼等は出発した。

そして、その数ヶ月後、多数の者が遺骨となって帰還した。その数のおびただしさに鉄道省は郷里に向けて遺骨移送列車を仕立てた。「英霊」のマークを張り、弔旗を立て、車内に黒幕を張った。北海道出張の折、東村はその光景に出会う。

遺骨はかへる（全五首より）

遺骨のせて
戦死者の遺骨のせて、
驀進する急行列車。
白皚々たる雪の曠野もくらい。
こんなに暗い。

いつか
万歳、万歳の声におくられ
今日、遺骨、戦死者の遺骨。
無言のまま人々に迎へられ
帰らねばならぬ。

（「詩歌」昭和十三年三月）

⑹ 前田透・香川進にも召集令状

一番町の家は来客が多かった。法律事務所を兼ねていたから昼間は事件の依頼者などの応対があり、夕方からは歌人仲間が来た。私も訪れる人の名や顔が覚えられるようになり、そのためもあって客の多さを感じ取っていた。戦争による物資の窮乏はあっても、太平洋戦争前は客の接待に事欠く程のこともなかった。「詩歌」の在京同人は殆ど尋ねてきていると思う。地方からの客は宿泊することが半ば当然のようになっていた。青年達が集まって談論風発する気分を東村は好んだ。

そのような場の雰囲気をよく伝える作品が「短歌研究」誌上にみえる。名古屋から東大受験の為上京した同人達を迎えた時のものであり、これは永田町時代の様子である。

受験生

三人とも
八高の卒業生。君達！
濃尾平野の匂ひをはこんで
そのまま来た。

君と君と二十二。
君だけが二十一か。ああ、
若さが持つ感情の新しさ！
空気を切る。

幾杯も
幾杯もかへる夕飯に
何もいはぬ妻の顔。
次第に微笑となる。

この中の一人はのちに言語表現の理論分野で活躍した丸山静である。
神戸支社の香川進（のちに「地中海」主宰）もやってきた。上京してきた青年達に、東村は丸の内や銀座を見せるわけではなく、庶民的な浅草、新宿等を案内して歩き、白日社へ手土産を用意して彼等を夕暮に会わせた。客の食事には母が得意としていたトンカツが出された。豚肉には念を入れていてわざわざ四ツ谷の肉店まで出向いた。歌人達をもてなすことにかけては白秋夫人の腕前が聞えており、次々と料理がくり出されるのは有名な話であるが、母は若い人の腹を満たすのはヴォリュームが肝要と心得ていたようである。後年、香川自身が「矢代家のトンカツはカラリと揚がっているのに、なぜうちのはグシャとしているのか」と夫人に言ったというから、この定番料理はかなり好評のものだったのである。麴町の家へやってきた頃の彼は左翼青年を以て認じていた。

昭和十三年九月、朝鮮三菱商事に勤務していた香川に現地の召集令状が出た。同年十一月号の「詩歌」に「会寧からの手紙」と題された東村の作品がある。一読したのみでは誰からの手紙かは判らないが、この差出人は香川である。当時、個人名と任務地を結んで明らかにすることを控えた為であろう。以下の歌には、二十八歳の陸軍中尉香川進像と、東村の気持が現れている。

あまりものを
考へることはやめたといふ。
この手紙おれは
だまつて読む。

こんな時代には
こんな時代らしく生きることに、
青年性があると
いはせるもの。

血と黴との
独特な匂ひがすると平気でいひ、
戦死者の遺品整理のこと
書きつづける。

下らない事ばかり
書きましたといふ手紙この手紙
手もとから
まだはなたず。

近江支社の米田登（のちに「好日」主宰）も東大入学後はよくやってきた。彼は「詩歌」に入ってからは東村の選を受けて育った。「矢代先生の選は厳選であつた。僕の歌は毎月二、三首より多くは載らなかつた。僕は何とかして多く採つてほしいと思ひ、三十首も四十首も作つて送つた。――選評は甚だ苛酷であつた。ほめられたことなど一度もなかつた」（「好日」矢代東村追悼号）と、のちに回想している。

時代の空気が晴朗さを欠いていく時に、これら未来を持つ訪問客との語らいは東村が喜びとしたことであり、二階から愉快な笑い声が聞えてきた。
昭和十三年十一月、前田透にも令状が来た。大学を出れば、即ち赤紙を覚悟せねばならない時代であった。彼は東大在学中に、筆禍で教壇を去る矢内原忠雄の決別の講議を聞いた学生の一人であり、それに感銘するリベラルな青年に成長していた。
透について、「小学一年の時、矢代東村にすゝめられて初めて短歌を作る」と記している事典(三省堂『現代短歌事典』)がある。それは「日光」時代に東村の考案による「結句付け」という作歌習練方法を指していると考える。これは既に完成した作品、例えば釈迢空の歌などを用いて、上句のみを示して下句を透に付けさせ、改めて原作を透に見せて比較考量させるという方法であった。隼町時代にも中学生の彼は日曜毎に自転車で遠乗りをしてきて、東村の書斎で話を聞くのを常とした。「なんとなくちやほやされていた僕に批判的な態度で接していた事を子供なりの心で理解し、ずっと後迄そうだった」(「新日本歌人」矢代東村追悼号)
透を送る同人の会で東村は餞けの言葉を述べ、日章旗に「祈武運長久」と筆をふるった。昭和十四年正月の入営当日は矢嶋歓一と共に東京駅頭に彼を見送った。

時代の若者
何の
動ずる色もなく

しつかりとむすんだ口、
その口を
見てしまふ。

一瞬、
長い沈黙の時間。
かへつてお互ひの言葉より、
直接なもの。

万歳の声に
その母も手をあげる。
いつか君を抱いた手。
いま君を送る手。

（「短歌研究」昭和十四年二月）

(63)　紀元二千六百年奉祝歌集の編纂

自由律短歌の「自由」という用語が妥当でないと圧迫を受ける程の時代になっていた。発表する場にも苦慮した。昭和十三年四月、宇都野研が急逝した時の東村の挽歌は「詩歌」では多行書きであるが、「歌壇新報」に於ては定型歌となっている。

曲学阿世の徒を
心から憎む歌、作つてゐたが
発表することもなく
逝つてしまった。

（「詩歌」昭和十三年五月）

夕飯を共にせむと別れしが共に食はむは何時の日にかあらむ

（「歌壇新報」昭和十三年六月）

大日本歌人協会は昭和十四年春の総会を後楽園涵徳亭で開いた。宇都野理事欠員の為もあり理事改選の結果、東村が選ばれた。当時、教科書採録歌の印税問題や著作権問題等が起きており、法的処理を必要としていた。既に国民精神総動員運動が内閣情報局主導の下に進められ、歌人団体もその一翼を担うべきとされた。思えば、大変な時期に協会の理事に就任したものである。

昭和十五年は紀元二千六百年ということになっていた。「ということになっていた」というのは後の者の語り方である。その時を生きた日本人にとってはまさに「紀元二千六百年であった」としなければならない。昭和十五年一月号の「短歌研究」は百名に近い諸家の作品を特輯した。これをもとに大日本歌人協会は「紀元二千六百年奉祝歌集」を編纂し、二月十一日の紀元節を発行日の目標として事を進めた。

奉祝の意を詠みこんだ大家の作品を列挙することは、ここではあえてしない。それらは既に短歌史に記されていることである。東村について述べれば前述の「短歌研究」（昭和十五年一月号）に発表された「真正面からの富士」八首の最後の一首が採られている。

皇紀二千六百年を迎へ、
今日仰ぐ
新雪の富士
いよいよ若く。

これら八首の中には、題詠作品である、

晴れて、
なにひとつ遮るものもない
真正面からの
富士に向ふ。

がある。東村には富士を詠んだ作品は多くあり、前年の「詩歌」十一月号にも「月夜の富士」五首がある。

窓外に

あかるい月があると思ひ、

遠くに

富士があると思ひ

静かに寝る。

比較すれば奉祝歌に違和感は否めない。しかし文部省の助成金を得ている奉祝歌集の中に、正直に疑念を表わしているような作品があるわけもない。編輯、印刷、装幀、製本、発送一切は書記局に委せられた。書記兼任理事は松村英一と東村であるから非常に忙しいことになった。表紙絵を恩地孝四郎に依頼に行ったのは東村である。序文は土岐善麿が書き、二千部印刷、市場には五百部出したが残部なし、という程売れた。「この非常時局に際し、思ったよりいい本の出来たのはうれしかった」と東村は「短歌研究」誌上で述べている。

協会は更に奉祝記念講演会を開催することにした。講演依頼の為、岡野直七郎が信綱、白秋、夕暮らを訪問し、最後に報告がてら善麿の家に立寄った。そこには先客の東村が居り、善麿と愉快に語り合っていた。その日善麿に誘われて初めて能を鑑賞した東村は、これに大いに感心しており、善麿も嬉しそうであった。そこへ四月から「日本短歌」の編輯をすることになった渡辺順三が来た。「人数が殖えたので自然いろいろ短歌に関する話が出て、賑かに談笑した。渡辺氏は、これは思ひがけないよい材料で、速記の出来ぬのが残念だと、しきりに惜しがつてゐた」（岡野直七郎「歌壇大家近状記」――「短歌研究」四月号）と記されている。

四月の講演会は、岡本文彌、藤間勘妙の舞も付いて盛会であった。続いて大阪朝日講堂で二回目の会が開かれ川田順、折口信夫、土岐善麿、沢瀉久孝が講演した。東村と善麿は駅前のホテルの同室に宿泊した。当日の開会の辞は東村が述べた。善麿はその時の東村を「斜面荘逸聞」の中で次のようにスケッチしている。「かういふ演壇の矢代君を見たのは、久しい交際の間にも僕には最初で、なるほど、あゝいふ具合に弁護士としては法廷に立つのかと、微笑が催された」

きっちりと開会の辞を述べたであろう東村は、参考迄に記せば、当時、日本弁護士協会司法制度革新委員、東京弁護士会図書委員をつとめていた。

奉祝歌集の出来ばえを喜び、喜多流直門の善麿と能の見物を楽しみ、講演会に於て開会の言葉を述べる東村の姿からは、紀元二千六百年に格別の疑いを抱いているとは考えにくい。東村のにも「詩歌」誌上のエッセイには〝弘子が歌ばかりよく歌っている〟と書かれているが、たしかに私「キゲンハニセーンロッピャクネン」とか「テキハイクマンアリトテモー」を訳も判らず歌っていた記憶がある。昭和十五年には国民の頭脳と感性の均一化が既に達成されていた。

「新万葉集」からこの「紀元二千六百年奉祝歌集」に至る統制下の一連の歌集を、今日の視点から見て、いたずらに「書架で埃をかぶったままである」とか、あるいは「空しい歌の行列である」と評して顧みないのは、心ない所業であろう。近代歌人の多くはこの時代を受け入れ、激流に抗する術もなく太平洋戦争へとなだれこんだ。読み捨てるものではなく、行間から苦渋を読み取るべきであろう。

(64) 茂吉の戦争歌への批評

「中央公論」昭和十二年十月号は六百号臨時記念号とされているが、そこに「一国民の歌」と題した斎藤茂吉の作品が掲載された。東村は同年十一月号「詩歌」にこのすべてを紹介し、そのうち数首について感想を述べた。

よこしまに何ものかある国こぞる一ついきほひのまへに何なる
あな清し敵前渡河の写真みれば皆死を決して犢鼻褌ひとつ
あからさまに敵《あた》と言はめや衰ふる国を救はむ聖《きよ》き焔ぞ
おもひ残す事なしと言ひ立ちてゆく少尉にネェブル二つ手渡す
あたらしきうづの光はこの時し東亜細亜に差しそめむとす

「いつになく拙い歌で、これでは頼まれていやいやながら作つたものとしか思へない。〝よこしまに〟、〝あからさまに〟、〝あたらしき〟の如き作品はどうかと思はれる。それでも全体を通じてどこかに茂吉らしい体臭は感じられるもので、この中で〝あな清し〟、〝おもひ残す〟の二作の如きは優れたものとしてよいだらう。事変の歌は尚ほ続々と他にも表はれることと思ふが、どうも十分な思ひきつた事がいへないので、批評するにも一寸困るのである」

エッセイの一部であり、寸評の域のものであるが東村独自の毒舌も垣間見える。茂吉が「頼まれていやいやながら作つた」かどうか定かでないが、ある程度図星であったと思える。この時期、放送局や出版社が国民意識を高める目的で、詩人、歌人に作品を依頼することがあったからである。この「中央公論」自体が「戦意昂揚号」とも言うべきもので、その巻頭言は日本の空軍力を礼讃した上で「戦争の見通しつく」と題した安易な論説であった。

しかし、「詩歌」誌上の東村の批評は茂吉の不興を買った。具合の悪いことには、程なくこの両者が銀座の裏通りでばったり出合ったのである。茂吉は街上で東村をつかまえ、「俺をおいて外に戦争短歌らしい短歌がどこにあるか。文句をいふなら、お前一つ作つてみろ」と言って東村の言葉に対して大いに反駁これ努め、はては道行く人達が、何事が起ったのかと足をとめ、二人を取巻き大変な有様となった。

この「銀座の裏通り事件」がどのような結末となって二人が別れたかを私は知らない。この話は戦後、昭和二十一年一月号「短歌研究」誌上で、東村が窪田空穂と土岐善麿との対談の中で思い出として語っているものである。その小事件の後、茂吉は軽侮の意をこめて東村を揶揄した一首を詠んだ。

随縁雑歌

銀座より少しそれたる街角《がいかく》に自由律よむ男にあひき

「二国民の歌」とこの一首は、昭和十五年三月発行の茂吉第十二歌集『寒雲』の中に収められている。その後記の中で茂吉は次のように記している。

「本集の制作時に於ける私の生活は、別にかはりなく、作歌はやはり業余のすさびといふことになるわけである。ただ昭和十二年に支那事変が起り、私は事変に感動した歌をいちはやく作つてゐるのを異つた点としてもかまはぬやうである」。これを受けて東村は「詩歌」(昭和十五年八月号)の「短歌ノート」に『寒雲』の批評を改めて述べている。

「この事変歌には相当の自信があるものと見ていい。ところで茂吉の事変歌であるがどれもこれも戦争といふものを驚歓《ママ》し、讃美し、敬畏《ママ》してゐるが如くであつて、そこには時代人として又国民として、戦争に対する一つの批判さへないのである。我々は事変下にあつて、その言論の自由は極めて不自由になつてゐるのであるが、それは決して、我々から事物に対する批判を棄てていいことを意味するものではなく、さうである限り、その困難を押切つてまで多かれ少なかれ、作品の上に作者の批判は出していくべきものである。然るに茂吉の事変歌にはそのことがない。これが僕の茂吉の事変歌に対する最大の不満である」

東村がもの足りないと感じたのは単に作者の戦争への批判の欠如のみではなく、報道されている戦果と国民生活の実態とが矛盾しているにもかかわらず、それを問題として取上げた歌が見当

らない、ということであった。しかし、『寒雲』所収の全ての作品に不満を述べているわけではない。例えば、

高山も低山も皆白たへの雪にうづもれて籠る家村

くれなゐににほへる梅が日もすがら我が傍にあり楽しくもあるか

等をあげ、「作品のよさが同時に作者のよさとなり、作品が人間的なものにまで高まつて来るのである。これが『寒雲』のよい所である」と評価している。

この年五月、茂吉は「柿本人麿」に関する著作業績に対して帝国学士員賞を受けた。世は挙げて『寒雲』に讃辞を呈し、「茂吉は信仰の的のやうになつてゐる」（東村「短歌ノート」）とまで述べられた時であった。東村はこの歌集を客観的に受けとめ、誠実な批評を試みたのであった。

昭和十五年二月には「京大俳句」の第一次弾圧が始まっており、治安維持法違反により新興俳句運動のメンバーが検挙されていた。このような時期に一結社誌「詩歌」が事変歌を批判する東村の一文を掲載したことに、私は驚きを覚える。

⑹「大日本歌人協会」解散、大政翼賛への流れ急

大日本歌人協会が第三回目の奉祝講演会を開催しようとしていた矢先に、一通の文書が短歌関係者のみならず、新聞等を通じて一般人にも公表された。太田水穂、吉植庄亮、斎藤瀏の連記か

ら成る「大日本歌人協会の解散を勧告す」がそれである。

「今や我が皇國は外独伊と結び内高義國防國家の体制を整へ大東亜新秩序の建設に邁進しつつあり吾等歌人も当に起ちてこの新体制に応じ翼賛の誠を致すべき秋である而して新体制は旧来の陋習と誤謬思想とを排し国体の本義に徹することを必死要求する今歌人協会の現状を見るに個人主義自由主義幹部の動きに支配され剰え迷彩を施せる共産主義の混在をも認容しつつあり国家の非常時に於ける新体制に応じないのみか――以下略」

全文を掲げないのは、昭和の短歌史の著述の中で必ず俎上にのり、既に歴史的文書となっていると考えるからである。要は国家にとって有害無益の存在と化している協会は解散せよ、というものである。勧告文の日付は昭和十五年十月十日となっているが、冒頭の言葉から判るように、前月に日独伊三国同盟が結ばれ、日付の二日後の十二日に大政翼賛会が成立した。署名三者が時局を敏速にとらえ得る立場であったことがおのずと判る。これに対処する為の理事会は協議の末、「解散か否かについては臨時総会にはかること、三氏の指摘した事実並に理由は協会に存在しない。更に三名のとつた今回の手段は不可とする」ことに意見の一致点をみた。更に「現在理事一同、協会の統一融合を期すべき任に堪へず、との理由により総辞職を決行することになつた」(「大日本歌人協会月報」第三十号)と、意志を公表した。総辞職を決行という文字に理事一同の怒りが表れている。

臨時総会は十一月六日赤坂三会堂に於て開かれた。事前の調査で、解散を不可とする協会員が多数であることが判明していた。当日の会場は不穏な空気に包まれ、成り行きに不安を抱く者も多かった。座長となるべき白秋は病身を理由に、善麿に議事運営を託した。当日の最大議題は、協会の解散、非解散、改組、改組とすればその方法如何の四項について審議することであった。その重要部分について、前記の月報第三十号は次の様に記している。

「いよいよ議題四項につき出席会員の賛否を採決するに当り、斎藤瀏は新体制理念として、会員の多数決による自由主義時代の民主的原理によるべからず、すべからく指導者原理によるべしと動議、これにつき柳田新太郎の反対意見、奥村奥右衛門の解散後に於ける歌人の動向につき意見開陳あり、更に山野井洋、長谷川銀作より斎藤氏等三氏よりの解散勧告書中理事者の個人主義、自由主義等につき指摘あるも、その具体的事実明瞭ならず、よろしくこの際公開すべしとの意見ありこれに対し太田水穂は、資料は本日持参し居るも、一億一心万民翼賛の新体制下に於て、今ここにその事実を発表することは、この趣旨に反するものであるからと述べる。土岐座長は一応理事者の意見を求めるため休会を宣告。約五分の後、再び座長席に着き、理事者一同無条件解散に賛成なる旨発表。——以下略」。協会は残務整理委員をおき、その夜解散宣言を出した。

後年、その場に居た歌人がその著書の中で当夜の状況を伝えている。冷水茂太『大日本歌人協会』（昭和四十年刊）、渡辺順三『烈風の中を』（昭和四十六年刊）がそれである。両者が共通して描いているその夜の最悪の場面の概略を述べれば、以下のようである。――斎藤は、新体制を指導する歌人達にとって単なる親睦団体はいらない。多数決は新体制の違背になる。理念が先行する、と主張し続けた。更に、協会内の自由主義者とか迷彩を施した共産主義者とかいうのは誰か、はっきりさせよ、との質問に対し、斎藤は、今日、自分が暴露をおこなえば、職業を失い名誉を傷つけられる者が二名でる（傍点筆者）。それでもいいか、と言い、太田も持参したふくさ包みを高くかかげて、調べはついている、この中にその名がある。公表すれば犠牲者が出る。それでもいいか、と怒鳴った――。

ファシストの演説を恐怖の中で聞くような会場の雰囲気であった。「二名」とは誰か。殆どの者には察しのつくことであった。

「大日本歌人協会月報第三十号（十二月二十八日発行）」は、東村が書き、善麿が目を通すという形のものであったろうと、私は推定する。それは東村が書記兼務理事の職責を持っていたからである。又、当日の出席者八十八名の署名簿も掲載されているが、筆頭に矢代東村、最後尾に土岐善麿と記されている。この様な形はそれ迄の月報に例がない。通常は来会順に氏名が記されている。抑制のきいた文体は、公的な資料となる事を意識してのことであろう。両者がどのような気持で最後の月報を仕上げたかが察せられる。

近衛新体制の「組織も、思想も、全国民を土台とし、時代の要求に適合させる」という合い言葉は、そのまま、解散勧告文に示され、会員はエネルギーを吸い上げられて大政翼賛の旗の下に入った。「大日本歌人協会解散事件」は、現在、昭和短歌史上の「汚点」(『現代短歌事典』三省堂刊)と位置づけられている。

⑹⑹「アブナイ歌人」東村と善麿の座談

大日本歌人協会が未曾有の場面を現出して終曲に至るまでには、当然ながらその前奏曲ともいうべき部分がある。冷水茂太著『大日本歌人協会』はその時期の善麿の動向を詳細に記している。善麿を敬愛する著者としては肯けるが、では東村に於いてはどのような一年であったか。東村には善麿の歌集『六月』に相当するようなこの時期の刊行歌集はない。しかし「協会の自由主義幹部」と名指された両者は親しく意見交換をする場が多かった。「短歌研究」(昭和十五年二月号)に善麿が発表した「近詠」に対しても東村は同誌三月号に「作品時評」を直ちに書き、その中で東村が「耳にはさんだ話」として、善麿が作品依頼を受けた際の彼の言葉を取り上げている。「――時局に関係したことを歌つたので、ある人に見せた所、その人は全然歌の方の素人なんだが、これは少しアブナイといふのだ。僕もアブナイかなと思つて、所々改作して見たのだ。するとどうも面白くなくなつてしまつてね」。東村はこれが多分「近詠」についてなされた会話であろうと推測した。

更に「親しく僕に話したこと」として、善麿は歌を作る時にはいつも怒っている、という話も述べている。「これは面白い言葉だ。歌を作る時は、いつも楽しくてにこ〳〵してゐる人のある一方、いつも怒つてぶん〳〵してゐる人のあるのもよい。それはその人の性情や制作態度の如何にもよることと思はれるが、少なくとも歌壇に一人位、ぶん〳〵怒りながら歌を作る人があつてもよい」と。

続いてこの頃の両者の会話が「日本短歌」（同年四月号）に「斜面荘対談」として掲載された。これはその三月三日夜、協会の用向きで岡野直七郎が土岐邸を訪れた時、先客に東村が居り、更に編集者の渡辺順三も加わり、談論風発した折のことである。渡辺はこの楽しい話を速記できないことを惜しみ、その大要を同誌に載せた。正確には岡野を加えた鼎談であるが、ここでは東村と善麿の話を中心に抄出する。

「若い人に時代に触れた作品が少ない」という善麿に対し東村は、芭蕉の言う「名人は危所に遊ぶ」を冒険心と解し、それが多くの歌人に欠けているところであり、ただ型を作る職人が多い、もっと思い切った冒険心が必要だと述べた。

矢代「これから土岐さんはどう進もうと思つてゐるんですか」　土岐「現在の作品を深めてゆくだけだ。僕はまづ第一に、短歌がもつと抒情的でなければいけないと思つてゐる」　矢代「しかしあんたの歌は〝考へる歌〟だといふ風にいはれてゐますよ」　土岐「時代が考へるべき時期に来てゐるんぢやないかね。たゞ考へたことがそつくりそのまま出せないといふ時代の制約がある。僕はそのぎりぎりのところまでやりたいと心がけてゐるんだが。――矢代君は僕の歌を抽象的だといふが」　矢代「形象化が足りないといふんですよ。『短歌研究』の一、二、三月の作品の中で、三月号のは形象化されてゐると思ふが、さうすると調子が低い。窪田さんなどはさうではないがなァ」　土岐「例へばどんな歌かね」　矢代「『その任に遂にあらずと知りしときは既になしたることの術なさ』と詠んであるんですが、あれだけでは具体的に何の事実を指したものか解釈がつかんと思ふ」　土岐「事実を固定的に指す必要はあるまい。そこから抽象されたものでよい。僕にとつて危険なことは、イージーなところへ入りさうになることだ。それがさつきいはれた低調なものになる。つい支へきれなくて――」

東村は、茂吉には隙があるが、善麿のうたには隙がない、と述べ、もっと形象化されると素晴らしいものになる、と言った。

座談の中心部分は善麿作品への評と希望を述べたものである。渡辺はこれを「きき流すには惜しい良い材料を含む」と感じ、二十五年後の冷水は「両者の間で当時しばしば交されたアブナイ話」として取り上げ、解散事件に至る前提としている。「斜面荘対談」は活字になる前に恐らく、当局の検閲があったであろう。善麿と東村も目を通してから誌面に掲載の運びとなったものと考える。〝良い作品時評〟を書いた者が、約半年後には〝アブナイ歌人〟とされて、指弾を受けることになった。

「大日本歌人協会解散」について、夕暮は特に作品を成さず、のちの評伝にもその事については触れられていない。空穂は「短歌研究」(昭和十六年一月号)誌上で、「歌びとは睦み励まし相共に歌詠めば足る何ありといふや」と詠み、これを嘆いたが、白秋も「多磨」(昭和十五年十二月号)誌上に於て、「歌人協会は――中略――破壊を破壊として解散した。かかる悪い印象の下に之に代る新しいものが容易《たやす》く形成され得ると信じた人があればあまりに芸術家としての歌人の潔癖と見識・気品・気概といふものを考慮に入れない錯誤から来てゐよう。私なぞは許容し得ないものは許容し難く、交るを欲せざる向とは交らうとは思はぬ。白秋は軍人でもなければ政治家でもなく、経済界に籍を置くものでもないからである。詩人であり、歌人だからである」と言い切っている。なお、かつて私は子息隆太郎氏(故人)から、この時期、白秋に官憲の尾行がついていた、と聞いたことがある。

(67) 内閣情報局の歌人への関与

昭和十五年十二月十五日、大日本歌人協会旧理事の多年の労をねぎらう為の小宴が開かれた。これは歌壇の先輩格の佐佐木信綱、尾上柴舟、窪田空穂が発起人となって案内状が出されたものである。冷水著『大日本歌人協会』の記述によれば、案内の書状は、かな文字の書家でもある芸

於　レストラン・ツクバ

術院会員の尾上柴舟が流麗な筆使いでみずから和紙に認めたものであった。どのような範囲のものに出されたかは不明であるが、当夜参じた者は三十四名であった。その席上語られたことは知る由もないが、記念として写真がとられた。これは当日の出席者すべてに送られたであろうが、我が家は戦火で失った。掲出したのは前田夕暮家所蔵のものである。出席者すべてが故人となった今、一葉の写真は、一つの歴史的場面を物語るものとなった。この中で私が知る顔は十名あまりであるが、冷水茂太がその著「大日本歌人協会」の中で出席者の名を記している。

写真右より一列目

佐々木信綱、矢代東村、前田夕暮、土岐善麿、北原白秋、石榑千亦、臼井大翼、松村英一、窪田空穂

二列目右より
柳田新太郎、加藤将之、今井邦子（代）、若山喜志子、北見志保子、村野次郎、原三郎、折口信夫（釈迢空）、森園天涙、氏家信、半田良平、窪田章一郎、尾山篤二郎
三列目右より
筏井嘉一、渡辺順三、長谷川銀作、中村正爾、大橋松平、奥村奥右エ門、佐藤佐太郎、松田常憲、岩津賢雄、都筑省吾、大悟法利雄、山口茂吉

昭和十五年は歌壇にとって多事の年であった。親睦団体再結成の動きはあっても直ちに実現できず、東村は残務整理に追われた。

明けて昭和十六年一月号「短歌研究」に東村は「松」十六首を発表した。

海にむかつて
がつちりと枝をはる。
松だ。
これは偽りのない松だ。

力づよく
枝をひろげる松と思へ、

葉を見れば
ただに
光り澄むばかり。

花鳥諷詠とはいえない気概のこもったものであり、唯一の多行書き作品は諸家詠草の中では壮観である。

紆余曲折を経て六月になって新団体「大日本歌人会」が設立された。第一号会報（八月十九日発行、編集兼発行責任者福田正雄）には「本会の目的趣旨は、一に国家永遠の聖業に参じてその文化翼賛の一部を分担せんと期するものなり」と記され、委員の中には旧歌人協会を解散に追いこんだ歌人がいた。東村はいかなる役目にも就かなかった。昭和十六年六月一日の創立総会の出席者は百九十六名をかぞえ、歌人達は右も左もなく名を連ねることになった。しかし、東村は気が進まずついにその日出席しなかった。「会報」の記すところをみると、この日、別格に来賓として遇された人物がいる。「内閣情報局、井上司朗情報官」である。これは「短歌と方法」発行人でもある歌人逗子八郎の本名である。東京帝大卒の官僚というのが彼の本業であった。

総会には出なかったが、その一週間後「国民文学」系の集まりである「空穂会」に、東村は畑違いと承知しつつも出席した。参加者多数の盛大な会であったが、空穂は東村を上座に招じ入れて座らせた。東村は恐縮した。（「詩歌」同年七月号）

八月二日、逗子八郎が橋渡し役となって「歌人時局懇談会」が情報局主催によりその会議室で開かれた。井上情報官司会のもと、情報局部長、内閣警保局事務官らの「講演」を聞かされたのは、大、中の歌誌主宰者達であり、当然ながら歌壇の大家もその中にいた。最後に軍人の指名により出席者の数名が謝辞を述べた。(傍点筆者)
もはや、歌人達の腹蔵のない懇談というものなどあり得べくもなかった。

⒅ 東京商大教授大塚金之助と東村

昭和十五年度中の「詩歌」に東村は欠詠することなく作品を掲げているが、その中で特異な題名で目をひく六首が九月号にある。就中五首をあげる。

「死馬の骨」

自らを
「死馬の骨」なりときめ
人にもいひ
如何にさびしく
きびしくある。

自らを
「死馬の骨」なりといふまでに、
歎きぬきたる
ことを思へ。

自らを
「死馬の骨」なりといひ放ち、
すでに憤りなくば
むしろ強し。

自らを
「死馬の骨」なりとしこの骨を
なほ買ふかといふ
敢へて売るとせず。

自らを

「死馬の骨」なりといふ、
　この声に
　恥ぢざる人の
　幾人《いくたり》ある

この連作が成った経緯について同号の「短歌ノート」に東村自身が書いている。作歌に難航し、困惑していたところ、この「死馬の骨」という語が頭に浮び、たちまち感動を得て六首の作を得た、とある。説明によればこの題名の主人公というのは、優れた経済学者としてある大学の教授の職に在ったが、ある事件の被告となり処罰された。その為大学を去らねばならなくなり、自然世間から遠のき年月と共に人からも忘れられていた。たまたま東村の友人で台湾総督府の枢要な地位にある役人が上京し、調査研究上必要な学者を物色していたので、東村はこの経済学者を推した。友人もその部下達も喜び期待したので早速手紙を出した。大分経って療養中の土地から返信が来た。それには、「死馬の骨」を買ってくれようとする御好意は有難いが、到底今の自分の希望にそえない、という意が書かれてあった。

「死馬の骨」六首はすべて「自らを」と歌い出され、用語も文語に近い。しかし東村はこれが主人公の意に近い表現となったことに満足した。主人公の名は明らかにしていないが、「ある大学」の経済学部教授であって「ある事件」により逮捕され、出所しても失業同様の数年を経ている者、しかも東村が職の世話をしようと思う程の人物といえば、東京商大（現一橋大学）教授の大塚金之助をおいて考えられない。周知のように彼はアララギ派から出発したが留学中に作風を転じ、のち「短歌評論」に匿名で投稿してきた。これに東村が選者として参加していたことは既述した通りである。大塚が昭和八年に豊多摩刑務所に収監されていた時、家族に、東村の『一隅より』を差し入れさせ、読了後の手紙（一八三三年八月二十三日付）を家族に送っている。

「……大正三年の分が一番いい。……

人間のまして悲しき教員のけちくさき中にわれもありたり

三十円の俸給をもらひ××××（天皇陛下）のありがたきことを教へ居るかも

いかにくだらなき講義なるかも堪へがたく我が憤然と立ち去りにけり（以下四首略）

東村は啄木の直系の一人であらう。啄木的なまじめさは、土岐や西村よりも東村に多いやうである。今の歌壇はこれをどう見てゐるだらうか?……」（『大塚金之助著作集』岩波書店　昭和五十一年）

大塚は昭和九年に懲役二年、執行猶予三年の控訴審判決を受け出獄した。家族宛書簡からみて東村が大塚の弁護人をした事実はまったくない。大塚は昭和十五年頃、特高の監視状態の中で蔵書や雑誌類を焼き捨てるという焚書の行為をみずから行い、彼自身の言葉によれば「強制失業生活」を余儀なくされていた。商大は既に休職扱いとなっており、知縁者の紹介で三井物産の為の貿易資料や洋書の翻訳で報酬を得ていた。東村の大塚あての書簡は存在したことになるが公表はされていない。しかしこの事と最も時間的に接近している河上肇あての大塚書簡（昭和十五年）を右記著作集の中に見出すことができる。

「――三井物産会社幹部の海外調査の一部（昨年四月以来従事）に全力を投じることにいたしました。原稿はもう一切書けなくなります。学問上の未開の処女地を目指してプランは立ちながら、いつも時期おくれとなつて実行化されず、遂に会社の一員として死を待つのかと思ふと、自分ながら恥しくて生きた心地もありません。

三月二十七日　　大塚金之助」

この最後の数行が、学者としての気概を感じさせ、「死馬の骨」に表現された返事と相通じると思うのは、私だけであろうか。

なお、これより時を少しさかのぼって昭和十二、三年に「人民戦線事件」と呼ばれる思想弾圧事件があった。検挙者は四百名をこえ、教授グループとして大内兵衛、有沢広巳、脇村義太郎、美濃部亮吉、宇野弘蔵らが逮捕された。この弁護には、のちに東京第二弁護士会長となった海野《うんの》慎吉《しんきち》らが担当したが、東村がこれに関わった可能性はある。それは弁護士活動の歴史を記した『弁護士百年』（日本弁護士連合会編、昭和五十一年）の中の該当部分に海野らと共に東村の顔写真が掲載されているからである。執筆担当者は戦前の裁判史に詳しい森長英三郎弁護士であるが、既に故人となった。どのような形で関わりがあったかは、今後の調査に委ねなければならない。

(69)　戦前の青樫草舎

太平洋戦争前は、その後に続く生活からみれば平穏無事な時間が過ぎていたように思える。物資の欠乏や思想統制が進んだとはいえ、それは大人の領域の話であり、子供の身にとってはこたえる程のことではなかった。正月は外から写真技師を呼び、座敷で家族の写真をとる。立派な羽子板を玄関に飾り、男の子は坂の上から凧揚げ、隣家の一人娘が長い袂を翻してばあやと羽根つきの音をひびかせ、そのうちに景気よく獅子舞が各戸を廻ってくる。今思えば正に古典的な正月風景であった。

松の内に夕暮邸に出向く慣わしであったことは前に述べた。父は背広、母は無地の着物に羽織は黒の一つ紋、兄は小学生服、私もよそゆきの服を着せられ、当時は省線といった電車を荻窪で降り、更にバスに乗る一大外出の一日であった。青樫荘の門から玄関迄は小さな森を歩む心地がした。広い芝生に面した座敷で、夕暮夫妻を前に「明けましておめでとうございます」の挨拶をきちんとした。子供達にはお年玉の用意があった。今のように現金ということはない。兄には本、私には布製の人形型バッグと決まっていた。腹部がチャックで開けられハンカチーフ等が入る。これがいくつか手許にたまった時の嬉しさが思い出される。これは毎年、多少異なるものが売られていたのか、幾つも買いためておかれたものか未だによく判らない。兄の本は「偉人の少年時代」と題され、戦前の小学校の国語や歴史の教科書に登場する人物の逸話を記した教訓的なものであり、これもシリーズで出されていたもののようであった。

大人達の談笑が続く中で、兄が持参の小さな電車を敷居の上に走らせて遊ぶ。「次は高田馬場、次は新大久保」と山手線駅名ひとめぐりの芸を披露すると、夕暮も腕ぐみのくつろぎ姿で「ハッハッ」と笑い、信乃夫人も「ホホホ」と共に打ち興じた。この場面は夕暮にとっても忘れ難いものであったらしい。戦後、夕暮の疎開地秩父から東村に宛てた葉書にそれが書かれている。あえて全文を掲げる。

啓、大変よい手紙ありがたく拝受、東京こひしい感しきりです。青樫会と会名を決定して貰ひました。ほんとうに芘《ママ》ばしい。青樫荘も愈々接収されるやうですから一層――透も無事帰つたたことは帰りましたが家もなく職業もなくいささかあはれなものです。隆二君ひろ子様随分大きくなられた事とおもひます。もうここは新宿、山手線品川行乗換はなか〳〵きかれませんね。原稿有難く拝受。「日本短歌」三月号未着。今日はじめて戦犯のこと拝見、御好意沁々うれし。

（昭和二十一年六月十四日付大瀧村入川谷から小島町東村宛）

葉書の終りの数行が「山手線ひとまわり」の場面である。私もなぜかこの様子が切り取った一枚の絵の如く思い出される。この団欒はこれ以後も続くものと誰しも思っていたであろうが、昭和十七年以降、この顔ぶれがこの座敷で揃うということはなかった。一体、家族の幸福な風景というものは、その世代のうちに幾つ数えられるものだろうかと、つくづくと思われる。

我々が辞去する時、夫妻は玄関から門口まで出てきた。玄関には一足の木靴が置かれていた。それは絵で見るオランダあたりの少女が履いているような色彩的なもので、私は玄関の装飾品の一つと思っていた。ところが夕暮はそれを履いて見送りに出てきたので、子供心に驚いた覚えがある。この木靴については、夕暮自身がその散文集『顕花植物』（昭和十一年十二月発行）の中で次のように書いている。

「私の家の玄関には朴の木の木靴が一足おいてある。これは十年ばかり前に北海道の知人から贈られたものである。――中略――ここの家にきて玄関におろし、ドアや門の開け閉めや、人を送り出すときの用意にしたりしてゐる。この木靴は私の足に一番よくあふらしく何といふことなしに穿きごこちがよいので、私は一日に何回となくそれを穿いて門とポーチとの間の、大谷石の歩道を、ポクポクと音をたてて歩くのである。――中略――木靴は私に無為の愉しい思念を与へる」。九十年近く青樫荘の人の出入りを見てきた木靴は、今もその玄関先に置かれている。

東村は交友関係が広く、それを大切にする人であったので、戦前は友人達からの有難い頂き物があった。歌集『一隅より』には小学校教師時代の仲間が登場するが、その中に英語教員の資格をとり、のちに渡米したN先生がいた。この先生から送られてきた品は、子供にとって初めて異国を知るものばかりであった。台湾からのバナナの大房であったり、アメリカの菓子、とりわけウィスキーボンボンはこの世にこのような美味なものがあったかと思った程感動した。

あるものは英語検定うかりたれいまだ口なくそのままに居り

と詠まれているのがこのN先生である。

近江の同人米田雄郎和尚からは、毎年その季節になると見事な松茸の籠がとどけられた。父宛の贈り物は、父自らが紐を解く。何が出てくるか、子供は期待を込めてじっと見守る。火鉢の網の上で父が焼く松茸が豊潤な香りをただよわす時、ぐるりと取巻く家族は至福の時を持った。

(70) 自由律を堅持する東村、家庭内での不機嫌な顔

夕暮は昭和十六年一月から「詩歌」における「自由律短歌」の呼称を「内在律短歌」と改めた。その圧迫感をよそに、東村は「詩歌」一月号後記に「考へて見ると、俺はまだ僕として自分でこれでいいと思ふ一首さへ作つてゐない。何だか自分の力を出しきつてゐない気がする。極めて気が若いのだ」と書き、意気軒昂なところを見せている。更に同「二月号」の「短歌ノート」では「現代の短歌は、生活に基礎を置いたものであり、一般大衆の所有するところのものであり、さういふ意味から、現代の作品として意義と価値とを持つてゐるものであるといへる」と改めて強調し、短歌が戦時の士気を高揚し、知らぬうちに国民の思想統一に役立つ「国民詩」の役割を演

ずる俗流芸術になるべきではない、と述べている。これは翼賛思想に対峙する論であることは言うまでもない。この頃の東村の作品を「詩歌」から抜粋する。

この手だ（昭和十六年二月号）

見せられて
たじろぐ。
これは
正直に働くだけの
手だ。

見せられて
たじろぐ
この手
いきなり俺の手を
考へさせ。

冬の倫理（昭和十六年三月号）

冬田が
こんなにはげしく光る。
それを、今
はっきり知る。

光る枯木の梢で、
それ故に
どっかに富士が
ある筈。

夕暮全集の年譜によれば、「昭和十六年二月、北原白秋荻窪に来訪、時局につき懇談する」とある。白秋は前年の四月に阿佐ヶ谷に転居しており、荻窪とは至近の距離といってよかったが、それは隣人の挨拶というよりも、つのる不穏な空気に押されての訪問であった。白秋はすでに糖尿病による眼疾が進み、夫人に付き添われていた。この事について前田透は『評伝前田夕暮』の中で「このときに白秋は夕暮の定型復帰をすすめたのではないかと思われるフシがある」という微妙な記述をしている。座談の内容は、この時の白秋・夕暮夫妻のみが知るところであり、他者の憶測は許されることではない。しかし、もし結社主宰者が作歌上の大転換をすれば、同人達は大混乱を呈するであろう。夕暮を支える何本かの柱のうちで最も抵抗のあるのが東村であることは、前記の作品群をみても明らかである。

「短い言葉を愛して、短い言葉にさいなまれ通しである。これは逆説でもなんでもない。短い言葉に栄光あれ」（「三月号」）と東村は書き、更に創作に難渋する自身の心を五月号の後記で述べている。

「今年も又僕は桜の歌を作つた。死ぬまでに百首の桜の歌を作つてみようといふ気である。――中略――いろ〳〵作つてみたが、さてそれ等は全て古い感傷から一歩も出たものではなくその感情には何か偽つてゐるものさへあつた。それで出来た作品は皆捨ててしまつた。――偽りのない感情を表現することも、またむつかしい事だつたと思つた。どうかしつくりした自分自身の歌を、一首でもいいから作つて見たい」

自由律から内在律へ、更に定型へと向う一結社誌の中で、東村は一人時流に逆らい立ちつくしていた。

父の機嫌の悪さは帰宅時の玄関の戸を開ける音から察せられた。感情をぶつける音をさせて格子戸を全て引き、渋面のまま二階へ上った。起居動作はかつて白秋が「秋山小助」で描出した姿そのままであり、いや年齢を加えた為、不合理ともいえる気難しさを見せた。二階はすべて父の聖域であった。書斎の片壁面は書棚が立ち塞がるように置かれ、奥に洋机、手前に小さな丸テーブルの三点セット、ここを通り抜けて物干台に至る板間も天井にとどく書架があった。書棚の子供の目線がいくあたりに、漱石全集、子規全集、下段に重そうな世界戯曲全集、更に世界美術全集が並んでいたことを覚えている。棚の半分は法律書であり、いかめしい金ピカ背文字の「大審院判例」などもあった。この書斎は職業上の仕事部屋であって丸テーブルは依頼人との対話に用いた。短歌に係わる仕事は座敷の卓に向って端然と座り、静謐な空気が要求された。床の間の花は自ら買い求めてきて自身で活けていた。机上の品々はもとより、書物に子供は一切手をふれることならず、部屋で遊ぶなどもっての外だった。筆記には長い木の軸にペン先を取り付ける実用の品を用いたが、原稿用紙の枡目からはみ出すような鋭角的な文字を書き、その「ジー、ジジッー」と突きかかるような音は今も耳底に残っている。仕事中に出る紙屑の類は階下にいる者を呼び、部屋の隅にある屑籠を取らせて捨てた。この仕事はいつの間にか私の仕事になっていた。「弘子!」と呼ぶ声を待ち受けて何回もかけ上り、用を足して降りる。その声で不機嫌の程度が判った。手許に屑籠を置けばよい、と思うがそれは許さず、その都度所定の位置に戻させた。座卓上のわずかな汚れ、埃も目につき台布巾をもってこさせた。中央の長方形の面とそれを囲む四方向の板を考えなしに拭くと怒り、木目に沿って正確に拭き取らせた。子供にとってはすべて緊張の動作であったが、五・六歳の女児など父にとっては小間使いであったのだろう。太平洋戦争直前の我が家の空気は父の顔付き如何により決まった。

⑺1 香川進の第一歌集刊行と若い同人達の評

青樫会旅行というのは、夕暮を中心とする同人旅行であるが、開戦半年前の五月には郡山支部に出向き、裏磐梯方面に遊んだ。川上温泉から翌日檜原湖など湖沼をめぐり、岩代熱海に宿泊、更に須賀川の牡丹を見て帰京した。この旅で得た牡丹のうたを東村は「日本短歌」八月号に「美は絶対だ」と題して十五首発表し、「詩歌」昭和十六年十二月号にも六首を自選再録した。

咲ききつて
なんと静かな。
牡丹
牡丹である。

咲ききつて
実にゆたかな。
牡丹
牡丹である。

この花は
憂ひを去る。
牡丹であることの
いい。

この花は
心楽しく、
牡丹であることの
いい。

一枚だけ
花弁ほぐれて
うれしい
牡丹の莟。

かたい莟と思へ

　　蕚の間に
　　白く見る時は
　　早やなまめく。
また、「花後の牡丹」と題した一首、
　　花弁ことごとく
　　地にゆだねて、
　　すがすがしい花後の
　　牡丹となる
は、短冊として書き、同人にも進呈していた。
自身の昭和十六年作品回顧として、「松」十六首（「短歌研究」新年号）、「美は絶対だ」十五首（「日本短歌」八月号）、「この手だ」六首（「日本短歌」二月号）、「一籠の野菜」五首（「詩歌」十一月号）を記憶に残す作品としてあげている。「漸く自分の境地といふものを自覚し得るといふ程度のもので、作品はこれからだの感が深い。——中略——来年は僕も何か一つまとまつた仕事に着手したい。いつまでも準備時代でもあるまいと思ふ」（「詩歌」十二月号後記）と書いている。
　白秋が芸術院会員となったのもこの年の四月であった。東村は尾山篤二郎と共に白秋邸を訪問した。「御本人あんまり嬉しくもない様子である。しかし大いに嬉しいことにして、盛んに飲ん

でしまつた。挙句のはてに二人とも半折へ歌を書いてもらつた。僕の分は、

鶯に蛙なきつぐ庭ありて我が春日ははてなき如し

といふのであつて、とりわけよく出来てゐる」(「詩歌」七月号後記)

裏磐梯旅行や、白秋家訪問の場面には東村の上機嫌の顔が見える。旅先では美食を供され、ハイヤーで湖沼めぐりをしている。白秋家では、菊子夫人がさぞ腕をふるったことであろう。既に四月には米は配給通帳制となり、外に於ては独ソ戦が開始され、七月にはアメリカが対日石油輸出禁止の策をとるという、そのような時期になっていた。これが最後の平穏な夏になろうとは、いずれの歌人が思ったであろうか。

一方、白日社内では同人香川進の第一歌集『太陽のある風景』が、夕暮の期待を込めた序文を付して刊行された。その出版記念会の出席者の中に同人以外の佐々木妙二、一条徹、渡辺順三の顔があるのは、戦後の短歌史を考える上で興味深いことである。上京後の香川にとって、東村は東京に於ける師匠筋である。師だの、弟子だのという言葉は東村の好む所ではなかったが、実際はそういうことであった。当然ながら、東村はこの従軍歌集の書評を依頼されていた。しかし、東村はこれを書かなかった。「詩歌」八月号後記で東村は次のように述べている。

「香川君の作品は強靱で迫力があるといふのが定評らしい。一見その通りである。そこで僕もこの強靱性と迫力感とのよつて来る所を考へて見た。そしてやや的確な断定を得た。しかしそれ

を書くことはどうも出来ない。ただ諸君はどうして香川君にこの強靱性と迫力感といふ一面のみを取上げさせ、他の部分を見ないことにし、見ても故意に押しかくせたかを考へて見るといい。――中略――強靱性といふもの、それだけでは決してりっぱな芸術は生れない。迫力感を強ひるものもどつかに不純なものがある。真の芸術といふものは決してさういふものではない。ここから僕の『太陽のある風景』観が開展されるのだが、これは今一寸書けない。御座なりに、上つ面をなでるやうに、その特色と箇所をあげても一通りの批評は出来るかも知れないが、僕はもうそんなものは書きたくない。批評は頼まれても書きたくなければ（又書けなければ）書かないし、頼まれなくとも書きたいものは、どしどし書くことに決めた」

本質にふれた批評を書いても検閲で削除されるであろう懸念が読みとれる。書評を寄稿した五名のうち、香川と同世代の一条徹、丸山静、小関茂は次のように書いた。

まず一条は、渡辺正己（昭和十四年戦死）の作品、例えば「支那民族の力怪しく思はる、夜よしどろに酔ひて眠れる」ほか数首と比較しつつ、香川の作品が表現を通してその思想性が滲み出てこないと指摘した。

次に丸山は、どの歌も少し物足りぬと述べ、カロッサの「ルーマニア日記」は戦争から帰って数年後に書かれたこと、アランは戦場であの「幸福論」を書いていたことをあげ、「この人々に僕は精神の厚さを感ずる」と述べ、異常な体験が真実の経験として作家の内部に成熟するには年月を要するのだろう、と丸山らしい評を書いた。

小関は、「香川進の本質的特徴は何であるか、彼は詩人であるか、彼は軍人であるか、彼は商人であるか、おそらく彼は彼をむかへる運命に従ふ時、他のいかなるものにもなりうるであらう」と書き出している。

東村は書評を書かなかったが、彼等青年をして語らしめたと言えるだろう。

(72) 太平洋戦争へ突入。「詩歌」同人による決意の歌

この年（昭和十六年）十一月、夕暮は東村ら総勢七名の同人と手賀沼に住む陶芸家の河村蜻山を訪れ、その後牛久沼の故小川芋銭の家迄足を伸ばした。戦前最後の青樫会旅行であった。東村は作家の製作現場を見学し、「大きな菓子鉢」十五首を得て、新年号掲載の作品とした。

この三週間後に、日本は真珠湾攻撃をおこない、太平洋戦争に突入した。短歌綜合誌は編輯を大きく変更し、詔勅を前に威儀を正す歌人達の作品を掲載した。「短歌研究」は諸大家二十名の「宣戦の詔勅を拝して」と題した作品を掲げ、「日本短歌」は都下大新聞に出された大家の作品を転載して、一億一心決戦に邁進することを誓った。「詩歌」では夕暮が次のような編輯後記を書いている。

「昭和十六年十二月八日、畏くも対米英宣戦の大詔は渙発せられた。ああ国民われ等、有史以

来未曾有の重大なるこの一瞬を記憶せよ。今や大東亜戦争は、素晴しき歴史の現実を展開しつつある。――中略――皇軍の戦闘力の絶大無比、いかなる言葉をもつて讃ふべきか、唯々感激と感謝あるのみである」

「詩歌」昭和十七年一月号の巻頭には「大詔を拝して」と題して同人を代表する五人の作品を置いた。

対米英宣戦の大詔渙発せられ、決意あらたに空をみた　前田　夕暮

霜さえて東の空あかねにあける、私の決意を仏につげる　米田　雄郎

一瞬底深く体が震へながら新しい決意となつてゐた　原　三郎

生涯ゆすぶるこの一挙、勝つべし、克つべし、勝たねばやまぬわれら　矢嶋　歓一

決意と信念とはすでに出来てゐた。今こそ一斉に奮ひ立て　矢代　東村

各人数首の中から私が独断で選んだ。矢嶋を除く四名の作品の共通語は「決意」である。彼等の「決意」とは、矢嶋の言う如く「撃ちてしやまむ」の決意であり、これらの歌が大戦に対する「詩歌」の声明として新年の巻頭を飾ったということである。

「詩歌」はその出発以来、「決意、信念、覚悟」というような観念の言辞を以て表現手段としてきた歌誌ではない。「大詔を拝して」における東村の作品が儀礼的であることは明らかであり、同じことは他の歌人の場合にも言えることであろう。夕暮の一月一日付日記には、彼が未明に家

を出て明治神宮を参拝し、長男透の為に祈ったことが記されている。

　朝あけのこの切なる心わが子の武運長かれと祈る群衆のうしろから

透はルソン島に派遣されており、これが夕暮の切なる本音であった。

　更にこの新年号自体が、急遽変更された紙面作りであったことも見てとれる。前述五人の掲出予定の作品はその後に従来通り発表されており、東村の「大きな菓子鉢」十五首も載せられている。しかしこの作品は青樫会の新年会席上で同人に批判された。「東村の態度（新年号発表の作家態度）を厳正批判する。同感者多し」（一月七日付夕暮日記）。手賀沼旅行の歌は夕暮も詠んでいる。では何が問題とされたのか。それは東村の作品形式であった、と考えられる。この時期、「詩歌」はまだ口語体を守っていた。多行書きは東村のみであり、他の同人は一行に書き下している。時節柄、用紙は三割減となり、同人も十首から八首に発表制限を余儀なくされていた。東村の多行書きは約三倍の紙面を占領していた。東村は行分けにする意味を同誌に実例をあげて説いている。

「一つの内容にはただ一つの適切且つ必然の形式があるべきだ。それは短歌の場合もさうであつて、これを或は定型に或は非定型にとさう幾通りも表現出来ないわけである」と述べ、全十五首について二様の表現例を示した。そのうち一首を掲げる。◎印が発表作品、○印が定型にした場合である。

◎大きい菓子鉢だ。
　出来かける。
　出来あがる。
　心ひらけ
　楽しく。

○大きなる菓子鉢一つならんとす心ひらけて楽しきものを
「僕の志向はいふまでもなく非定型にある」としながらも定型から摂取すべきものがあると述べ、「僕達の道は遠い。しかしどこまでも行くばかりである」と結んでいる。

この時の夕暮にとっては、作品が紙幅をとるという問題よりは、東村が伝統形式によらず、啄木以来の行分けによる表現法を続けることに対する官憲の目が心配であったのではないか。

父が最も不機嫌であったのはこの頃であったかと思う。眉間に筋が寄り無言で食卓に向った。「そういう顔をして食事をしないで下さい」と母が懇願した程であった。

昭和十七年二月、米田雄郎の長男・次男（元田龍雄）が同時応召された旨の知らせがあった。それぞれ、京大、東大を卒業して時を経ていなかった。

　米田君　　　　　　　東村
一時に　二子を国にささげ、梅の花白い、白いといってよこす

梅の花　点々と空に白く　そのことだけ君は書く。
（『早春』所収）

夕暮もこのことについては驚きをかくさず、「――二人の子供が同時入隊は全く容易でない」（二月六日付日記）と記している。しかし、我が家にも容易でない事態が近付きつつあった。

⑺⑶　東村の検事勾留と「白日社」の対応

昭和十七年三月末、母は私を伴い、豊橋、浜松方面に小旅行をした。故郷の実家は既に絶えていたが、墓参と旧知の人を訪ねる為のものであった。その四月には私の入学を控えていたこと、戦争の勃発で遠出しにくくなることを思ったのである。三月二十九日、帰宅して玄関に入るや、父が小走りに出て来た。母に何事かを告げるとその顔が一瞬引きしまった。父が出迎えに出てくるなどということは尋常なことではない。

明けて三月三十日早朝、二人の男が我が家の玄関に立った。彼等が特高刑事と呼ばれる者達であることを、私は後になって知った。応対には父のみが当たり、二言三言、言葉を交してから二階に上がっていった。間もなく乱暴な物音が聞えてきたが、母はじっとその音に堪えているようにみえた。どれ程の時の長さであったか、私は覚えていない。彼等が玄関に降り立つ気配があっても母は動かなかった。私は直ぐに玄関へ走り出た。普段通りの和服姿の父が丁度門を出るところであった。その両側には男達がピタリと付いていた。

二階へかけ上ってみると、書斎はこれが同じ部屋とは思えぬ程の乱され様であった。書籍は全て本棚から放り出されており、机の引出しはあけられ、未使用の絵葉書迄もが敷物の上に散乱していた。声も出ないような驚きの中でその絵葉書を取り上げて見入ったことを私は今だに忘れられない。子供には訪問者が何かは判らない。しかし我が家の日常の姿からはかけ離れた異質の乱入者であると直感した。

ある追憶

玄関に立ったまゝ奴等が
僕を見て、
口辺にうかべた
そのうす笑ひ。

よし来たかと
直感的に思へば、その事を
いち早く
妻にも
ふくめて立つ。

断りもなく
書棚などかきまはす。
奴等のすることを
静かに見る。

その朝の風さへ強く、
咲きかけの
桜白々として
吹かれつつ。

（「新日本文学」昭和二十三年十月）

検挙は突然おこなわれるというが、私にはその前日に父は気付いていたとしか思えない。職業上なんとなく感知したのかもしれない。東村の場合は検事勾留といわれるもので、これは前年三月に改定された治安維持法による。裁判官の令状を必要としないで検事が権力発動でき、勾留期間は一ヶ月からくり返し更新可能で、最長一年迄認められていた。既に半年前の昭和十六年十二月九日、つまり太平洋戦争勃発を機に全国的規模の一斉検挙が行われ、歌壇では渡辺順三が築地署に勾留されていた。彼は取調べ中に東村の検挙を知り、「想像もしなかった」と、驚き記している。（渡辺順三『烈風の中を』）

平凡な市民生活を営んでいた家庭に大事が出来した時、処理するべき事は母の判断に任せられる。日常の母は慎ましく控え目で表に立つこともなく、家事に立ち働く人であったが、一旦緩急事あると、急に背筋が伸びて「しっかりしゃん」とする気質でもあった。この時もそのようにならざるを得ない場面に遭遇したというべきであろう。弁護士は継続中の仕事を抱えている。母は知らすべき所には伝えた。特に秘していた様子はなかった。歌人関係で最初に知らせたのは同人の竹内青夏（薫兵）であった。これは大正期の「玫瑰会」以来長い家族ぐるみの交際があり、心易かったからである。竹内から知らせを受けた夕暮は早速、米田雄郎に書簡を出した。（三月三十一日付）

啓、今、竹内（薫兵）君から電話、矢代東村昨日突然拘留された。これより原（三郎）、矢嶋（歓一）両君と打合はせ対策を講ずる筈――然しこの問題は手の下しやうがない、困つたことです。一昨年の秋から心配して、いろいろ度々注意したが、自分では一向平気になつてゐた。今になつて全く青天霹靂です。家族が心配してゐる事とおもひます。（『夕暮の書簡』平成五年十月発行　秦野市立図書館）

更に、同日付の夕暮の日記の一部を掲出する。

「――たうとう来る日が来たか、実に困つたものだ。兎に角留守宅を訪問しようとして落花生をもつて家を出づ。先づ杏雲堂病院に北原君を見舞ひ旁々報告。――中略――同君も来る日が来たやむなしといふ。それから矢嶋歓一を学習社に訪ひ話したところ留守宅訪問は雑誌の主宰者として自重した方がよいといひ、原三郎に電話した処、同様意見により中止、皎明社に行き、矢代の作品を印刷直前、辛うじて削除して夕方かへる。矢代の細君より電話ありし由」(『前田夕暮全集』第五巻　昭和四十八年発行　角川書店)

この出来事に対する、夕暮と結社としての白日社の方針は、丸一日の経過のうちに決まったといってよい。

翌日、昭和十七年四月一日、私は父不在のまま、麹町区立麹町国民学校(現、千代田区立麹町小学校)に入学した。兄が六年に進級していた。

(付記、この当時の治安維持法の内容や言論弾圧の実態については、東京弁護士会の柳沢尚武弁護士の御教示を得た。厚く感謝申し上げる)

(74)「単に畑を貸したにすぎず」

昭和十七年四月二日付で夕暮は再度、米田雄郎に長文の手紙をしたためた。そこには前年二月に白秋が病をおして夕暮を訪問してきた折のことにふれ、それが俳壇への弾圧直後であった為、次には歌壇がやられるであろうことを警告したことが書かれている。俳壇では当人のみか、所属する雑誌主宰者も検挙されているのでその心配を白秋は述べた、とある。
「今でも小生の身は必らずしも安全とはいはれぬ。いつ来るかも知れぬ、といふ不安な日を送つてゐる。思へば辛いことだ。今後詩歌にどういふ影響があらはれてくるかわからぬ、実に迷惑至極だ。矢代東村のために若しもの事があつたら、生死の巷に御奉公してゐる透（前田）に何といつて謝する言葉もない。東村自身は自分の信ずるところを敢行したのであるとすれば何ら動ずることも困惑することもないと思ふ。むしろ自らいさぎよしとしてをるかも知れぬ、が、実に困つたことだ。かかる時代にこのやうな同人を（しかも重要な位置にゐる同人）出したことは国家に対し申訳けない、家人を慰めるどころではないとある人にいはれたが、全くさうです。で、一週間もすぎたら家内を訪問させる筈、細君恒子（矢代）さんからは二度電話あり、非常に落ちついてしつかりしてゐた。さすがだとおもひました」（『夕暮の書簡』上、平成五年十月秦野市立図書館発行）
　ここにはすぐにも「詩歌」が解散に追いこまれるかもしれないという危惧と、自身の生涯に関わる一大事と受けとめた心配と狼狽が表れている。二週間後、夕暮は自ら荻窪署に出向き、署長に面会した。次に掲げるのはその際の米田宛の書簡（四月十六日付）の抄出である。
「一昨日、荻窪警察署に出頭、署長に面会、矢代（東村）の件陳情、単に畑を貸したにすぎずといふ説明いたしたところ、非常に同情して心配するに及ばぬとのこと、また情報局に参り井上

（司郎＝逗子八郎）情報官にあひいろいろ意見をきいたところ、荻窪署と同様「詩歌」引きつづき発行差支へなしとのこと、――中略――竹内薫兵君を訪ねし処、偶然に矢代恒子（細君）来てをり面会、いろいろ様子をきく」（『夕暮の書簡』上）

その時の恒子の話から、検事局の調書には渡辺順三＝「短歌評論」グループとの関係が主因とされており、「詩歌」との関連はないと推量された。

「かかる次第故漸く小安心したわけです。『詩歌』廃刊など断じてないと思ひます。唯、今後努めて自粛、献身的に国策の線にそひ、真に短歌報国の実をあげたい。文社の同人社友にこの際特に大東亜戦争完遂に役立つやうに機会ある毎に伝達してほしい」（『夕暮の書簡』上）

有力同人を通じての夕暮の大号令である。が、この書簡の中での「東村には単に畑を貸したにすぎず」という言葉は苦しい弁明というものであろう。

既に述べたことであるが、東村が意識的に歌作を始めたのは啄木選の「朝日歌壇」に投稿した時からであるが、啄木の死によりその雑誌「樹木と果実」は未発行に終った。東村が白日社に入ったのは大正元年九月である。それより早く米田雄郎はじめ十余名程の名が「詩歌」創刊時にみえるが（前田透編「詩歌」五〇〇号記念増刊号昭和五十一年発行）、東村と夕暮個人との交わりは更に明治末期に遡り、夕暮が編集をしていた「秀才文壇」（文光堂発行）時代以来である。

「文光堂時代、私の記憶にこびりついてゐるのは、わびしい食堂の昼飯であつた。食堂といふよりは勝手元といつた方がよかつたが、——そこでもそもそと矢代君と二人で食べたのを覚えてゐる」（『前田夕暮全集』第五巻三八五頁）。東村はまさに「詩歌」はえぬきの歌人といってよい。

東村の検事勾留は「短歌評論」とのかかわりから生じたことと知った夕暮は安心したが、この時、荻窪署に出向いて陳情したのは、「詩歌」を守る為であって、東村釈放を願い出たのではない。その目的の為には麴町署に向かわなければならない筈である。後に、香川進がその著作（『対談歌人の生涯』短歌新聞社昭和五十八年刊四二頁）に「彼（東村）がひっぱられたとき、釈放のため、警察にゆき、わたりあったのは夕暮だった」と記しているので、敢えて付言しておきたい。

しかし、この時に夕暮に時局に対する強靱な抵抗精神や度胸を求めることは無理であろう。戦後にその弱さを指摘した声もあったが、東村勾留中にそれらの人々も我が家を訪れることはなかった。この頃の同人達が、矢嶋や原を含めて「薄情」であったわけではない。矢嶋は長く出版界に身を置いた人物であり、事情に通じての進言であったと考える。治安維持法が猛威を振るった時代に主人公が勾留中の留守宅に立ち寄る人などいるわけがない。

前田透は「夕暮の社会階層はいわゆるプチ・ブル階級に属し、彼の性格は理性的というのではなく直情的であり、生活態度は小心な小市民のものであったから、戦争時代の思想統制というようなことに対しても、之に反抗するよりはそれを素直に受け容れやすい方であったことは事実である」（前田透『評伝前田夕暮』昭和五十四年桜楓社刊二五八頁）と書いている。同人達の精神的状況もこの域のものであった。

多勢の歌人の客を迎えていた我が家はうそのように静かなものとなった。

⑺⑸ 差し入れ弁当の包み紙、東村と順三の場合

翌日から母は弁当や着替えの衣類等を持って警察署に通うようになった。午前中で帰宅する一年生の私を連れて行く。当時の麴町警察署は入口迄に数段の階段があり、私はいつもその段の端に腰かけて、母が出てくるのを待った。その間に職業柄の男性達が幾人も出入りする。毎日の事となると幼い女児をいぶかしげに見て行く人もいた。小学一年生恒例の上野動物園への遠足が終った頃、私は風邪をひき肺炎症状をおこすところ迄悪化した。母はこの間も休みなく、食味に気むつかしい父の為に、魔法壜の中に味噌汁まで用意して運んでいた。

私はやむを得ず学校を欠席していたが、六年の兄の担任教師はどのように知ったのか、学級内で父のことに触れ、「この国家非常時の折、御国に御迷惑をかけるようなことをするとは何事か、国民にあるまじきことである」というような訓辞を生徒達におこない、兄はすっかり意気消沈して帰宅してきた。当時の麴町小学校は一年から六年迄同一担任制をとっていたから、この教師と両親のつき合いは長く、家庭も判っている筈だった。子供には理解の及ばぬ出来事であり、これ

は教師のいじめに会ったようなものである。私の担任は同じ一番町に住んでいたから、大体のことは承知していたであろうが、父の勾留の件については何も言わなかった。病が回復して久しぶりに出校する際、母は私を同道して挨拶に行ったが、この年輩の温厚な教師は「病気が治って良かった」とのみ言ったことを覚えている。

特高刑事は留守宅にもやってきた。赤と名のつくものはすべて許されない表現であった。歌論の題名「椿は赤く」も、赤く咲く彼岸花や、深紅の薔薇の歌も、「何か意味があるのではないか」と詰問した。「歌よみは赤い花は赤い、白い花は白い、と詠みます。何の意味などありますか、私、そう言ってやったのよ」と憤然とした口振りもそのままに、後々迄も聞かされた。母四十歳の、若さの応戦ぶりが目に浮かぶようである。

日常品の窮乏もじわじわと押し寄せてきていた。ある日、母は差し入れ用の弁当をあり合せの新聞紙に包んで持参した。これを父は「こんなものが食えるか」と一喝してつき返した。日々、心労のある母にとってこれ程腹立たしく口惜しい出来事はなく、その思いを語った。家庭内での父の専制君主ぶりを知っていた私は、深く母に同情した。そのことがあってからは、顧問をしていた洋紙店の立派なハトロン紙を回してもらい弁当用に使った。

泥棒らと一つ監房に
たゝき込み、

たゝき込まれて
この気安さ。

泥棒の子供とものを
いひ居れば、
これ以上の真実は
得難く思ふ。

日射しの位置、午後三時頃と
爪をもて、
壁にしるしつけ、
我慢しきれず。

（「新日本文学」昭和二十三年十月）

しかし日が経つにつれて監房内でも異質な人物であると判ってきたらしい。
いつの間にか
監房長と看守いひ、
監房長らしく

振舞ふか
我れ。
（「人民短歌」昭和二十三年十二月）

同房の者達からは「先生」と呼ばれていた、と後に聞いた。このようなことを考えれば、弁当包みに新聞紙を用いたことに烈火の如く怒った気持も判らぬではない。「掏摸、掻っ払い」と同じではないという気位は当然あったであろう。既出の柳沢尚武弁護士は「弁護士としての矜持と考える」と言われた。これは、たかが新聞紙一枚のこととも片付けられない歌人の一面を覗かせる話でもある。

渡辺順三は『烈風の中を』で次のように書いている。「うちから持ってくる弁当は、その日の新聞に包んでもらうことにしていた。それで弁当を食いながらざっと目を通すことができた」順三は新聞によって世の中の情勢を知る手掛かりとしたのであった。与謝野晶子の死（昭和十七年五月）も、この弁当差し入れ用新聞によって知ったと述べている。東村と順三の違いが表れ出ているようで興味深い。

勾留期間が長引くにつれて、父の指示であったのであろうが、母はいくつかの会社の顧問報酬の前借に出かけるようになった。その中の一つに北洋漁業を手掛ける水産会社が芝浦にあり、そこにも私を連れて出た。帰途にはその会社の好意であったろうが塩鮭一尾が土産となった。社員が大冷凍庫の扉をあけると冷たい強風が吹きつけてきて一尾の鮭が鉤に引っかけられて出される。

あの光景が忘れられない。帰宅すると母は急いで切身にし、近隣の家に分けて喜ばれていた。上等の鮭は貴重品となっていた時であるから、このようなことは当時の我が家の状況とは矛盾していたと思える。最近のことであるが、銀座四丁目交差点を晴海方面に走り去っていく大型冷凍車を見たが、車体には往事を思い出させる社名が書かれており、感無量のものがあった。

まことに不思議なことと言わなければならないが、それらの会社から顧問の職を解かれたということはなかった。父の人柄を信じて下さったとしか言いようがない。しかしこのような生活が長くなることは母にとって心地よいものではない。節を曲げても、家族の元に帰ることを父に説得したと思う。

⑺⑹ 東村釈放、「詩歌」への復帰ならず

東村はその数年来、窪田空穂に心ひかれることが多く、昭和十六年八月号「詩歌」にも空穂の歌集『冬日ざし』の批評を載せており、それらの歌を、空穂も又、「槻の木」（昭和十六年十一月号）に「矢代東村君の選歌」として他の諸家のそれと共に紹介している。

東村は「詩歌」に「短歌ノート」と題したエッセイ風歌論を連載してきたが、昭和十七年三、四月号が戦前最後の執筆となった。三月号の「国民詩としての短歌」は空穂の歌論から長文の引用をしつつ述べたものである。東村は空穂の「短歌のもつ実用性と文芸性」という言葉に着目し、

おおよそ次のように要約した。

「短歌に於ける実用性とは、歌が初め口誦をもって日常生活上の要求を伝達する手段であった時代、即ち、上代の記紀から万葉迄のその本質を指す。短歌は文芸性と実用性の二要素を備えたものであるが文芸性が重みを増すのは勅選集以降である。明治の短歌革新は文芸性に走っていた和歌を再び伝統の実用性に復古させる運動であった。第一に個人性に即すること、第二にそのよってきたるところの社会人としての環境より取材すべきであったが、この面が閑却されてきた観があったのは、覆い難い事実であった」と。

東村はこれを受けて自論を述べた。

「短歌は我々の民族の言葉によりその生活を歌つたものである。生活を歌ふといふことは生活事実を記述的に表現するといふことではなく、生活精神を感動的に表現するものであることは言ふ迄もない。明治の和歌革新が短歌の実用性の強調にあつたことは注意すべき事である。短歌に於ける生活といふことを、我々が大正期に入つて唱導したのも実にこれが為であつた（「日光」時代を指す。筆者注）。一方、支那事変以来、全体主義的国家が樹立されるようになると、個人の作歌態度も、観物を感じる点に於ても、個人意識は変貌して国民意識として統合され、個人を超えるものとなつた。――短歌の創作は一般に近付き易いといふ事情もあるが、強みとする所は、その本質が生活詩であり、国民詩であるといふ点にある。短歌の革新といふことは、文芸性に深く考慮を致すべきは勿論であるが、実用性を閑却すべきではない」

更に同四月号では、短歌の制作動機はいつも純粋であるべきとして、戦争作品に模造品や愚作が多いのは、その制作動機に不純なものがある為ではないかと述べ、聖戦賛歌を作る歌人への批判の言葉となっている。

「作品といふものは、外から書かせられるものではなく、内から書いて行くものである。——書かずにはいられないから書くのである」と述べて、その冬に催された「富岡鐵齋展」に感動し、「鉄斎は暴君の如く描いた。また処女の如く描いた。そして自在たり得た」と結んだ。この言葉には、自在に描いて大成した者への東村の心奥からの共鳴と賛歌がある。

勾留中の取調べがどのようなものであったかは判っていない。東村は何も語らなかった。京大俳句事件に始まる俳壇弾圧に関しては、「戦時下の新興俳句弾圧事件」と題して俳文学者の川名大《はじめ》が読売新聞紙上で記述している（平成十七年八月三十日付夕刊）。内務省警保局編の「特高月報」、司法省刑事局編の極秘資料「思想資料パンフレット特輯」と「思想月報」を資料としたものであるが、その記述によれば、検察当局が「生活俳句はコミンテルンや日本共産党を支援する左翼俳句運動」として総括する記述が随所に見うけられるとのことである。短歌の場合も同様であった。渡辺順三が受けた検事論告の中にも「被告は——短歌運動を通じてコミンテルンを支持し——」と言う言葉がある（『烈風の中を』）。

長い夏が過ぎて、東村は不起訴となり釈放された（「思想月報」一〇〇号昭和十八年一・二月号記載）。「――夜、電話、矢代東村無事帰宅の由、先づ先づ安心、米田君はじめ同人に知らせる」（「夕暮日記」昭和十七年八月二十七日）

あれは八月の終りであったのだと、今にして思う。母に寄り添われて父は門を入ってきた。母は嬉しそうであった。「静かにそっとしておいてほしい」というのは母の願いであり、それは子供達にも伝わっていた。父の家族への態度も穏やかであった。そのことに私は戸惑っていた。激情型の父があまりにも日常のことになっていたため、その方が父らしくてよかったと感じたのはたしかである。

帰宅後、「詩歌」誌上の復帰ができると東村は思ったのであろうが、夕暮の慎重さが立ち勝った。歌誌の統合、廃刊が進められていた時期でもあった。復帰が叶えられないと知った時、父は母の膝の上にうつ伏して泣いた、と後に母から聞いた。五十四歳にもなろうという一人の男が妻の前で泣くということは如何ような気持であったか、と私は深く心に刻んだことであった。

勾留期間の昭和十七年の四月に東京は初空襲を受け、六月にはミッドウェー海戦で日本は大敗北を喫している。翌年にかけて悲惨な結末を迎えるガダルカナル島への米軍上陸が始まったのが八月のことである。その秋以降、刻一刻戦局は悪化していったが、皮肉にも我が家では、少なくとも子供にとっては戦中の平穏な一時期があった、と感じる。

戦時下で、民間の一弁護士がどれ程の仕事量をもって生活していたのか、子供に判ることではないが、特に不自由があったとは思えず、それは世の中全般が物資窮乏状態に入り、徐々にそれに慣らされていった為かもしれない。

仕事上の来客も変りはなかった。だが、渡辺順三の弁護依頼には応じず、別の弁護士を紹介したことが、順三の『烈風の中を』に記されている。これは治安維持法違反に問われた者への弁護は、政府が年度毎に指定する弁護士のみがあたるという「指定弁護士制度」がとられていた為である。この制度により、人権派の弁護士会である「自由法曹団」からは一人の弁護士も指定されなかった。因に言えば、東村は「東京弁護士会」に属しており「自由法曹団」所属ではない。昭和十六・十七年に東村は指定弁護士に記載されていないが、十八年度には名簿の中にその名前を確認できる。しかし、東村がこの方面で如何なる活躍をしたかは不明である。

東村に作品発表の場はなくなった。綜合誌「日本短歌」昭和十七年十月号の消息欄にただ一行、「矢代東村氏、八月二十七日帰宅御静養中」と記されている。病人が入院先から退院してきたかのようである。このような伝え方のみが可能な時代であったのだろう。

(77)「偽らぬ人」白秋の死

秋も深まった十一月二日、北原白秋の訃報がもたらされた。その日、東村は北海道出張の帰途にあった。帰宅時の父にそのことを告げるように母は私に言いつけた。玄関のあく音と共に私は走り出て「白秋先生がおなくなりになったの」と言った。父は上がり框の上に革鞄を置くなり、「そうか」と言ったまま、茫然と立ちつくしていた。

幼時の思い出は長い続き話とはならないけれども、ある場面だけが鮮明に脳裏に残ることがある。これはそのような思い出の一つである。後に、何故母は自から告げずに私に用を足させたかと考えたが、それはしばしば悲しみの激情を抑えられない父の姿を経験から知っており、それを又見ることを避けたかったのではないかと思う。白秋邸を訪れた父は、母が予想した通り、遺体にすがって号泣した。

十一月二日

今の時君死なしめていやくやしいふすべ知らずたゞに歎かふ
かねてより思ひきめてしが今日の日と誰か思はむ堪へがてなくに

その翌日

この部屋に死骸となりし君ありと近づく我れや声あげて泣く
われを忘れて我れは泣きたり今ははや死骸となりて君こやり居る

その後に

偽の多きが中に偽らぬ人とたのみし君いまやなし

（『早春』昭和二十二年刊より）

悼歌は百日祭が営まれる迄のものが十二首ある。「短歌研究」は十二月号に、茂吉、篤二郎、夕暮、庄亮の追悼文を掲載し、「日本短歌」は夕暮と庄亮のそれぞれの一文を載せた。「日光」時代以降の交わりを書くとすれば、東村を措いて他に人はないと思われるが、この時それは叶わず、唯、挽歌のみを自身の筐底に収めたのであった。

『早春』は戦後発行の定型歌集であり、抑圧された時代に細々と歌いつないだ作品から成る。出版以来、その評価は東村の短歌形式上の信念を曲げたものとして取り沙汰されたが、そのことは私にとって大層な問題ではない。昭和二十年迄、父の息使いはこの歌集に収められた作品から知り得るのみだからである。

東村は戦火で全ての資料を失っている。それでは、この歌集の草稿はどこに置かれていたことになるのか。戦時下の東京の他人に預けることはあり得ない。推量ではあるが、郷里である千葉県の実家を考えるのが順序であろう。『早春』の後記によれば、昭和十八年一月から同二十一年二月迄の八百十八首の中から、四百二十首程を選出した、とあるが、とりわけ故郷詠は多く、事実この時期にしばしば帰省している。

他にノート類を托すことができる家として考えられるのが、大原町（現いすみ市大原）の浅野家である。その頃の当主浅野豊は東京医科歯科専門学校（現東京医科歯科大）を卒業後、帰郷して歯科医を営むかたわら、幼稚園経営や社会事業にも関心を寄せ、大原短歌会を起こした人物である。東村とは書簡往復があり、大日本歌人協会に浅野を推した旨の東村の手紙が残されている。平成十三年三月に東村の碑が生家近くの公園に建立されたが、それに刻まれた歌、

　裏庭に音たかだかと籾摺機はずむさなかに我が帰り来し

は、生前の浅野豊が東村の帰省歌を集めたノートの中から、旧大原町文化財保護協会が選んだものである。

又、『早春』中には、「平山るい」と題した二首があるが、いかにも農婦らしいこの女性の写真もノートと共に現在も浅野家に残されている。

　そのかみの平山るいが今日聞けば五十を一つ越えたりといふ

　幼馴染平山るいが土間に立ち我れに礼いふ大き手の皺

少年時代の環境が必ずしも満ち足りたものではなかった東村であったが、戦時下の尖った神経を休ませるには、故郷は又、別格の慰めがあったようである。

　生れたる家はよろしも雑煮餅大き椀にして更にかへて食ふ　　（『早春』より）

(78)　東村専ら定型歌を詠む

『早春』には、家族や友人、風景を詠んだものが多く、社会詠、時事詠が少ないのは当然である。昭和十八年の年頭詠に掲げられている歌、

古事記を読み万葉集を読みいとまあり楽しきことの数限りなしに於ても判るように、この頃の父の机辺には常にこれら古典の書があった。表現の自由を奪われた者が古典研究に向うということはしばしば見られる。事実、戦時の「短歌研究」や「日本短歌」誌上には国文学研究の発表雑誌かと思い違える程、古典の論考が多い。父はこの方面の専門の学究ではないから、このような論文を書こうとは思わなかったであろうが、古典から多くを吸収したことは間違いない。

『早春』の中には、次のようなめずらしい長歌の形式をとった作品がある。

日本の母

午前四時　いまだ暗きに　家妻は早も起きいで　飯たくと　瓦斯に火をつけ　汁煮ると葱の葉きざむ　己が子を　寒稽古にやると　この朝も　やすむことなし　やがて子が　仕度終れば　同じこと　今日もいひきかす　遅るるな　急ぎ出でゆけ　怪我するな　注意せよかしひと朝も　寒しといはず　子がために　己れ尽して　楽しくあるらし

反歌

子がために己れ犠牲となることも楽しくあるらし日本の母は

昭和十八年の冬、兄は中学一年となっていた。しかし時局はすでに一家庭の緊張などですむことではなかった。その春に、連合艦隊司令長官山本五十六の死が発表され、更に五月末には、アッツ島守備隊玉砕が伝えられた。戦陣訓「生きて虜囚の辱を受けず」の一行は結果として「玉砕」という美辞につながった。「詩歌」に於てはこの時「山本元師の散華」と「アッツ島の玉砕」を詠まぬ同人はいないという程の悲愴な誌面となった。昭和十八年初頭から、夕暮は定型に復帰し、「詩歌」は全誌面これに応じ、自由律は消えた。

　今にして我はも歎け我が一代かけてなさむとせしは何なる
（『早春』より）

この一年の東村の内面は寂寞としたこの歌一首に尽きている。

昭和十九年三月の陸軍記念日を前に「短歌研究」は「撃ちてし止まむ」の題詠の下に特輯を組んだ。この言葉が「神武天皇東征の折、将兵鼓舞の御歌の一節」であることを知らぬ歌人はおるまい。歌人達は神がかり的心境となって詠むほかはなかったであろう。東村にとってこの三月は五十五歳の誕生月でもあった。

　五十をいくつか越してこれの世にいまだなすべき事なし終へず
　願くは我がなさむ事なし終へて思ひのこすことなく我れを死なしめ
　いささかの事なるとてもこれの世に我れの心は残させ給へ
（『早春』より）

生涯の祈りといってもよい心境詠であるが、昭和十九年という時代枠を思わずに評することはできない。これを考慮すれば、望みをもてない「社会詠」とも言えるものである。

更に夏に入って「七月十八日、サイパン部隊全員戦死発表」と題した一首が続く。

敗戦は掩ふべくもなし何故の敗戦かは深く思ひ見るべし　（『早春』より）

理屈の歌とも言えようが、この時に「敗戦」を文字として詠んだ歌人はいない。発表を考えずに詠みえた歌とも思える。

窪田空穂は「言の力」と題し、サイパン玉砕を次のように詠んだ。

サイパンは言には言はじ我が言はむ言の力は限りのあれば　空穂

この歌に応答して東村は

年長く歌はよみ来つ己がいふ言の力の限りあるをいふ　東村

と詠んだ。サイパン玉砕は歌人が言の力の限界を知った程のことであった。

空襲が日常化する中で私の身に起った大事は、政府が「学童集団疎開」を決定したことであった。前年の「学徒出陣」、中学生等の「勤労動員」に次いで、最後に小学生は親元を離れることを余儀なくされた。

学校が閉鎖されるのであるから縁故を頼れない子供は全てこれに従うほかはない。我が家はこれに該当した。父の郷里は義妹夫婦が後継であり、当時病人も居た。母の実家は既に絶えて久しい。集団疎開地は山梨県の大月から更に電車で入る谷村《やむら》町であった。場所を聞かされても子供には想像することもできず不安は増大した。しかし親は表面的には平静に見えた。というのもその地に「須曾野《すその》短歌会」という歌人組織があり、父は指導に赴いたこともあって知人が居たからである。その程度のことは戦中にあっては何の安心材料にもならなかったのは勿論のことであった。八月の終り、児童達は出発した。校門の階段を下って坂道に出ると、多勢の見送りの親達が口々に声を上げて子の名を呼んだ。このような場面では母は後方に引込んでいる人であった。一見、元気よく子供達は行進していったが、この中には生きては帰ってこなかった者もいたのだから、正に「小学生の出陣」といえた。小学三年とはいえ、私はまだ満九歳になっていなかった。

学童疎開の弘子に

一日とて汝が身の上を父母は忘るゝ日なし心して行け

汝一人生きのこるとも父母の心はつぎて更にいそしめ

（『早春』より）

遺言のような歌だとは、時を経て生きている者だからこそ言えるのである。

㈲ 五月二十五日　山の手大空襲

学童集団疎開生活の共通点は、「飢餓」、「不衛生と医療の不備」、「愛情の欠如」である。疎開地により多少の違いがあったと聞くが、それはあく迄程度の違いにすぎない。公式上、私は終戦迄の一年間は東京にいなかったことになるが、事実は病気による帰宅を余儀なくされ、東京と山梨県を往復すること三度に及び、時間にすれば約半々となる生活であった。この著書の中で疎開生活の日常に触れることの不適切を私は十分心得ているが、戦争末期の一年間に私事に関わる部分があることをお許し頂きたい。

疎開生活が始まって間もなく、教師に引率されて、アッツ島玉砕部隊長であった山崎保代大佐の生家を訪れた。子供の徒歩で可能な近さであった、と考える。広い庭に白木の忠魂碑が高く立てられ、教師の号令で最敬礼をした。広縁に三人の女性が正座して居並び、教師の言葉に対して丁重な礼を返した。この稿を書くにあたって、当時の「日本短歌」掲載のアッツ島に関する悲歌の幾つかを読んだが、英霊を讃える観念的な歌が多い中で、私には未知の一女性歌人の一首が目にとまった。

日比野　友子

山崎部隊長生ひ立ちの家
普門院を訪ねて
君が妹幼な友らが相寄りて優しかりし君が思ひ出に泣き給ふ

農家の庭とばかり思っていたが、あれは寺院であったのか、あの女性達はどのような関係の遺族であったのか、と今改めて思う。悲劇の戦跡は多いが、非情に見捨てられたアッツ島の名はこの情景と共に私の心の中で重い。

疎開生活は言うまでもなく始めより食事は極度に貧しく、そこに蚤や虱が襲った。殆どの子供が数日にして皮膚炎を発症し、月を経れば栄養失調の合併で子供達は生気を無くした。冬がくる前に私は発熱し動きもけだるくなり、治療のため帰京した。主治医の竹内薫兵（青夏）は皮膚病からくる腎臓炎と診断し、絶対安静と無塩の食事を命じた。

その頃の父周辺を思うと一種の静けさがあったように感じられる。座敷机の前に正座し、天眼鏡を手に読書する姿が思い浮かぶ。机上に茂吉の『童馬山房夜話』が置かれており、その書物はその位置に置かれていなければならないかのように定まっていた。東村は、このエッセイが「アララギ」に連載されていた頃から「愛読するものの一つ」と、「詩歌」に於て述べている。戦況悪化にともない、既に「詩歌」は十九年十一月より休刊していた。

私は病が軽快すると再び疎開地に戻された。恐らく三月十日の大空襲をみて両親が決したことであろう。その頃の疎開生活は惨状を呈していたと言ってよく、大豆食に少量の米がまじり、その幾粒もない米を選り分けて、数えて食べる子供もいた。春からは一年生も送りこまれていたが、その一人は我慢できずに脱走した。

完治したわけではなかったので、私の健康状態は直ぐに逆戻りした。それ迄私は特に虚弱であったのではなく、母によればむしろ兄達より手がかからず元気に育っていた子であったという。再び治療の為帰宅して五日目、五月二十五日の夜、警報と共に飛び起きて外を見た時、空は朱色に染まり昼間の明るさであった。B29の轟音、地をゆるがす焼夷弾の炸裂音、目もあけられない程の火の粉が空中を舞っていた。隣組八軒程の家は「これ迄」と合図を交し、我々家族も家を出た。その時、私は近所の皮膚科医処方の薬と、「矢代家先祖代々之霊位」と書かれた位牌を持たされた。位牌を持たされた子供は迷子にならない、という言葉が信じられていた。

幼子は手に位牌持ち火の粉ふらす烈風の中に父われを見ぬ

坂上に方向をとった目前に焼夷弾が落ち、行く手は火の海となった。瞬時の差で助かった。英国大使館方面へ抜ける坂道を走ったが、地面も熱く踏んでいられない。大気全体が発火点に達していたかのようで、前を行く乳児を背負った母親のねんねこ半天（当時そんな言葉があった）が燃え出した。「背中の赤ちゃんに火がついてますよ！」と大声をあげてバケツの水を浴びせる人がいた。

（『早春』より）

今、地図を広げてみると、我々は英国大使館から千鳥ヶ淵のあたりへ出て靖国神社に入り、そこを出て九段下へ向ったのである。しかし、これは直線的に述べた場合であり、多数の人がこの辺を逃げまどった。靖国神社参道の両側には人々がうずくまり割りこむ余地もない。大村益次郎銅像に向けて砲弾が浴びせられ、やもりのように円形の柱にしがみついた人の姿があった。

軍人会館（現九段会館）にたどりついたのは午前何時頃であったろうか。「女子供がもう歩けない。中に入れて欲しい」と父が入口に立つ衛兵に頼んだ。黙認せざるを得なかったのであろう。大勢の避難民がなだれ込むように入りすわりこんだ。暫時のまどろみの後、轟音は去り夜が明けた。

一足先に出て戻って来た父が一言、ぽつりと「駄目だった」と告げた。見渡す限りの焼野原を家族は歩き、我が家の跡地に立った。書物が熱い灰の山となっていた。美術全集は本棚から落ちて積み重なったままの姿であり、絵画が鮮明に写し絵のように灰の上に浮き出ていたことが記憶に残る。一瞬の猛火にあうと、こうなるのだろうか。

父はいつ迄も灰燼の中に立ちつくしていた。

Ⅵ　八月十五日前後

⑽　前田邸に一時寄宿

罹災後の二晩は小学校の屋根の下でしのいだ。焼跡には、家族が無事であることを記した棒杭を父が突き立て、ひとまず世田谷の縁戚を頼るべく我々は麴町を後にした。一面の焼野原の中を交通機関を利用したのは一部のみで殆んど歩いていったと記憶する。親戚に一週間程居り、次に母の友人宅に厄介になった。焼け出され難民はどこでも歓迎されるわけもなく、母の気苦労は一通りではなかった。

その頃、夕暮夫妻は秩父に疎開しており、荻窪の青樫草舎は同人の小関茂夫妻とその幼い娘一家が留守番役に入っていた。小関の親切なはからいもあり、東村は夕暮に手紙を出し、一時前田邸に寄寓することを許された。昭和二十年六月十九日付の夕暮書簡が残されている。

啓、お手紙拝見、御罹災の由、残念のいたり、竹内、平野、矢嶋、西村、古川そして岡野の諸君悉く罹災。岡野君の如きは罹災不明と朱書して見舞の葉書が昨日返送されました。大久保の旧居も焼けました。大震災当時を考へさせられます。二十三年前が昨日のことのやうに——小生は二三年或は四五年山の生活をして一農民として更生すべく晴天開墾をしてをります。繁子よりもよろしく。恒子様、隆二、弘子様にもよろしく。

杉並区荻窪一ノ一六五　白日社内矢代東村様（筆者注、人名は同人、岡野は岡野直七郎）

又、六月二十日付の夕暮の小関夫人宛の手紙にも末尾に、「矢代、西村、両君の罹災は残念ですが、白日社居住は喜んでをります」（『夕暮の書簡』秦野市立図書館発行）と記されている。

我々の居所には、階下の庭に面した座敷があてられた。かつて家族一同が正月に共に居並んだその部屋であった。落ち着く間もなく、私は又、疎開地に戻されることになった。「ここ（東京）では学校が開かれていないから」というのが理由で、教育熱心な親の言いそうなことであった。しかし疎開地ではとっくに教育や学習などという平時の義務は行われておらず、そのようなことが判らなかった筈はない。本当の心は後になって母から聞かされた。

「東京は近いうちに全滅する。山の手の閑静な住宅街はなんとか焼けずにすむと思ったのは甘かった。大切な品（資料）を荷造りして玄関先迄出していたが、手離すことをためらっているうちにこれも失った。あの空襲で広い庭を持つ邸宅の住人達にも死者は多く出た。荻窪といえども安心はできない。せめて娘だけでも疎開地におけば一家全滅だけは免れ、弘子は生き残るだろう、と思った」というのである。

子供の気持など入る余地もなく、出発は父の甲府地裁への所用に合わせて決められた。そして思いもかけぬ父の言葉を聞いた。「弘子、何か欲しいものはないか」――。この荻窪界隈でも商いをしている店など見かけず、本屋も玩具屋も閉じている。空しい気持が無造作な返答となって出た。「お人形が欲しい」と。「そうか」――父は考えこんだ様子であった。

数日後、父は私を伴って阿佐ヶ谷の白秋邸に出向いた。「人形のある所」ということで父が思いついたのが、一男一女のいる北原家であった。歌集『早春』中には次のような歌がある。

ワンピースよく似合ひたりたゞむきの熟麦の香のすこやか乙女

さにづらふ乙女が手よりたばりたる「風隠集」は忘れざらなむ

この「乙女」が長女の篁子である。当時は女子大生であったかと思う。白秋亡き後も菊子夫人からの諸々の相談事――著作権問題、あるいは子息隆太郎の進路に関する私的な話等――で父はよく北原家を訪問していた。夫人は東村と同年の生れであり、心易く話ができたのであろう。頼みとした話は既に受けられていて、夫人は一体のフランス人形を持ち出されてきた。「これは篁子の作りましたものでこれでよろしければ」との話であった。人形のボディーに手作りの衣装を着せ付けて完成させたもので、有難く頂戴した。

「少しお待ちになって――」との言葉の後に運ばれてきたものがあった。それは葛の中に緑茶の葉を入れ、その淡い色を出して固めた夏の菓子であった。葛はなめらかに喉元を通ったが甘味はない。この時期に北原家にも砂糖はなかった。困惑したことは茶葉が口中に残ったことであった。口から出すという行儀の悪いことはできず、努力の末やっと飲みこんだ。帰途ややあって父は私を見て言った。「奥さん、面白いもの作るな」と。その眼が笑っていた。父も又茶葉の処理に困ったのであろう。訪問者に茶一杯の接待もできない時勢であり、客の方もその心得でいた。それにもかかわらず、子供が口にできるものを、と心砕かれたその気持を、私は今日迄忘れることができない。

旬日の後、私は父に連れられ荻窪の青檉草舎から山梨県に出発した。

弘子三度目の疎開

いたゞきし人形か丶へ我が娘今朝出で立つと雨の中行く
人形はかなしくもあるか母が手を離れゆく娘手にか丶へ行く
汽車待つとホームに立ちて程経たり幼きかもよ我が娘見守る
送り来て部屋に坐りぬ己が子と二人しあるに涙ぐましき
今一度別るる際にあひたしといふ子を置きて我は帰るべし

（『早春』より）

(81)　敗戦、青檉草舎に咲く向日葵

疎開地に戻った私は、教師や寮母から、どうして又来たのか、という顔をされた。その頃この小さな田舎町にも警報が時々鳴るようになっていたが、大空襲を経験してきた心は、もう驚くものも何もないような脱力感に満たされていた。日中は皆気力もなく膝を折って抱えこみ、前かがみになって壁や柱に寄りかかっていた。これは独特のスタイルで、最も空腹を感じないですむ方法であった。この有様となってもまだ毎朝義務として歌ったのが「皇后陛下が学童疎開児童に賜わりし御歌」――次の世を背負うべき身ぞたくましく正しく伸びよ里に移りて――であった。

八月に入ったが勿論原子爆弾が落とされたことなど知らなかった。ある日、教師が「明日、東京から校長先生がみえて大切な話をされる」と告げた。その日が八月十五日であった。翌日、座敷に居並んだ子供達を前に校長は厳粛な面持で話をしたが、大人達は何も説明をせず、それがどういう事なのか全く判らなかった。数刻を経て近所に住む青年が様子を見にやって来て、「日本は敗けたんだ。もう皆、二度とこんな所へ来るなよ」と言った。これは、この土地へ来て以来始めて聞く、最も人間的な言葉であった。

敗北を悲しんでいる子供など一人も居らず、皆解き放たれた気持であった。親が迎えに来るのを子供達は待つことになった。母からは一度状況を見に行き、その後落着いてから迎えに行く、という便りが来た。「状況を見に行く」というのは口実のようであった。その時、母は数十箇の多摩川梨を買いこみ、リュックに背負ってやって来た。同宿の子供達全員に食べさせる為であった。丸ごと一箇の梨が机上に置かれて子供達はかぶりついた。あふれる果汁が木の机の表面にたれ落ちて、それが勿体無くて子供達は口をつけて吸った。

部屋の入り口に立ってその光景を見ていた母は目の涙をおさえていた。「犬猫と同様の姿で、哀れで見ていられなかった」と後に言ったが、実はその折、教師が「一箇は勿体無い。半割にして二日分にする」と言ったのを、母は自分の目の前で子供達に一箇与えよ、と主張したのだという。葡萄の産地に居ながら、子供達はその一粒も口にしていなかった。

九月になって私は再び青樫草舎に帰って来た。両親達がそれぞれどのような八月十五日を迎えたかを、私はこの目では見ていない。しかし家族が無事にここに在って共に過しているという安堵感は何物にも代えがたかった。その夏の青樫草舎は、庭木の手入れもなく、芝生も荒れていた。座敷から眺めるその先には、ひまわりが残暑に照りつけられて、元気なくひょろりとうなだれて立っていた。

私はその頃まだ、あの夕暮の代表歌とも言うべき、

向日葵は金の油を身に浴びてゆらりと高し日の小ささよ

を知らなかった。しかし、後にこの歌を目にする度に、それは言われているようなゴッホ描くところの激しい色彩の花ではなく、終戦の年の夏の庭にあったあの花の姿が思い出されてならない。ただ夕暮がひまわりを好みとしたことは、戦中にもこの花を絶やさなかった事実と共に深く心に刻まれている。

昭和二十年の秋から冬にかけて、定住できる家を持たなかった為もあるが、父が落着いた歌境

に在ったとは言い難い。数ヶ月のうちに起きた激動的な歴史的変化とそれに伴う価値転換とに、ついていけない方がむしろ通常の知識人ではなかったか。庶民は飢餓の中で呆然と日常を過していたといえよう。

空とぶ飛行機さへも我が国のそれにはあらずはや昨日より
無表情なる東京都民と外人記者がいひたることがつよく響き来
治安維持法撤廃の記事今朝読みたりいたく疲れて我れはありたり
（『早春』より）

一部屋に四人家族が住む不自由さもあるが、自身の職業上の場をもつ必要もあって家探しは急務であった。この時期に我が家の移転を夕暮から催促された事実は、東村宛書簡の中には見受けられない。夕暮が米田雄郎に宛てた書簡には、「小生は少くとももう一年ここに居て十分蓄積します」（九月十日付）とあるが、事実、夕暮夫妻の帰京は翌年のこととなった。偶然、同じ荻窪に家主一家が疎開中の適当な空き家があって、戻る迄という条件付きで一時引越すことができた。

世の中を仮の住み家と思ふものをその住む家もまた仮の家
（『早春』より）

することもない私はその家の庭に出て石鹼水でシャボン玉遊びに興じた。

もの音もたえて久しき娘と思へば庭に一人ゐてシャボン玉吹く
自らが吹くシャボン玉父われに見よと娘はいふ見ればあとなきを
（『早春』より）

縁側から私を見ていた父の姿まで記憶しているが、一見呑気そうな光景とは裏腹に、父は家探しの悩みで気も休まらなかったに違いない。兄は中学に通っていたから問題はなかったが私はこの一年、殆ど無学状態であったから、これも親にとっては気がかりであった。母は近所の年長の子供のいる家に目をつけて、そこから書物を頂戴してきた。『宮沢賢治童話集』等で、食糧調達も容易ではない時期に、このようなことになると実に敏速に行動する母であった。

この借家に一ヶ月半も住んだかと思ううちに、家主の親子が引き上げて来て、明け渡しを迫られた。

⑻　浅草小島町へ転居

住むべき家は思いがけない所にあった。旧地名で言えば浅草区小島町一丁目という下町の一隅である。戦時中から、父はその町内の地代徴収の仕事を委されて毎月出向いていた。その地は、旧柳沢子爵家が三千坪余を所有していた場所で、当主没後、その後継が未成年であった為、資産管理の意味も含んでいたのである。実際、戦後爵位が廃されて財産税が課された時、その処理に法律上の役目も加わった。その地代を徴収する差配の住む家があり、それを柳沢家が我々のために提供してくれることになったのである。交通の便で言えば現ＪＲ御徒町駅から十五分程であろうか。浅草区と言っても大通りの向い側は下谷区であり、この小島町とその周囲は三月十日の空襲の際に、奇蹟的に焼け残った地域であった。

東村自身は小学教師をした若い頃に神田に住んだことがあり、実父の居る京橋に居たこともあった。下町生活は知らないわけではなかったが、ここはそれらとも少し気分の違う所であった。細い道が縦横に走り、商人や職人の家々は軒を接して一寸のゆとりもない。昔気質の職人もいるが、一方では浅草に通う芸人一家が住んでいたりもする。子供達はあふれるように夜遅くまで路上で遊んでいる。生活音も絶え間ない。法被姿の町の古老達が挨拶に来たが、彼等は柳沢家を「殿様」と呼んでいた。生活観、住居観は大きな変化をきたした。しかし、焼跡にトタン屋根のバラック建築がまだ一般に見受けられた時代のことである。有難いと思わねばならなかった。

　この町に住まむと心定めたり老いづく我れをあはれがりつつ

　屋根ばかりの眺めと思へ屋根の上に青空があり青空に雲

（『早春』より）

転居通知に東村は「市井陋巷の居」と書いた。しかし我が家の構えは「差配」の人間の住む家らしく玄関に上がり框も出来ており、下二間、二階の二間の一つには床の間もあった。猫の額程の庭もあって塀で囲まれ、そこに一本のもち（冬青）の木が植えられていた。後に「人民短歌」誌上に東村が「冬青居雑筆」と題したエッセイを書いた所以である。

「このような所に住むからには、せめて家の内部は整然とした良い空間にしなければならぬ」というような事を父は言っていた。とは申せ、焼け出された直後でこれぞという程のものはない。「冬青居雑筆(2)」には、知人、歌友からの頂戴物があったことが記されており、白秋夫人からは新居祝にと奉書をかけた色紙を頂いた。

　薄野に細くかぼそく立つ煙あはれなれども消すよしもなし　　白秋

「消すよしもなし」が大層気に入ったと父は述べていたが、私は残念にもこの色紙についての記憶がない。しかし、尾山篤二郎から贈られた軸物については、これが東村没年迄、床の間を飾っていたのでよく覚えている。それは大きな良寛の拓本であった。

　柳娘二八歳　春山折花帰　帰来日已夕　疎雨濕燕支　回頭如有待　褰裳歩遅々　行人皆佇立

　道是誰氏児

良寛の字を読むことに難渋していたところ、親切にも篤二郎から来書があり、訓点が付され説明文もあった。「拓本は以上の如くに候。所謂古詩の体、内容は独々逸に類す。彼の坊主の食ヘナイ処を示したもの」。何回も父が読み下してみせるので、私も「道フ是レ誰氏ノ児カト」ととなえて門前の小僧になった。

この良寛の拓本は、父没後、当時「詩歌」の若い同人であった北奥三郎（現「しきなみ短歌会」）に母が贈呈したが、現在は同氏のご厚意により、私の手許に戻された。

　このような情景を思い浮かべると如何にも閑雅な住まいの中に在ったように思われようが、それは父の部屋内のみのことであり、昭和二十年末の世情は人も知る通りである。私は浅草橋に近い柳北小学校に通ったが、弁当を持参できない生徒が翌年になっても見受けられた。御徒町駅の近くにはヤミ市が立ち、りんごが三箇一皿十円で、母が買えないと嘆いたが、それも翌日には値段が変るインフレであった。

昭和二十一年に発行された「人民短歌」七月号に、次のような東村の長歌が一首掲載されている。これは朝夕通る御徒町駅やその周辺の路上で当時日常的に見られる風景であった。

片手をば、前に投げ出し、片手をば、口の辺にやり、食ひかけの、パン持ちしまゝ、この駅の、朝のホームに、人一人、うち倒れたり。乗り降りの、人しげくして、人みなの、ふりむき行けど、ねもごろに、言葉をかくる、ねもごろに、抱き起しやる、人一人、さらにあるなし。力なき、その顔色や、力なき、その皮膚の色や、倒れ臥し、起きも得やらず、その呼吸もありやなしに、いくばくの、時かもへつる、見る人なしに。

反歌

人一人倒れ臥せれど見る人の一人しあらずうち倒れ居り

昭和二十年暮、近隣とのつき合いも始まり、訪問客も以前のように数をましてきた。ある朝、父は長方形の板を片手にして二階から降りて来た。「土岐さんに書いてもらってくる」と母に告げ、「あゝ、そうですか」と答える声を聞いた。善麿筆の、「辨護士矢代亀廣法律事務所」の表札が次の日から戸口に掛けられた。

Ⅶ　小島町時代

(83)　善磨と東村、歌人の戦争責任を論議

「市井陋巷の居」にも訪問客は絶え間なく、いや戦前より多くなった。私は相変らず玄関と二階を上がり下がりして取次役をつとめた。全ての人にとってこのような欠乏時代は二度とない体験であったろうが、この頃訪れる人達には解放感と元気がみなぎっていた。

松村英一は登山で鍛えた体格の持主で、座るやいなや「いやぁ、君ぃ、えらい世の中になった」と大声で第一声を発した。尾山篤二郎も来た。隻脚の身で、いつも和服袴姿であり、玄関さきに松葉杖を置くと階段をひょいひょいと上手に二階へ昇っていくさまを、私は感心して見上げたものだ。この二人と東村は生年が同じであったと後に知ったが、取次ぐ時には常に敬称の「先生」でなければいけなかった。「尾山さんが」と言った事は一度もなく、常に「尾山先生がおいでになりました」と取次いだ。

渡辺順三も初めて知った。戦争中、大変な目に会わされた人だと聞かされていたが、それが信じられない程の静かな穏やかな面立ちであった。会話の中でコンコンと咳をした。矢嶋歓一を始

めとして在京の「詩歌」同人達もやって来た。若い香川進が華やかな夫人を伴って幾度も訪れた。木村捨録、尾崎孝子というような人々の名を知ったのもこの頃である。

休刊していた「短歌研究」は九月号から復刊し、内容は戦中の作品ということになるが、東村は三十八首を掲載し、昭和二十年十月号にはいち早く「歌壇時評」を書き、十一月号の「歌壇作品合評」に参加して戦後歌壇に復活した。明けて昭和二十一年一、二月合併号に「敗戦と短歌」と題して東村は窪田空穂、土岐善麿と対談をおこなった。座談会としての企画が叶わず、第一部は善麿、第二部を空穂との個別対談とし、そこに編集人の木村捨録が加わった。十月号の「歌壇時評」と、この座談会の発言は終戦直後の歌壇思潮を知る上で併読されるべきものであろう。

まず「短歌時評」に於て東村は戦争短歌を回顧し、それを三期に分けた。第一期（満州事変から支那事変勃発迄）は、報道や映画によって見聞した題材を傍観者的態度で作歌した時期、第二期（支那事変進展期）は前線銃後という用語が盛んに見られた頃で、傍観者から協力者へと変化した時、そして第三期（大東亜戦争開始から終戦迄）は前線銃後の区別なく、総力戦と言われて作者自身が戦争生活者になった時代とした。

そしてこの第三期こそ真の国民の生活詩としての短歌が生まれるべきであったが、事実はこれに反したと述べ、「強権が凡てを統制し服従させた。芸術から自由を奪ひ強権を押付けた時、それがどうなると思ふかは説明の限りではない」と書き、誰もが戦時中の自己作品を自分の家集に集録する勇気があるかどうか甚だ疑わしいと述べた。東村は、国民の大部分が戦争体験者即ち被害者となったこの第三期に、心底からの生活詠が出なかったことを衝いたのである。

善麿との対談に於ては戦時中活躍した歌人に話題が及んだ。善麿は斎藤瀏、逗子八郎、川田順、斎藤茂吉を挙げたが「それに対する批判は自（か）ら定まつてゐたらうと思ふ」と述べた。東村も、「新聞、雑誌によく掲載された斎藤瀏、逗子八郎両君の作品が、歌壇乃至は短歌の進歩発展の上に如何なる功績があつたかといふ一点に関はる」と言い、茂吉に関してはかつての銀座路上での一件（本書㊿）を述べた。

善麿は歌人の戦争責任について「今日の国情からみれば痛恨事に相違ないが、残念ながら已むを得なかつた。たゞその戦争を推進せしめ指導してゐた軍閥、官僚の手先となつて意識的に今日の状態に陥れた程の者が歌人の中にあつたとすれば、それは戦争責任者といへるだらうが、それもそれ程大きな存在は歌人の中になかつたのではあるまいか」と語った。

東村は、国際法違反、刑法犯罪の意味では歌人の中に戦争犯罪人があるとは思わないが、「意識的に積極的に戦争協力し、それが純真な国民感情といふよりは、時局を利用して何か為めにするためにやつたものは歌壇広からずと言へども皆無ではない、その人達こそ道徳的な意味からも自省自粛するべき」と道義上からの責任論に言及した。善麿の言葉の中にある「軍閥、官僚の手先」という職業背景から明らかに知り得るその名は、近代短歌史に於てそれ以後もくり返し記されることになった。

◇

ここに余談ともいえる話に触れておきたい。東村の第一歌碑が昭和四十年に建立されたことは既に述べたが、その折、先輩、知友が綴った小冊子「東村追想」が編まれた。その十数年後、みずからの高齢を意識した母がその残部を私の手元に預けた。その中に歌碑建立時の会計報告と御厚志を寄せられた方々の名簿があった。改めて感謝しつつ読み進む中に「逗子八郎」の名を発見した時の驚きは忘れられない。彼が戦時中、帝大卒の官僚として情報局に身を置き、国家への忠誠心を以て働いたことは多くの人々の知るところである。彼の戦後の心のゆらぎは如何なるものであったのか。既に他界した人の内面を推し量るのみである。三省堂版『現代短歌事典』（平成十二年刊）には、「人生上、作歌上ともに激湍な変遷をたどった」と記されている。

⑻4 空穂の歌論に傾倒、夕暮との和解

「敗戦と短歌」第二部の対談は空穂とおこなわれた。その中で空穂の戦後の持論を知ることができるが、何よりの特徴は、両者が会話に一致点を見出せることを始めから承知しているという空気が察せられることである。疎開先から戻って間もない空穂は、「万葉集評釈」巻十六を済ませたところであった。東村は戦中に人への訪問を控え気味であったが、空穂宅へは時に出向いて

いたことが会話中に述べられている。この対談は多岐にわたり長文のものであるが、両者が「戦後短歌の面目」について論じた部分を抄出する。

戦後短歌は初一歩に立ち返り、短歌とは何ぞや、から始めるべきと述べた空穂に対し、東村もそれが本筋であり近道であると賛同した。この時空穂は「さう油をかけるなよ。まあ行かう」と話し始めている。上機嫌ぶりが行間から察せられる。短歌は抒情詩の中では最も「態度」の要求されるものであると空穂は述べた。短歌は胸懐を披瀝して詠むものであるから、その心の据え方が態度となる。それは技巧より更に奥にあるものだと語った。

東村は、素質、つまり天分と力量をもった一人の人間が一定の社会と時期に生きていく時に、その態度の自覚が真実な生活の第一歩であり、それは一生の事でなければならない。短歌の制作について考えれば、過去、現在、未来へと通じる一人の日本人が生きて短歌を詠む時、今日から急に新しい時代が来て新しい条件と志向を余儀なくされることがあっても、自分自身は日本人として人として生きるのであり、新しい条件や志向のために生きるのではない。自身の歌作についても同様のことが言える。この主客の位置をはっきりさせるべきであるとして、歌作の「態度」を説いた空穂の卓見に敬服すると述べた。

更に空穂は、短歌は人生の肯定と愛、善意による心から生まれるものであり、芸術は善を目的とすると語ったが、東村は「真の人生肯定は、多難にして辛苦な人生否定の後に来るべきもので、さうでないと、単なる妥協や追随に陥る」と戦後歌壇の一傾向を衝いた。空穂は、「我々は敗戦国といふ悲痛なる事態を通して、この人生の肯定を遂げて行かねばならぬのだ。これは生やさしい事ではない」と語り、東村はそこから結論も出るとして、「戦後の短歌の在り方としては、第一に作家の態度としてはリアリズムに拠るべきこと、第二に作品は多分に個性的であつて、同時に又著しく多様性を帯びて来るべきものである」と結んだ。

昭和二十一年二月、「新日本歌人協会」が結成され、機関誌「人民短歌」が発行された。編輯者渡辺順三は創刊の言葉の中で「人民大衆の生活的実感を根底とした、芸術的に秀れた短歌を創造せねばならぬ」と述べ、全国の短歌愛好者の大衆的支持を基盤とするという門戸開放の趣旨を表明した。この雑誌の賛助員として推されたのが、窪田空穂、土岐善麿、矢代東村である。戦後の短歌の在り方について語った「短歌研究」誌上の対談に於て、この三者が共鳴する点の多かったことは既述した通りである。

他方、秩父に居た夕暮は「詩歌」復刊に意欲をみせていた。従前通り編輯は夕暮自身が行うとして、米田雄郎や原三郎に書面で打診した。当然ながら、同人達からは東村の「詩歌」復帰を願う声があがってきた。それに対し夕暮は、同人会の了承があれば「小生に異議なし」と米田に伝えている。次に掲げるのは、この決着を示す夕暮の東村宛書簡（昭和二十一年二月二十六日付）である。

拝復、御手紙有難く拝見いたしました。実は小生の方からも書かうと思つてゐたところでした。「詩歌」復帰といふといかにも物々しく変だが、何も彼も戦争が二人の友情を隔離せしめた。いやいろいろと制約されてさうならざるを得なかつた。その戦争が済んでしまつたので、一切自然解決です。何といつても君と僕とは三十年以上の友情純粋持続です。それが戦ひがすんでもとに復《ママ》るのですから喜ばしい限りです。で早速ですが、「詩歌」再刊号へ歌と何か散文（エッセイ）二頁分、原稿紙六枚弱至急送つてほしい。短歌は同人七首制（紙面の都合上）だがそれより多くてもよい。四月再刊、郡山で印刷（秋元が世話）です。山も早春の気配が動いてゐます。小生は毎未明におき、焚火をなしつつ朝を待つ気持は実に愉しい。がまだ寒さはなかなかきびしく零下十度近くなります。金物は何でもベトベト手についていささか無気味です。では　原稿至急送つて下さい。（秩父郡大滝村入川谷　前田夕暮　浅草区小島町一ノ二十三矢代東村宛）

事実上、夕暮の東村への和解文となる書簡を全文掲出した。これは『前田夕暮全集』の書簡篇には入っていない。（注、文中、秋元とは郡山在住の同人、東京の印刷事情悪化もあって、一時、発行所を郡山に移した）

これを受け取った東村の心中は複雑なものがあったであろう。昭和十七年以来、書くこともなく至った年月は筆舌につくし難い思いがあった。万感去来するものはあったが、ここに示されたような感情の表れは如何にも芸術家肌の夕暮らしさをのぞかせるもので、東村はこれを受け入れ、草創期以来の古参同人として復活することになった。

⑻⑸ 翼賛歌人の変節を揶揄嘲笑する

「人民短歌」昭和二十一年三月号に、渡辺順三が「不快な思ひ出」として自身が受けた不当な弾圧について記しているが、それに付して「慌て者前田夕暮」と題し、「短歌評論」グループ事件で検事勾留を受けた東村の立場を説明擁護した一文を載せた。その折の夕暮が長年の同人であった東村を「詩歌」から遠ざけた出来事を、夕暮の不人情、冷淡なふるまいとして憤慨している。「このやうな意気地なしだから、――中略――従来の主張を捨てて定型律に戻り（ここでは定型のよしあしをいふのではない）文学報国会短歌部の幹事長として侵略戦争の提灯持を懸命に勤めたのである」と断じた。この時期の順三の記述として尤もなことであり、事実の経緯について述べられたことは正しく、東村の為に正義のペンを執ったことと思う。

しかし、この不幸な出来事を人間の冷たさ、節義のなさ、と言われてみると、その実像に接したことのある私には過ぎた日々の夕暮の面影が改めて思い出される。夕暮は性格として図太い神経の持主ではなかった。作品に豪快、明朗なものがあるのは周知のことであるが、度の強い眼鏡をかけた細面の内奥は弱々しさも秘めており、クラシック音楽を愛好する日常からは豪胆な気分は感じられない。

文報短歌部会長として報国万歳に唱和したり、後楽園忠霊塔建設のための土運びをしたこと等が戦中の「詩歌」誌上に記されているが、当時すでに病気を抱えた六十歳になる歌人の姿を思うと、私は夕暮その人に対する批判的感情よりも時代の波のむごさを痛感せざるを得ない。治安維持法下の社会は恐怖政治にも似た気分を人々にもたらした。もし他の大結社の頭領が同じ場面に遭遇したとするなら、彼らはその同人をどのように処遇したであろうか。東村の人柄を信じ暖かく見守っていた友人達も、戦中は夕暮と同様に黙さざるを得なかったのである。

夕暮の「詩歌」再刊の熱情に呼応して同人達は原稿を送付し、東村も「封建的なもの」と題した小論を早速送った。東村は歌壇に於ける封建性を、分派的であること、主従関係と世襲性が存在することであると指摘し、そこから当然引きおこされる事象は、排他性と現状維持、各人の力量と才能の無視、創意の軽視であるとした。

結社制度における歌人の狭量と独善は一掃されなければならないが、短歌のように他の文学様式にはみられない程長く続いてきた詩型が、今なお厳として在る以上、この一小詩型を国民文学、民族詩としてどう発展させるかが問われることになる。「短歌の封建性は何に存するか。その詩型にか。用語にか。音律にか。時には又しばしばそれらの上に存する如く見えるかも知れない。しかしそれは本末顚倒であつて、むしろそれは作者の性格に、世界観に、制作態度に、技能に存するものだといひたい」と述べた。

次は、この原稿を受けた夕暮の返信である。

啓、矢代君、原稿ありがたく拝受、「封建的なもの」同感です。「詩歌」もそのつもりです。が何としても皆拙いので手がつけられない。歌の本質のわかつてゐる人殆んどなし。また野放図もないもの、ズバぬけたもの、馬鹿なもの一人もなし。但し馬鹿者は小生ひとりか、何しろ自由律に十三四年もかじりついてゐたのですから――然もその自由律を小関、西村が新しく生かすといふ。うまく生かしてくれればよいが、皆行きたい方に行くといふやうにならなければ駄目。それはさうと渓谷にも春がきた。はだら雪にさす日の光をみると二十四年前白秋などと御嶽に行つたことを思ひ出す。あゝ時はすぎた、なつかしい限りです。

雪しろの青谷川となりにけり春あさくして瀬をはやみかも

昭和二十一年三月七日（大滝村入川谷　前田夕暮より浅草小島町東村宛）

諸事情のため「詩歌」再刊は遅れ、東村原稿は七月再刊第一号に掲載された。その間の作品は「人民短歌」昭和二十一年五月号に計三十六首が出されている。

無　題

昨日まで戦をほめし歌をもて今日懺悔すと歌ふ面白

黙あらば人うべなはむ時またず己れ懺悔すと歌ふ似而非歌

あらかじめかくあるべしと思ひ居たり今日かくありぬむしろあはれめ

（「人民短歌」昭和二十一年五月）

戦中の翼賛歌人の臆面もない変節と慌てぶりを痛烈に批判したものである。しかしこれらは、行分けのない定型作品となっている。渡辺順三や赤木健介はすでに口語体で作歌していた。夕暮は戦中の定型復帰から生涯変ることがなかったが、東村はこの時期、新しい民族詩としての短歌を創造する模索の時であり、定型にとどまろうとしたのではない。

自由律を作る小関茂が、「定型短歌は旧い歴史の最終点となることはできるが、新しい歴史の出発点となることはできない」と述べた言葉を取り上げ、東村は「凡そ旧い歴史の最終点たり得ないものが、どうして新しい歴史の出発点となり得よう」と評した。小関が歴史の断絶を主張したのに対し、東村は伝統の創造的継承を重視する姿勢を示した。「我々をして古い歴史の最終点たらしめよ。常に。あ、これは何と困難な、そして努力と聡明とを要する仕事か」と記している。

（「人民短歌」四月号）

⑻⑹　夕暮の戦争責任と東村の立場

「詩歌」復刊が成る迄、東村の作品発表の場は「人民短歌」を主とした。が、その作品が定型であることへの批判が相次いだ。佐々木妙二は、「（東村の）持前のあの高い抒情に裏づけされた批判性、思想性が定型表現には見られない」と書き、「あなたの過去の業績は非定型短歌にとって深い礎石であると共に、あなたが定型といふ休息所から立ちあがり、非定型短歌のために更にも指導的業績を加へられることを待望してゐる」（「人民短歌」昭和二十一年九月号）と述べた。

これに対し東村は「僕は旧短歌の秘密を握り、十分短歌の力量を養ったら、再び新短歌運動に乗り出すであろう」と答え、芸術観としては「不易流行」の「不易」を大事に思いたい、流行しても不易なものがなければ、生命がないことになる、この事を思えば形式などは第一のものではない、と述べた。

蔵書を失っていた東村は、この「不易」を学ぶ意味もあったと思われるが、夕暮所蔵の『万葉集古義』（注、鹿持雅澄　十巻）を所望する手紙を出した。それに対する夕暮の返書（昭和二十一年）である。

啓　御手紙ありがたく拝見、「万葉集古義」㐂んで贈呈します。君が万葉研究は実によいことだ。新しい発見があることと思ひます。歌集も出る由、大慶々々、小生の「耕土」も漸く校正出しました――中略――山は雪後月明、夢のごとし

　生くること愛しとおもふ山峡ははだれ雪ふり月てりにけり

三月十五日　入川谷　前田夕暮

（注、歌集とは『早春』をさす）

東村の万葉研究は以前からのことであったが、この頃から机上にはその関係の古典書が次々と置かれるようになり、その表題程度は読めるようになっていた私は、一体、この親は何をなりわいとする者なのだろうか、と本気で考えたことがあった。

昭和二十一年前半には、戦時に果たした文学者の役割つまりその戦争責任について追及する声があがった。これは三月末の新日本文学会東京支部創立大会に於て小田切秀雄が提案し可決されたというもので、「新日本文学」六月号誌上に文壇の戦争責任者名があげられた。二十五名のうち歌人は斎藤瀏と斎藤茂吉の二名であり、文学報国会短歌部会長であった夕暮の名は見えない。次に掲げるのはこの事に関して香川進と東村に宛てた夕暮の書簡（昭和二十一年）である。

香川進宛　　五月二十七日付

啓、歌壇追放者の中に小生ありとは文報の関係上或はと多少の懸念ありました。然も小生がやられるやうになれば、佐佐木信綱、土屋文明、斎藤茂吉はじめ愛国百人一首の選者（土岐君と小生関係なし）全部やられると思つてゐましたが、窪田空穂氏と小生とが最初リストに上つたとはいささか意外であり（然し一面当然か）驚きましたが、君の熾烈なる誠意の披瀝、東村の支持によりリストから解放された由、何とも有難いことです。――後略――）夕暮

矢代東村宛　　五月二十八日付

啓、渓谷は漸く五月らしい青空を見られるやうになり、野茨さきはじめた。四五年前の七沢行

の楽しかつたことを思ひ出される。香川進からの手紙により小生の身辺についていろいろと御配慮のことを初めて知り感謝してをります。「新頌富士」と「詩歌」再刊を小生更生再々出発の道標として、新しい道程にのぼります。――中略――尚「詩歌」八月号作品七首、六月十日頃迄に御送り乞ふ。夕暮

「小生身辺についての御配慮」というのは、東村の働きにより追放候補者リストから夕暮をはずしたことを指している。東村宛書簡のみでは判りにくいと思われる為、一日違いの日付の香川宛の書簡も掲出した。尚、香川宛のものは『夕暮の書簡』（秦野市立図書館刊）による。

この東村の行為を意外なことと受けとる向きは多いと思うが、事実はこのようなものであった。順三が「人民短歌」（三月号）の東村の立場を述べた文中で、「矢代氏と『詩歌』の関係は、それこそ昨日や今日の関係ではなく、『短歌評論』と矢代氏との関係こそ昨日や今日のことである」と述べているのは、両者の間柄を考える上で見落すことはできない。又、『夕暮評伝』（前田透著、昭和五十四年刊）に於て、「戦争責任を追及する声が矢代東村等夕暮の周囲からも起り――」（二七四頁）と記されているが、これは当時東村が「新日本歌人協会」の賛助員であったこと、前述の書簡が公開されていないことから生じた著者の誤解である。

思うに、東村は交友関係一般について極めて寛容であった。このようなことは「大日本歌人協会解散」に関わった吉植庄亮の場合にも言える。白秋は彼を深く憤り絶交して面会しなかったと

いう（『白秋片影』北原東代著、平成七年春秋社刊）。しかし東村の場合は、戦中戦後を通じて友人としての往来があった。戦中の作品の一つに

いひたきことといはずそのまゝ別れ来しがその事は君も深く思はむ　（『早春』より）

という胸中を覗かせる歌もあるが、戦後は、深夜に庄亮が酩酊して（彼は酒豪であった）我が家の玄関戸を叩き、「矢代くーん」と呼ぶ大声に、「吉植だ」と父が飛び起き、寝具の用意をしたことも一再ならずであった。

⑻「詩歌」復刊、東村主催の「万葉研究会」

「詩歌」復刊第一号は当初の予定より遅れたが、地方同人達の努力と熱意の結晶として昭和二十一年七月に発行された。東京の印刷所の七割が焼失していた時期のことであり、物資、設備の不足に加えて、ＧＨＱの出版物検閲が行われるようになると、予測しがたい業務の遅延が生じた。この間の事情は福島県在住の同人、阿久津善治著『郡山白日社覚書』（昭和四十六年白日社刊）に詳しい。当時の夕暮書簡は検閲問題に神経を使っていることが多い。

矢代東村宛（十月二十二日付）

啓、その後は失礼、新年号より「詩歌」作品の選御願ひします。原稿は香川君の方に全部送ります。九月号高橋清吉、野沢峯洋作品出版法第四、六条違反、今後大に注意。正式に前以て検

閲受けた方がよいと思ひます。起訴如何、出頭命令はあるでせう。いろいろなことあり。なかなか多忙。就中家内就褥。臨時炊事夫、並看護卒、ビッコひきひき更に多忙。

この件では出頭命令を受けた矢嶋歓一が叱責処分を受けた。十月号は事前にＧＨＱに原稿を提出したが、その折も竹内青夏と元田龍夫の作品が削除命令を受けた。削除された元田の作品を一例として前記の阿久津著「覚書」から引用する。

ラレンツの法哲学論読み居つつ敗れたりといえどドイツ人は偉し

元田はのちの「好日」の主宰者米田登である。戦後の歌誌発行の苦労を今知る者はいないが、この年「詩歌」は検閲禍にあいつつも、四冊発行された。

昭和二十一年は動きのある年でもあった。五月に前田透が復員し、年末に夕暮が帰京した。東村は夕暮父子の不在中から、場所を蘆花恒春園に定めて、午前中は万葉研究会、午後を定例歌会として指導にあたった。食糧は自己調達つまり手弁当の時代におこなわれたこの「万葉研究会」については、一冊の貴重な書物がこれに触れている。小沢彰著『日本の詩歌』（有峰書店新社、平成三年刊）がそれである。

小沢は後に相模女子大学教授となった人であるが、戦後のその頃はまだ若い一学究であった。この書物は記紀万葉に関する学術的エッセイ集といえるものだが、随所に東村との交わりの風景もみられ、この研究会の雰囲気を伝えている。ここに東村は尾山篤二郎を同道した。後に「大伴家持の研究」で学位を得る篤二郎に、東村は物心両面にわたる援助をしていた、と小沢は記している。研究会の常時出席者の数も氏名も判らないが、在京同人が主であったとすれば二十人を越える程ではなかったであろう。篤二郎が中心となれば議論も重厚なものとなり、日本書紀の潤色を施した記述等についても論じられた。

年末以降は夕暮も参加した。小沢の記述によれば、夕暮は山部赤人をとりわけ好み、彼を「自然派詩人」と呼び、人麿は「抒情派詩人」、憶良は東村や善麿と同じく「社会派詩人」と謂った。東村は、「人麿や憶良は長歌にすぐれているが、赤人は短歌も、長歌と共にすぐれていて、その歌はよく自然と同化していて明快で美しい——明るい感じがする」と述べた。後日、東村は小沢の元に赤人の短歌を十数首程書き送った。そこには「赤人は長歌よりも短歌がすぐれている。そして民族的取材に関しては、高橋虫麿の歌が第一」などと鉛筆で走り書きがしてあったという。

この研究会の延長線上の企画として、学習社（矢嶋歓一勤務）と小沢や日本大学関係の国文学者、それに篤二郎と東村を加えて、「万葉の世界」と名付けた座談会が恒春園で開かれた。万葉歌人の中から、七、八人の名が出たが、有間皇子や大津皇子の歌は名歌ではあるが数が少ない。額田王や旅人もいつか消えて結局、人麿と憶良と家持が残った。この三人が一つの時代を作ったということで意見が一致した。

東村は、家持について「近代的といえるぐらいな繊細な感情が武門の家に結びついて、甘美な憂愁を生み出しているところを好む」と述べ、憶良に関しては「当時の歌として新しい思想を帯びた点が心打たれる」と語った。彼の「沈痾自哀の文」を読むと、常に大地に足をつけておかなければいられない自己主張の嘆きがのちのち迄ある、それが憶良をして、

士《をのこ》やも空しかるべき万代《よろづよ》に語り続ぐべき名は立てずして

の歌を詠ましめた、と述べた。

それよりやや時が過ぎて——小沢は昭和二十四年二月と書いているが——彼が小島町東村宅を訪ねると、「昼から空穂先生にお逢いするから一緒に行かないか」と東村に誘われた。小沢は空穂がその次男に手向けた鎮魂の長歌「捕虜の死」を読んで何度も机上に滂沱と涙を落したという人柄であった。「空穂先生にお会いできる。私は恒子夫人の手作りの料理をいたゞき、東村先生が着がえのときも待ち遠しく心がうずいた」と自身で書いている。東村は将来のある青年を、より大きい高みに在る人物に引き会わせたのであるが、このようなことは小沢以外の場合にもみられた。

「空穂先生は人麿研究では天下一だよ」

と東村は道すがら語った。この日の空穂の結語も、「人麿は短歌も旋頭歌も時代に傑出した名品だが、なんといっても人麿を歌人として名をなさしめたのは長歌である」とのことであった。

⑻⑻「年老いて人美しくなりにけり」

前田透の記述による「夕暮年譜」の中に昭和二十一年十一月頃のこととして「『季刊詩歌』を考え、自分中心の同人誌にしようとしたが果さず」とある。実現はしなかったが、この頃東村に宛てた書簡は最も長文なものである。それは便箋でも原稿紙でもなく書物のカバーをはがして書き詰めてあり、「矢代東村様　硯北」と書かれた封筒も時代を表す粗末さである。

矢代君　季刊詩歌賛成してくれてほんたうにありがたう。僕は六十四になつてもやつぱり白秋と同じやうに赤ん坊だ（実にわがまゝな親譲りの銛をもつた赤ん坊だ）どうか勘弁してほしい。僕は白秋とよく喧嘩した、友人でも親子でも夫婦でも喧嘩しないやうな民族は駄目だ。僕はここにきて一切自然順応のあなたまかせにして終らうとしたが、それが僕の性格からしてまだ五六年早かつた。君のこの頃の円熟には密かに驚いてゐるが、僕は到底円熟完成出来ぬ、出来ぬからこそ完成を思ふのです。さて季刊詩歌は往年の「日光」のやうに半綜合的なものとしたらどうでせう。資金もインフレに備へて二三万円は必要、その一割三千円を小生寄付（新円）あとの九割を同人応分寄付に仰ぐ、これはさして困難ではないと思ふ。　――中略――兎に角矢代君、君と僕とは切つても切れぬ繋がりがある。喧嘩もするが、少しもあと腐れなどない、夫婦だつて同じだ、喧嘩すればするほど味が出てくる。僕はさんざん君も知つてゐる通り家内を困らせて困らせてわがまゝ一ぱい働いてきたが六十になつた頃はじめて家内のよさ、夫婦の味がわかつて来て、家内に頭があがらなくなり何でも家内がよくなつてきた。――中略――どうも脱線してこまる。

矢代君、「日光」を再現しよう、そして地下の白秋に呼びかけよう。愉快々々、――中略――矢代君、僕はやっぱり酸性土だ、酸だ。燃えるだけ燃えなければ納まらない。歳はとつても老人的心境にはなれない、今日から老人ぶるのはやめた、僕はいつまでも半未開人だ、ここにきて良寛にならうとしたがやつぱり五六年早かつた。早くかへつて諸君と話したい。更生、更生、といつて白秋は死んだが僕はもう十年待つてくれと白秋に了解をえた。

十一月十日　晴天　前田夕暮

矢代君

気分の高揚と意気の感じられる夕暮書簡である。翌十二月に夫妻は荻窪に帰った。夕暮は「老人になれない」と述べているが、東村の周囲には「東村老いたり」の声があった。定型歌を作ることは短絡的に「老い」と結びつけられて批評された。これに対して東村は自身の老いを否定したり拒絶したりはしなかった。家庭内言動にもそれは感じられた。六十歳を前に生を終える知友は、白秋をはじめ多く見ていた。六十歳は今日のように軽い通過点ではなかった時である。

老いたりと君歎かすも老いゆきて生きゆくことは楽しきものを

老いの身の心楽しく飽く知らに歌ひつづけむ歌ふことはよき
君見れば君も老いたりしかれどもつくづくとうれし今日を相見る

（「詩歌」昭和二十二年一、二月）

古い歌友の米田雄郎が近江から上京して無事を喜んだ時の東村の作品である。「老い」は拒絶できない、それを受容して如何に内容のあるものにしていくかが心の課題となった時、一つの業を成し遂げつつある七十歳の空穂の在り方は、憧憬と理想の像と写ったのであろう。

空穂先生

東京に帰り来まして茶の味のよろしきことをうれしとのらす
生きぬきて何悔むこともなしといふこれの翁の笑顔あでやか
年老いてかくも美しくなるものを尊くもあるか人の命は
年老いて人美しくなりにけり向ひ居て思ふ人の人生を

（「人民短歌」昭和二十二年二月）

おそらく人の想像以上に空穂宅への訪問は度重なった。「今日は空穂先生のお宅に伺っているから上機嫌で帰宅するでしょう」ということを母が言っていたが、その通りであった。余程心の通い合う座談であったのであろう。今、手許に、「呈　矢代君　空穂」と書かれた小歌集『青朽葉』が残されている。この頃の頂戴本である。

昭和二十二年十二月、『早春』が東村の二番目の歌集として発行された。後記によれば、昭和六年刊の『一隅より』から年次を追って「飛行船に騒ぐ人々」、「朝の時計」、「熔鉱鈩」、と続く未刊歌集があると記されている。これらの草稿は戦火で灰燼に帰した。その後、本人自身により「朝の時計」は「パンとバラ」と改題、「溶鉱炉」の後に「反動時代」が入ることとした。したがって、『早春』は第六歌集ということになる。装訂は『一隅より』と同じ恩地孝四郎による。壮年期に未刊歌集が多いのは時代の不幸を具現しているとも言えるが、東村は歌数がそろえば直ちに一集を編むというような性格ではなかった。

⑻9 定型歌集『早春』を刊行

『早春』の出版元は新興出版社であり「人民短歌叢書」の一冊である。しかし、この歌集を前田透は「詩歌」五百号記念増刊号の中で、同人著書として位置づけている。本来、「詩歌叢書」として白日社から発行される歌集が他の出版社から出される例は、特に戦後から昭和三十年代には多くみられた。『一隅より』が「詩歌叢書」であり、装幀も同じ恩地孝四郎であれば、これが「詩歌」編外叢書として成り立つとも考えられる。

『早春』には、昭和十八年一月から同二十一年二月迄の作品八百十八首の中から四百二十首が収められ、このうち戦後の作品は八十一首である。定型歌集であることについては東村自身が後記の中で次のように述べている。

「現代語歌はともすると短歌以外のものに逸脱し易く、その大衆性さへ喪失する。これは現代語歌が、まだ短歌の本質並に特質の認識と把握に不十分なものがあることに由来する。この欠陥を克服して、明日への再出発を期するには、もう一度定型文語歌の実作に立返へるのが本当だ。本腰を入れて実作を試み、再出発を期するべきだ。それは決して『まあ日本にも、かうした古典的な擬古的な一詩型があつてもいいさ』といふような消極的な意味からではない」と。

五月には恒春園で「詩歌」同人による出版祝賀会が催された。二十三名が集い、胸襟を開いた言葉が述べられた後、著者の卒直な挨拶があり、その後は各自得意の余興を演じ、ついには東村も白秋伝授の踊りを披露して拍手を浴びるという会となった。食糧は各自持参ということを除けば戦前の歌会の雰囲気の再現であった。

『早春』への書評としては、まず「人民短歌」昭和二十三年三月号に香川進が、さきの佐々木妙二の東村批判（「人民短歌」昭和二十一年九月号、本書(86)にて既述）をふまえて、批判的、思想的であることが唯一無二のものではない、この歌集の魅力は、著者の真実の心の表明と、自己を欺こうとしない誠実さであろう、と言った。

「詩歌」に於ては元田龍夫が昭和二十三年一月号に、十月号では同人達の六人による「批評特集」が組まれた。元田は過去の東村作風について、「新鮮で理知的で快適なリズムを持ち、絶えず時代と共に進展し、否時代と共にでなく時代の尖端であり、社会事象をよく歌ひ、批判的であり、進歩的立場に立ち、措辞極めて厳格で要点のみを的確に捉へ、潔癖できびしく――」と綜括した。だが一方で割り切りすぎること、無駄を切り棄てることにより面白くなくなる、とも感じており、「頭の良いことは不幸である」とさへ思ったことがあったが、『早春』読後はそれらが払拭され、この日頃東村が説く「不易」、「有心」を直感した、と記した。矢嶋歓一は、その特色は「開放的、直截的」であることだと言い、伊能秀記は「健康、清潔」をあげて、これが昭和の日本歴史の暗い時代に歌われ、東村自身の歴史にとっても幾多の忍苦が描かれたであろうことに思いを走らせるとき、この特性の強靱さに讃嘆せずにはいられない、と述べた。

「新日本歌人協会」の側に於ては定型復帰以後の批判がそのまま維持されていたとみる。本格的な批評としては、東村没後の「新日本歌人矢代東村追悼号」(昭和二十七年十二月刊)に、渡辺順三が「矢代東村研究序説」を執筆した。順三は東村が書いた後記に納得せず、「これはやはり、昭和十八年一月から同二十一年二月までというあの太平洋戦争という時期における東村の一時的な気持の弱まり、近代精神の挫折とみてよいのではないかと思う」と記した。「詩歌」同人達の批評は、東村の性格、態度、内容、用語、形式、リズムを混在させた感想めいたものであり、何よりも長年見なれてきた現前の人物を念頭においたものである。大先輩に対し好意的な論調となるのはやむを得ない。他方、順三の批評は東村没後に書かれ、その時代の空気を敏感に反映していると考えられる。

東村は一方において「詩歌」の同人として「(万葉研究会では)何時も矢代氏が一番早い。爽昧な朝光の中で人を待っている」と記される程の打ち込み様であった。しかし他方では「新日本歌人協会」主催の啄木祭に招かれ、善麿らと講演し、啄木賞の選考に関わった人物でもある。私はこの二面性を異とするに当らないと思う。

戦後の東村は、戦中の不遇の状況から一挙に「圧制からの解放」を謳歌する姿勢をとらなかった。伝統維持とその価値をくみ取ろうとしていた。多くの知識人が「進歩的文化人」と呼ばれることを好み、「保守反動」といわれることを最も恐れていた時代である。伝統の価値を選び、内面化しようとする態度は、「保守」の精神である。だが「反動」ではない。これは後に東村が行分け現代語歌に復帰したことからも窺い知れよう。何を保守すべきかを選び取るには智力と気力が不可欠であり、保守すべきものの選択には「時間」が必要である。それ故、東村の歩みは漸進主義とならざるを得ない。部屋の中に古典書が増え続け、「収入の大半が書物代と煙草の煙に消える」と母が嘆いていた姿が思い出される。

一歩退却二歩前進といふ言葉いきいきと今よみがへり来る

(「人民短歌昭和二十二年十二月」)

⑽ 行分け口語歌へ復帰

昭和二十三年十二月号の「詩歌」の中で、夕暮が「十月十七日に雑誌『日光』の会があって私も出席した」と記している。戦後、誰もがほっとした所で懐旧の情もあって在京の仲間達が八九名集まったのであろう。この会の開催が「日光時代」を居心地の良い場所とした東村の肝入りであったろうことは想像できる。その時の出席者の中には善麿も居たことが書かれているが、その中に「日光」同人中唯一の俳人、俳文学者萩原蘿月も居たに違いない。というのも、戦後になって東村はしばしば都内の大塚に居た蘿月を訪ねて談笑していたからである。蘿月の愛嬢アツがそのエッセイ「障子の桟」(「感動律俳句会」平成四年刊)の中でこれを記している。

「(矢代東村氏が)いつも庭先から、おーい居るか、と二階に向って呼び掛けると、父はその声で二階の窓から顔を出す。これが当時の東村氏と父との挨拶であった。――中略――父は生前から、東村は弁護士からぬ弁護士だとその人柄を深く敬愛していた」

かつて大正十四年四月の「アルス新聞」(白秋発行)に蘿月は「日光時代」の東村についてエッセイを寄稿したが、その人物短評はまことに東村を言い当てており、友誼にあふれたものである。全文を掲載したいが、一部抄出にとどめる。

矢代東村君　　　　蘿月

夕暮に過ぎたるものは二人ありその子透、矢代東村

これはいつか僕が東村氏と飲んでへべれけになつた酔余のざれ歌で夕暮氏に対して失敬な言葉遣ひであり、実は勘弁して貰はねばならぬものであるが、僕が東村氏の事を論ずるとなると、あの晩の此のざれ歌を思ひ出して、僕の批評の冒頭に掲げたい気がしてならないのである。氏が夕暮門の秀才である事は僕の言を待つ必要もない位であるが、東村の実質と夕暮の実質とは余程相違があるやうに思はれてどうしてあんな人が夕暮氏の門から出たのであらうかと、私には不思議に思はれてならないのである。

蘿月は夕暮の特質とする所とその長所をよく把握して記す一方で、東村の線の太い強靱な大胆さをあげ、生のどす黒い真暗な深淵から、その詩が押し出されると感じると評した。更に東村が赤彦の『太虚集』を批評した文（大正十四年四月「日光」）に於ける東村の言葉「我々はどこまでも放胆であり、自由でありたい。天真爛漫であり真実流露でありたい。我々には雑念もあり、情慾もある。へまなこともやり、まぬけな事もする。それを極めて自然に生かし、自らにして至るといふ所へ行きたいのだ」に同感し、自身の芸術論もこれに尽きると述べている。

蘿月は結語として「門人が師匠に追従してゐるやうではだめだ。師の愛恵に甘えて、そのいふところを探つてゐるやうな態度では芸術も心細い。師の愛にそむいたり、師の恩を売つたりする行為は咎むべきであるが、芸術は自己独特のもので、師といへども自分の立場を犯す事の出来ぬ

といふ威厳を保つてほしい。好漢東村、今後ますます詩境は拓かれ――中略――技巧は円熟される事だらうと思ふが――中略――此の信念だけは改めないでゐて貰ひたい。――中略――これが夕暮芸術の光明ともなるのである」。これは四十一歳の蘿月が三十六歳の東村に宛てた友情のあかしとも言えるメッセージであった。

昭和二十三年七月号の「人民短歌」に、東村は一行書き下しであるが「蝶」と題して口語歌を載せた。

蝶だなあの白い翅たわたわとたわたわと少し重そうに飛び

そして同八月号に戦後初めての行分け短歌を発表した。

今日も曇り
朝から曇り、どんよりと
空も重ければ
頭も重く――

更に「詩歌」十月号には、

さびしさは
被ふべくもなく、
真実の己が姿は

かくも小さく――

本当にこれでいいんだと

自分自身、

なぜに思はぬのか。

かく生きて来て――

これら多行書作品の発表は、定型歌誌「詩歌」の主宰者である夕暮の心に波風を立てずにはおかなかったはずである。しかし、それを示す記事は誌上には見当らず、東村宛の夕暮書簡中にも存在しない。

◇

私が母に伴われて青樫草舎に夕暮を訪ねたのは、多分この頃ではなかったかと思う。昭和二十三、四年の冬と推量する。母に格別の用向きがあったとは思われないが、戦中からの長い無沙汰のあとの挨拶の意味もあったのであろう。夕暮夫人は不在であり、私達母娘は夕暮が最後迄「詩歌」を編輯していた和室に通された。母にとっては娘時代の「はまなす会」以来の長いつき合いの歌人と相対しているのであり、両者とも万感去来するものがあったと思う。多くの会話があったとは思えず、私の記憶の中にもない。林檎が出されて夕暮はそれをフルーツナイフで丸ごと上手に皮をむいた。その皮が途切れず、長々と皿の上にとぐろを巻くように重なっていくのを、私は感心して眺めていた。私が生前の夕暮に会ったのはこれが最後となった。そして糖尿病を患っていた夕暮が「林檎」を好んだことが、この風景と分かち難い思い出となって残った。

(91) 弁護士としての日常活動

東村が弁護士としてどのような仕事をしてきたか、と問われることがある。医師であり歌人である人は、ただちに何人かを数えることができるが、弁護士で歌人というのは、東村以外には今の所知らない。弁護士は一般に理屈の人と思われており、そのような意味でも作品が興味深く読まれるのであろう。ただ仕事の記録は個人が保存する以外、他者が残すことはなく、我が家のように戦火に遭った場合は、業務の全てを知ることは不可能である。

自宅が事務所を兼ねていたから、常にさまざまな人物が出入りしていた。私的な業務のほかに法務関係の公的な任務を引受けていた為もある。記憶にあるだけでも、例えば、犯罪に関与した少年の補導・更生をはかる「保護司」を長く勤めていた。又、国選弁護の仕事もあった。著作権に関わる紛争を処理する為の機関（当時の正式な名称については私には心得がない）の顧問弁護士もしていた。

業務上の短歌は多くはないが、残された作品の中には戦後の身辺を思い出させるものもある。

死にざまは前の判事と同じくてまた一人ここに判事を死なす

（「短歌研究」昭和二十三年六月）

この歌は今となっては注釈がいるかもしれない。食糧難時代にヤミ米が横行し、その取引を行う商人を裁く立場となった判事がおり、自らヤミ米を食すわけにはいかないと、法を遵守するあまり死に至ったという出来事があったのである。その時代の社会詠である。

次の作品はおそらく未成年の女性被告との面会場面であろう。

何という可憐なる被告かと思う。
この可憐さにして
あやまたる。

いう声は
金網ごしにやさしくて、
きらきらしもよ
この金網は――

（「短歌雑誌」昭和二十四年六月）

国選弁護人として検察官と対峙する法廷場面もあった。検察側は被告の「前科八犯」を理由に重い求刑をした。

弁論は
や、情熱を帯びてゆき、
ぢりぢりと裁判官を
引きつけ進む。
熱い弁論が裁判官の心を動かし、判決は予想外に軽かった。
軽い刑言い渡して
諄々と訓戒する。
心すがしくなるか
裁判官も。

弁護人に
ぴょこりと頭一つさげ
被告席にかえる被告だ。
被告をいたわれ。
（「黄鶏」昭和二十五年十月）
どのような境遇にあった被告なのだろうか。東村をつき動かさずにはおかない何かがあったということだろう。

著作権問題の関連ではめずらしい人物が訪れることがあった。「今日は宝井馬琴がくるぞ」と父が言った日、彼は紋付羽織袴姿で付き人を従えて堂々と現れた。四代目ということは後で知った。また、神近市子が我が家を訪れたこともある。父の言葉から察して、大変な事をした人らしいと思いつつ迎えた。彼女は六十歳代であったろう。真白なセーターを着て颯爽としていた。彼女の純白なセーター姿を父は喜んでいた。相談事の内容など勿論私は知らない。服装のことで今一つ思い出すのは、「新日本歌人」の信夫澄子がはじめて来宅した時である。彼女はその時、臙脂色の紬の着物をきっちりと着こなしていた。この時も父は、「信夫さんがあかい着物で来たな」と楽しげであった。

「神近さんの白いセーターや信夫さんのあかい着物がそんなに嬉しいことなのか」と私は内心その単純さに呆れていたが、傍らで母もその気持を喜んでいる様子であったから、我が家にとってもそれが戦後の平和をあらわす良い風景であったのだ。色彩の自由さえもない戦中の時代が去ったことへの父の喜びと考える。

この頃の忘れられない来訪者に「新日本歌人」の積惟勝がいる。彼は沼津にある戦災孤児養育施設「松風荘」の経営責任者であった。既に東村は善麿らとこの地を訪ねていた。

訪ねて来てその来たことをよろこぶ子供達の顔にかこまれる。

子供等子供等早く大きくなれと思ふ子供等が大きくなるのはいい。

（「人民短歌」昭和二十二年九月）

この積が所用で上京の折に一人の女児を連れて我が家に立ち寄ることになった。その子どもがまだ幼いと聞き、父は数日前から女児が喜びそうなものを用意するように私に言ったが、大した玩具などあるわけもなく、お手玉や折り紙、布の端きれ、クレヨン等、下町の駄菓子屋で求められるようなものばかりであった。

その子の名は「正子」といった。保護された時、名前すら判らなかったので、積が簡単明瞭にこの名を付けたと言った。「あれ出せ、これ出せ」となるのは父の来客時の常のことであったが、私にとっても戦火の中で親を失うということが他人事とは思えず、「正子」と遊んだ。積はこの日の帰り道の会話を次のように記している。「正子、矢代先生のおうちが、正子の親戚だったら、うれしいかい」「うん、うれしいよ、あたい、ヤッチロセンセイも、おばさんもすきだよ」と。

正子が、正式に客扱いを受け、このような温かなもてなしを受けたのは、恐らくこの時が始めてであったろう、この日、正子はすばらしく幸福であった、と積は回想している。

（昭和二十七年十二月「新日本歌人」）

⑼² 東村の庶民性

東村は明治末期に啄木の短歌に出会い、「朝日歌壇」で彼の選を受けたことが、歌人としての人生を出発させる契機となった。このことから、啄木と東村の社会主義的傾向を掬い上げて一連の系譜として位置を定める考えがある。しかし少なくとも東村の場合、社会悪や不正義に抵抗し憤る気質は、書物の中から主義や思想を拾って身にまとったものではない。むしろ、東村自身の身体の中に成長過程を通じて形成されてきたもの、としか言いようがない。それが社会の弱者に向けられ、短歌として表現されたのだと思う。その根底には自身の生い立ちと十代の感受性の強い時代の体験が重なっている。

「詩歌」に連載した自伝的エッセイである「少年の日」がそのことを物語っている。東村のまなざしの先には、貧農の子や、教育の機会を奪われる下町の子供達、そして戦後の孤児達が居た。教師から弁護士への転身が社会的栄達を目指したものでなかったのは勿論である。受け取るべき報酬を依頼人の生活状況を察して、「金は出来た時でよろしい」などと言ってしまう弁護士がいるであろうか。

また、一方「庶民性」という言葉が東村の特質として語られる。家庭内における東村は、決して「気楽」な存在ではなかった。だが、NHKの「素人のど自慢大会」で、出演者の調子外れの歌に鐘が一つ「カーン」と鳴ると、父は愉快そうに大声で笑った。又、笠置シズ子の「東京ヴギウギ」がラジオから流れてきた時など、父は、「この女は腹の底から歌っている」と真顔で言ったものだ。いかにも人々の楽しみに心から共感している様子であった。

昭和二十年前半には同人達の集まりの他に小さな勉強会にもよく顔を出していた。その一つに「金龍短歌会」があった。これは、浅草区内の小・中学校に勤務する教師達の集まりで、その中にたしか「まひる野」に所属していた近藤正美が居り、彼の勤務校である金龍小学校からこの名が付いた。

この会は、万葉集の輪読、互選、批評、殊に啄木、子規、節、白秋等の短歌から自選して当時の社会事情を述べながら彼等の生い立ち、それからくる短歌の傾向等を論評し合う、という内容深いものであった。しかし勉強会後の政治、教育、家庭、映画の話に至る第二部がまた非常に楽しかったようである。東村没後、近藤が記した追悼文がよくその雰囲気を伝えている。

「ずっと欠かさず私達の小さな短歌会に飄々と鳥打帽をかぶって、怠け者達を待ちかまえて先に来ていた。恐縮することしばしば。——中略——私達への批評は辛辣であった。然し辛辣の中に暖かいものがあった。——中略——あの明るい笑が誰の耳底にも残った。辺幅を飾らぬ人はい、。映画を見た。剣戟を見た」

浅草がまだ繁華街であった時代で、くり出しててんぷら、カツレツ等を食した。「映画は日本のもの、イタリア、フランス、英国、米国のもの、それはそれとして認めていた。拾うものは拾い、試みに見ても食っても後味を忘れず、批判と反省を忘れなかった。永遠の青年と、この小柄な老人を師と仰いだ」

この時、観賞した映画から得た作品がある。かつて家庭内のことと誤解されたこともあり、蛇足ながら説明をつける。

　　美しきものの極み
若くして
かくも切なく、おのずから
肩いだき寄せて吸う。
その唇を。

愛し合い
若き彼等が口吸うを、
美しきものの極みと
見入る。

鍵盤を走らせるその手
たくましく、
命こめたる力に光る。

鍵盤に赤き血吐けど
なお止めず
意欲はげしく
嵐をおこす。

（「新日本歌人」昭和二十五年五月）

これらの歌の背景にはアメリカ映画「楽聖ショパン」の一場面がある。ワルシャワを後にしてパリに逃れたショパンが、ジョルジュ・サンドと出会い、地中海のマジョルカ島におもむいた時のことである。失われた祖国を思い、喀血しつつ「革命のエテュード」を弾く。近藤らとこの映画に感激した父は帰宅して私に観せるように母に言ったが、ショパンの名にひかれて既に私は二度も観ていた。母が「もう弘子はとっくに――」と答えていたのが思い出される。映画そのものは名画という程のものではなかったが、戦後の貧しい風景の中で、総天然色映画（当時はそう呼んでいた）の美しさ、特に紺青の地中海に浮かんだマジョルカ島の姿は忘れ難い。

昭和二十五年新年号の「新日本歌人」は、「わが恋愛歌　思出と感想」と題した特集をくみ、歌人達にアンケート形式で恋愛歌自作一首、愛する恋愛歌一首などを答えさせた。これに回答した歌人は二十五人ほどであったが、東村は『一隅より』に収めた二十代の作品をあげている。

いまは君に代ふべき一人の世にあらずとて泣きて君抱く

六十歳にもなって臆面もなく掲げたところが東村らしいのである。後者の問いについては万葉集中の一首、「吾はもや安見児得たり皆人の得がてにすとふ安見児得たり」をあげている。比較迄に述べれば、尾山篤二郎は「そんなくすぐつたいことを人前で言へる筈がない。あれば馬鹿野郎だ」と答えていた。

(93)「衰へを悲しむにあらず」

　　一票はこの人に

一票は
この人に入れるものときめ、
その演説
ききつづける。

その声は、むしろ低いが
いふことの
ぐいぐいと、人を
ひきつけて行く

（「人民短歌」昭和二十四年三月）

五首連作のこの歌について同六月号に於て、窪田章一郎は「矢代さんのこの五首は、そのまま全部がいい。四行又は五行にわけられた長短の各行が実に確かで、音楽の中に彫刻を思はせるといつた感じである。――中略――老いてますます旺んに一皮ぬがれたといふやうに思はれ、心を打たれる」と述べている。

この頃の東村は外部の「短歌講座」に講師として招かれたり、雑誌上に「短歌作法講座」を連載するなど啓蒙的活動が多くなった。「詩歌」は編輯委員が米田雄郎、矢代東村、原三郎、実務処理が前田透、香川進、伊能秀記ら同人によって支えられていたが、郡山から荻窪に本拠を戻して七月から夕暮自身が責任発行者となった。

昭和二十四年六月八日付　東村宛書簡

啓「詩歌」を引受けたのは小生最後の悲願です。先日は失礼今日香川君からきくと還暦祝延期の由、僕が小豆の赤の御飯を炊くのを楽しみにしてゐたのにいささかさびし　七月号から向ふ一年僕がまた「詩歌」を編輯します。預つてある「歯」一頁発表しますから御諒承乞ふ　それとも新作送つてくれますか　若しさうでしたら至急願ひます　尚十二日の会（午前十時）にはぜひ御出席乞ふ

夕暮書簡中の「歯」一頁の東村作品は「詩歌」昭和二十四年七月号に八首掲載された。

衰へは

既に今年の秋に入り、
　相つぎて歯も
　ほろほろと落つ。

衰へを悲しむにあらず。
思ふこと
思ふがままに
いまだ
成らぬこと。

昭和二十四年十二月より「人民短歌」は「新日本歌人」と改題され、東村作品はその誌上に多く発表された。

　湯川博士ノーベル賞を受く
瞳かがやかし
わが事の如く子等よろこぶ
この朝の新聞
手にしたるまゝ。

よろこびは忘れるな。
子等。
君達に何がそうさせたかを
はっきりしろ。
（「新日本歌人」昭和二十五年二月）

新年の歌

今年こそ
今年こそといたずらに
きおわねど、
着々と仕事は進めて行く。

いよいよに
なすべきことの多くあり。
心決めて
行かんと思う。
（同　昭和二十五年三月）

花

藤が咲き、つつじは開き
牡丹かがやく。
季節となれば、もう
とめどもなく

（同　昭和二十五年七月）

席あたたまる間もない多忙な父の姿があった。兄は大学の工学部の学生となり、私は高校受験を控える中学生であった。家中に何となく目標のある緊張をともなった明るさがあった。我が家は長男をその幼時に失っていたから次兄が事実上一人息子であったが、文系を好まず、技術系に方向を定めたことが、父をいささか落胆させていた。今も昔も子の進路は仲々親の意に沿わないことが多い。そのような気持を父は空穂宅に出向いた折の座談で述べたようで、「まあ、いいじゃないか。A君のところもそうなんだよ」と慰められたと聞く。

翌昭和二十六年春、私は近隣の公立高校に入った。「高校の、しかも近い場所の入学式に付いてくる親など居ない」と言って私は一人で出掛けたが、父はひそかに式を後方の父兄席で見ており、「あの人が弘子の学校長か」と満足そうであった。晩婚の上、しかも末子である娘との年齢差は大きく、それがやっと高校生になったかと、安堵の思いもあったと思う。この頃から父は娘を弁護士に、と思い始めたらしい。そのためもあってか、私は東京地裁に父のおともをして何度か連れて行かれた記憶がある。

昭和二十六年の正月、東村は「今年は」と題して「新日本歌人」に年頭所感を書いた。その中で未刊のままの自由律歌集を出す決意と、かねてからの思いであった万葉集全巻の口語訳をまとめる計画を述べ、「既に準備は出来ており、良いものを作りたい」と記している。万葉集については国文学者による注釈や評釈が当時の一般的慣行であったから、東村の計画には時代を先んじるものがあったと言える。もしこの仕事が完成していたならば、それは一体どのようなものであったろうか。

この冬、夕暮の病状が悪化した。「詩歌」同人中には医師は何人もいたが、高価なストレプトマイシンも効き目がなく、誰の目にも再起は困難と映った。東村が世話人代表となって、「夕暮会」を復活させた。この会は、昭和七年の設立当初は、夕暮の歌碑建設の基金を集める為であったが、この度は見舞金を集めることが目的となり、東村や田島玉造らがそれを病床に持参した。「私はそれを聞いて何といふ友情の美く《ママ》しさであらうと感激やまぬものがあつた。――中略――諸君の好意を思ふにつけ、もう一度どうしても生きねばならぬと痛感した」と夕暮は二、三月合併号後記に書いている。

⒇4 夕暮の芸術院会員推挙の経緯、夕暮の死

昭和二十三年八月、太田水穂、吉井勇、金子薫園の三歌人が芸術院会員となった。この事は当

時の白日社同人達に少なからぬ感慨と動揺をもたらした。夕暮の戦後は定型歌集を出したものの、活溌なものとはいえなかった。健康上の理由のみではなく、戦中の文学報国会の長としての責任を問う風潮があったからである。透はその「評伝前田夕暮」の中で次のように記している。「戦後の時点で評価すれば、夕暮の定型復帰は『反動的』なものであった。定型復帰が戦争責任にからんだ形で戦後改めて論議されたことは夕暮にとって不幸であった。戦後の、あの空気の中では何とでも言えたし、その中で真の戦争責任者は知らん顔で免かれていた。――中略――戦後の夕暮は当然のようにスケープゴートの一人にされた」

同人達の気分も自重を強いられてきた。そこに大政翼賛の旗頭ともいえる水穂の栄誉は、白日社内部に波風を立てずにはおかなかった。白日社は従来から合議制で事をはかる慣例があった。夕暮が四大元老と呼んだのは、米田雄郎、原三郎、矢嶋歓一、それに東村であり、そこに中堅も加わって、「余命が計られる程になった夕暮に同様の事があってもよい」との意見が出された。このようなことについて、何をどのようにすればよいのか芸術院について知る者もなく、結局現会員の空穂を知る東村が使者となり、推挙の方法、内情等を聞くことになった。この時の空穂の話は同人会に報告された。その概要が、香川進の『対談――歌人の生涯』（昭和五十八年刊）の中に述べられている。

空穂はまず、夕暮の芸術院会員推挙は当然であり、いや遅すぎる感があると理解を示した。だが知る限りのことを述べれば、芸術院はその成立事情からして画家の占める領分が広く、文芸諸分野の員数は少ない。しかも定員制があって、空席ができてから補充されることになる。それに選考委員が居り、よくは判らないが久保田万太郎に力があると聞く。お手当は微小なもので話にならない程度である、等と語った。

透の前著中には芸術院への推挙にかかわる問題について、「斎藤茂吉が『夕暮君の周囲が少し動かなくては……』と原三郎に語った由であるが、矢代東村の反対で沙汰やみになったという」と記されている。このように間接的表現になっているのは、透が千葉の勤務地に在住していた為に伝え聞きによらざるを得なかったからであろう。東村は反対したのではなく、夕暮の晩節をけがすことになりかねない裏工作的な根まわしを厳にいましめたのである。東村はこの時純粋な気持から発する励ましの葉書を夕暮に送っている。以下に掲げるのは夕暮の返書である。

矢代東村宛（昭和二十六年三月一日付）

啓　昨日は失礼　夕暮会の新発足は小生に生気を吹込んだ。実は今年一ぱいのいのちかと覚悟をきめもう医者になどかからぬと思つてゐたのだが、君の厚意によつて生きるだけ生きてせめて芸術院の会員になつて死なうと決意した。友情は有難いものだと感謝の念でいつぱいです

夕暮

芸術院会員推薦に力を持つという久保田万太郎に話をつなぐ手段が当時なかったわけではない。

古い同人の竹内薫兵は万太郎と親しかった。薫兵夫人の会話の中で万太郎の私的な話を聞くことがあったのを私は記憶している。東村は夕暮の名誉を守ることを第一義としたのである。時は遅すぎ、晩年の夕暮には「官製の栄誉」は与えられなかった。が、一方でこの春、郷里秦野に歌碑建立の話が夕暮のもとにもたらされた。次の三通の葉書はこれに関するものである。

三月十四日　矢代東村宛

啓、その後は失礼、さて地元高等学校其他の要望により弘法山上に小生の歌碑を建設することに急に決定　四月三日に地鎮祭（起工式）を挙行その節貴兄他二三人ぜひ列席していたゞきたく、――後略――。

三月二十八日　矢代東村宛

啓　先日は夕暮会よりいたゞき有難く全く助りました。次に四月三日歌碑起工式出席　都合により中止一切学校に一任いたしました。御承知下さい。その代り七月二十七日の除幕式にはぜひ御列席願ひます　先づ右とりあへず御礼旁御知らせまで

四月八日　矢代東村宛

昨日田嶋君来訪夕暮会より第二回御見舞金拝受ほんたうに有難いことです。尚田嶋君と協議五月二十日　白日社大会を兼ねて歌碑除幕式（といつて名目だけの）挙行してほしく十五日の会でよく相談して下さい　御礼旁御願ひまで

この最後の葉書が夕暮の絶筆となり、再びペンを取ることができなかった。年譜によれば夕暮は十八日に昏睡状態となった。我が家にあわただしく電報が配達されたのは十九日であった。

至急　ヤシロトウソン殿

チチキトクアスアサ九ジ　オイデコウ

トオル

門人が見守る中、最後の脈をとったのは医師原三郎、夕暮はかつて東村一家とたがいに新年の賀を述べ合った階下の八畳間で永眠した。その時、枕頭に居た東村は夕暮の上に被いかぶさって号泣した、という。

(95)「苦闘四十年」にみる夕暮との愛憎

昭和二十六年四月二十四日、夕暮葬儀に際して東村はその委員長をつとめ、米田雄郎が門人を代表して弔辞を読んだ。夕暮の業跡として、東村は「短歌の革新」と「後進の指導」をあげ、このことは全員の賛同を得て弔辞の中に記された（「苦闘四十年」昭和二十六年七月「新日本歌人」）。この文中で東村は「指導者」夕暮との交わりを次のように記している。

白日社には「先生の教えを守ろうとして入社したのではなく、先生を押し倒すために入社したようなものだ」とまずその不遜ぶりを自認し、その後文語定型を捨てて音律に従った口語多行書きの作品発表は夕暮の不満を招いたこと、「日光」刊行時は夕暮も参加したがこの時に東村の意志する所を認めざるを得ず、廃刊後東村の地位は白日社内に確固たるものとなったこと、昭和に入って、東村がプロレタリア短歌同盟や「短歌評論」に接近したことは夕暮の心中を騒がせたこと、そして昭和十七年の東村の「検事勾留」事件に至って夕暮と白日社内の無関心的態度は東村を絶望させたこと等々、を振り返り、苦闘は短歌の形式から始まり、その内容へと続いたがこの苦闘は東村一人に与えられた尊い実践の四十年であった、と述懐した。夕暮追悼号に坪野哲久が寄せた弔歌、「東村が泣きしときけば胸ゆらぐその愛憎のこゑもとどかず」は、苦闘四十年が又、愛憎四十年でもあったことを思わせる。

東村は戦後、「日光の会」を催し、その折には古い仲間達と旧交を暖め、夕暮も出席できた。更に一つ実現させたい集まりがあった。それは「文章世界の会」であって、かつての投稿青年達でその後も活躍の場を持つ人々と、顔を会わせる席を持ちたかったのである。何人集まるか、ふさわしい場所はあるか等、悩みはあったが何よりも会場提供者が会の趣旨の理解者でなければならなかった。

この頃、それは多分秋から冬にかけての時期であったと思うが、父は私を伴ってある個人宅を訪問した。その時私はそれがどこの誰の家とも覚えていなかったが、後に知る所では、歌誌「勁草」主宰の山田百合子の私宅であり、場所は荻窪、近衛文麿家の前であった。父はそこに場所借りの御願いに出たのである。

庭は林の中のような自然の趣きがあった。私の記憶に残るのは落葉をふみしめ、庭横の枝折戸から退出した時のことである。百合子と父が丁寧な挨拶を交わし合った。それは敬意と真情のこもったものであり、年配の男女がこのような礼をもってする姿を私はこの後ついぞ見たことがない。

「勁草」は昭和四年宇都野研創刊、昭和二十三年に山田百合子を発行人として復刊した「空穂」系の歌誌である。東村は研と親しかった。研没後も、その追悼号編集に助力したり、復刊後も何かと助言を惜しまず、「勁草」歌会にも度々出席した、と百合子が記している。

「勁草」同人の努力により名簿が整えられ、第一回「文章世界の会」は昭和二十六年春に山田邸で開催された。出席者十五名の中には編集者前田晁をはじめ、山田夫妻、細井魚袋、西村陽吉、内山賢次、若林牧春、それに百合子の実兄であり投稿青年でもあった実吉捷郎も顔をそろえた。空穂は気管支炎の為欠席、出席叶わなかった者に邦枝完二、永田龍雄、浜田広介等の名がある。第二回も同所で十月十二日に催され、山形からは結城哀草果の祝電が届いた。この時の集合写真が結局東村最後のものとなった。その中には、米川正夫、中村白葉、村野次郎、高田浪吉、飯田莫哀らの顔が見える。

この時分私は父から突然、「弘子、ロシア文学をやらないか」と言われ驚いたことがある。「なぜ急にロシア文学なの」と母に訊ねた所、母は中村白葉や米川正夫の名をあげて、その為であろうと笑って答えていた。ドイツ文学者の実吉捷郎の名もトーマス・マンの名訳文と共に忘れ難く、これら翻訳家の名は私の青春時の想いとも重なる。

「勁草」歌会での東村の指導ぶりを百合子は次のように書いている。「先生が点を入れられるのは飾り気のないナイーヴな歌に限られていた。くどくどしたものや技巧の勝ったものは大嫌いらしかった」（「勁草」昭和二十七年十月）。又、百合子が身近雑事や台所の歌などを詠むと、「そんなもの許りよんでもよい歌は出来やしない。地上ばかり這廻っていないで空を飛ぶような歌を詠みなさい」とも言った。同人達と二泊の日光旅行にも出たり、東村はことのほか楽しい憶い出を持ったようだ、と百合子は記している。

朝鮮戦争による特需景気は、人々に見せかけの豊かさをもたらしていた。極度の窮乏の時は終ったかに思われたが、最も見過されたのは戦時の労苦が各人の肉体に与えた病根ではなかったか。「近代歌人」と一括りにされる人々が、一、二の例外を除いてはそれ程長命ではなかったと思うが、それは東村の場合にも言い得た。

父の若い頃からの喫煙の習慣は止むことがなく、今日程その害が指摘されていなかったこともあり、家族も何となく日常的なものと安易に考えていた。鼻の病気があるのではないか、と考えたのも青年時に鼻炎の手術をしていたからであった。弁護士は継続中の仕事を片付け一段落する時間を作らなければならない。暮近くなってやっと耳鼻科の専門病院へ出かけたのだった。

簡単な手術を予想して近接の耳鼻科専門病院に入ったが、帰宅した母の表情は安心から程遠いものであった。医師は、「除去した部分を東大に検査依頼する」と語ったという。その結果は我が家に暗雲をもたらした。病名も始めて聞くものであり、そのような部位にガンができるなど想像もしなかった。

⑼ 東村入院、「独立日本の歌」発表

「詩歌」同人の医師竹内薫兵の長男が病理学者であり、その世話でただちにその当時の東京国立第二病院が入院先と定められ、専門医も紹介された。その医師は東北大学から招かれ、その道では第一人者だということであった。入院迄の日々、父は静かに自宅の床で休むことが多かったが、そのひと時に私に新聞の連載小説を読ませた。朝日新聞に村上元三の「源義経」が連載されていた時であった。病状は新聞も読めない程ではなかったが、父は寝ながら文字を読むなどという習慣を持ち合わせていなかった為である。思えば貴重な時間であったのだが、どのような日々が過ぎていったのか今は記憶の底にもない。

入院の前日、しばしの別れのつもりで父は空穂宅を訪問した。

人々　　空穂

入院の通知はせしがと暗きいろ潜むる目して矢代の訪ひ来ぬ
死生をば超ゆる心をもち得ぬといひては起てる矢代を送る

（「まひる野」昭和二十八年四月）

この座談の席には章一郎も同席していた。章一郎に対して東村は、「この頃人生が美しく見えてしょうがない。人生はすべて美しいものだな」としみじみと言い、また、「やりたいことは出来るときにどんどんやっておくことだな、いつでもやれると思っていると出来ない」と語勢つよく語ったという。（「まひる野」昭和二十七年十一月）

十二月二十四日、入院のため父は母を伴って家を出た。楽な和服姿であった。玄関先で見送った後、ふと不安がよぎった。急いで外へ出ると父は小道の角を曲がる所であった。もう帰ってくる事はできないかも知れない、といういやな予感は、その後事実となった。

長い時間を要した手術が終り、医師は「できるだけのことはした」と語った。簡単な病床日記を頼れば、三、四月は病状も安定し、病院の庭を散歩した折に短唱ともとれる文字を書き残している。「菜の花の咲いている所まで行って見る」、「畑の麦が風になびくだけすでに伸び」（四月十日）

この頃、疲労の色濃い母に代った一日があった。当時、国立第二病院はまだ木造二階建で、軍服姿のままの傷病兵が松葉杖で歩む風景が、旧陸軍病院の俤を残していた。付添看護の女性に、父は窓外の富士を私に見せるように頼んだ。カーテンが開かれ、晴れ上った青空に富士はその全容を現した。

真正面からの富士
晴れて、
なにひとつ遮るものもない
真正面からの
富士に向ふ。

（「短歌研究」昭和十五年一月）

東村には富士を詠んだ作品は数多い。昭和二十年代、まだ高層の建物はなく、この歌の通りの富士が望めた。私は背後に父の視線を感じつつ立っていた。父も又、その風景の中にある私を見ていたと思われてならない。今も富士は変らずその姿を現してくれるが、私にとって父と共にした最後の風景が清冽な富士であったことは忘れられない。

四月三十日（水）の病床日記に、「夕方つね子より電話、『アサヒグラフ』より独立日本の歌五首くれといってきた。あしたゆくからという」とある。四月二十八日に対日講和条約、日米安全保障条約が発効し、占領時代は終ったとされた。この事に対して朝日新聞社が歌人に作品を求めたのである。

病床日記には、五月一日（木）として、「昨夜作った歌書直す。つね子来、今日も気分あし。

三時つね子帰る。今日はメーデー、ベッドの上でやせた足をさする」と記されている。作品は一夜でほぼ書き上げたことになる。その五月一日のメーデーがどのような一日であったかを、ラジオもなく、新聞も届かない病床の身がたゞちに知ることはあり得ない。

「アサヒグラフ」五月二十一日号は、「東京メーデー騒擾事件特集」として発行された。十二名の歌人を掲載順にあげれば、窪田空穂、矢代東村、杉浦翠子、土岐善麿、中河幹子、宮柊二、山本友一、近藤芳美、生方たつゑ、松田常憲、安藤佐喜子、佐藤佐太郎である。新聞社の人選の意図は今となっては判る由もないが、編集部の記した詞書によれば、「これら歌人の作品は、いわゆる独立祝典歌ではない。独立の朝に何を感じたか、市井の一国民としての偽らざる感情を吐露して貰った結果がこれである。歌壇各派、各傾向、それぞれの思いを汲まれよ」ということである。

独立日本　　　矢代東村

一本の国旗軒先に掲げただけ仕事は休めない誰も休まない
手をとりあいお目出とうという日のくることを近い将来にかける今日の決意
僕たちの信じあう道はたゞ一つたゞ一つの道をゆくと苦難に立つ
君もそうだまた僕もそうだ今ここでみじめな最後にあうとも悔はもたぬ
百万の味方いつも背後にあることを忘れるな心へこたれる時

⑼7 終焉、空穂の弔歌七首

戦後、東村は鳥打帽を愛用していた。以前から服装に関しては手入れよく、整った姿をしていたから、それを見なれた人々にとっては、かなり気楽な気分を感じとったのであろう。前出の山田百合子は次のように回想している。それはまだ日本が全面講和か、単独講和かと世論が二分していた頃の事である。

「――先生はいつもハンティングをかぶっていられるので、この方がお好きなのですか、と伺ったら、『日本がまだ独立していないから普通の帽子をかぶる気にはなれない』と真顔でいわれた時は、ハッとする思いがした。――中略――先生にはそうした志士というような風格があり、そんな深い気持で日本を考えていられたのであった」(昭和二十七年十月「勁草」)

夏に入って父の容態は悪化した。幅広い交友関係があった東村への見舞客は多彩であり、「詩歌」や「新日本歌人」の人々は言うに及ばず、「国民文学」系や旧「多磨」、また弁護士関係の友人達が、便利とはいえない病院に足を運ばれ、物心両面にわたって病床を支えた。今、そのような方々を列挙することはできないが、改めて感謝するのみである。自身で結社をおこさず、子弟という言葉すら好まなかった人であるが、それがかえって多くの人々との絆を強めたのであろう。

夏のある一日、母は病院に私を伴った。それは父と最後の別れをさせる為であった。「将来ある若い娘が父親の死顔など見なくてよい」というのが母の言葉であった。妙な理屈付けであって、要するに母はその場面を避けたかったのだ。痩せきった姿の父を見た。暫時の後、「いいですね、これでお別れですよ」という母の言葉に促されて、私は病室を後にした。

九月十二日、重篤の電話が病院から入り、母は始発電車でかけつけた。

みがらをしんぱいした。

お前のからだだ」次に」子供だ。

私」だ。

この最後の紙片の文字は家族にとって胸迫るものがあった。「みがら」は勿論母のことであるが、法律家の用語でもある。短いが行分けしてあり、最後は七音、五音から成っている。母は幾度も見ようとはしなかった。知らせを受けた歌人達、渡辺順三、矢嶋歓一、香川進夫妻、土岐善麿、松村英一らが次々にかけつけた。友人弁護士、親族も夕方迄に別れのために訪れた。

九月十三日午前一時五分、母、医師らに看とられ父は逝った。ただちに、空穂からの見舞の品であった浴衣——それは夫人が空穂のために縫い上げたものであった——が身につけられた。これは母が心中すでに決めていたことであった。昭和三十年刊の空穂の歌集『卓上の灯』の中に次の一首がある。

わがためと縫へる浴衣を東村の身にまとひては葬られけりとや

私は母の言葉通り、最後の対面をしなかった。病院内に花屋など何もない当時のことである。「花のないのは寂しい」と順三が野の花を手折り、野菊、赤まんま、つゆ草などで棺はうめられた。午後、荼毘に付された骨は母に抱かれ家路についたが、その骨壺の熱さに私はなすべき事の多くを残して逝った父の無念さを感じる思いであった。

母は終の住処となった小島町の小さな家から葬儀を出すことに決めていた。塀は壊され、座敷は道路に向けて解放された。歌人達の協議により十五日通夜、十六日告別式と決定、各方面への連絡で次の日は嵐の如き一日であった。順三が受話器をとり、新聞社、地方への通知に追われていた姿が思い出される。「今頃知らせてきても間に合わないではないか」との応答もあったと聞くが、これは地方の歌人からの言葉であったろう。

通夜に集まった客で手狭な玄関先は履物であふれ、会葬者の顔を見分けることのできる香川進が戸口に立ち、階上へのお茶運びが私の役目となった。歌人の集会場所ともなった部屋は悲しみの場というより騒がしさが勝っていた。白秋夫人が板敷にかかる程の隅に、つつましく座っており、それを誰も気付かなかった。私が座席を少し詰めてくれるようにと声をかけた程である。

東村は辛辣な人物批評をすることで知られたが、これも話題となっていた。「(東村にとって)良かったのは雑司が谷の爺さん(空穂のこと)だけだ。あとのヤツは皆駄目だった」と大声で言ったのは松村英一であり、皆同感の様子であった。その空穂は沼津に静養中であったが、我が家には、ただちに巻紙にしたためられた弔歌が届けられた。『窪田空穂全集』（昭和四十二年角川書店刊）には八首が掲げられているが、ここには葬儀迄に作られた七首を記す。

矢代東村君逝く　　窪田空穂

九月十三日沼津にて　その訃を聞きて

死を待つと聞くに悲しくつひにわれ病む東村の顔を見ざりき
或日ふと語り聞かせぬ生涯を決せしめける環境の些事
進みては貧民のために弁護せる君が心をうなづけりわれ
心寄る狭き世界に身を置きて愛でむさぼるに忙しくありき
よしと見る物に触れては語るとき老いづく眼涙ぐましぬ
心合ふもののありてはこの幾年互に会ふをたのしみけるを
避け難き苦はいかにせむ心ゆく生を送れる東村なりけり

⑼⑻　歌人矢代東村の業績

九月十六日の当日は、四歌人がそれぞれの立場から弔辞を述べた。松村英一が友人を代表し、「日本歌人クラブ」から岡野直七郎、「新日本歌人」、「詩歌」の二誌からは渡辺順三、前田透が立った。

順三がこの日述べた言葉と、後日「矢代東村追悼号」に書いた「東村研究序説」とは、彼の心からの東村への哀悼の辞であろう。順三はまず、「―（東村は）啄木・哀果のもっとも正当な後継者として、大正の初期からすぐれた口語の作品を示し、その後の歴史の進展に添うて、短歌革新運動に貢献し、進歩的歌人としての活動に終始された」として近代短歌史上に記念されるべきものと述べた。また、その仕事の特質を、「口語を正しく生かして使い、そのリズムに従って自由な行分けを実行しながら、しかもあくまで短歌の韻律を失うまい、口語による新しい短歌の音律を創造しようとして生涯をかけて苦心し努力したことにこそ業跡がある」と結論し、意義づけた。

東村を啄木、哀果に続く生活派の流れに位置させたこと、口語による新しい短歌の創造――それはあく迄短歌の韻律を尊重しつつ――という課題を追求した歌人であったとの見方は順三の述べた通りである。戦中からの順三自身の体験から滲み出た東村への好意は、その弔辞や「研究序説」の行間にもあふれている。

一方、東村と幼時からの交わりをもった前田透の「送る言葉」は静かな哀切の情のこもるものであった。

「簡素に単純化されて、今しずかにねむっておられるあなたの前に、刻々にたかまるわれわれの惜別の気持を申し述べることは、人間のはかないしぐさであるかもしれません」と語りかけた。

そしてそうせずにはいられない欲求は大正元年九月入社の時よりの、我々との血縁的な間柄からくるもので、(東村は) その間の四十年、自分の思う通りに歌をつくり続け、自分の信ずるがままに進退し、その年月は大正昭和の歌壇史の一面を述べることにもなる、と述べた。又、「詩歌」に登場して以来、常に前田夕暮と白日社につながる縁を何等かの行動の根拠としてきたことにも触れた。

「(東村の) 業跡は近代短歌史上生活派の流れとして、もはや古典に属することは周知の事実であります。しかし乍ら何よりも注目すべきことは、作風の幾変転が何れも強い信念によってうらづけられており、その信念は社会の歴史が進展する方向へと正しく向けられていたことでありま す。――中略――もとより矢代東村は一白日社の束縛をこえた作家ではありましたが終生白日社を重要な拠り所としたという事実を我々は更めて厳粛に受けとり、ひるがえってわれわれの心中ふかく信ずるところがあります。今やいよいよ急に、いよいよ迫り行く時代の流れにあってわれわれの一つの指標としてあなたをふりかえることがあなたへのもっとも正しい愛情であると思います。告別に際しわれわれの到らぬ言葉をお受け下さい。一九五二年九月十六日　白日社代表前田　透」

この後、透はまとまった東村論を書かなかったが、弔辞の中に後に東村を論じる際に取り上げられる問題点は示されている。現在「詩歌」は廃され、目にふれることも少ないと考え、あえて長文をいとわず抄出した。この弔辞は当日好評であった。「詩歌」の長老達が満足の言葉を交わしていたのを私はかたわらで聞いていた。順三も透も言わんとしたことにそれ程差異はない。東村の人と形《なり》を別の表現を借りれば、「清潔な魂を飽くまで枉げずに貫き通されたといふこと、逞しい意志と思考の場を、第一に掲げ通したこと」（山田あき「詩歌」東村追悼号）という言葉に凝縮されていよう。

「啄木――哀果――東村」という位置付けを私はその後長く「光栄な系譜」と感じてきた。しかし一方、違和感を覚えるのも事実である。その要因の一つはかなり時代を遡るが哀果が「生活と芸術」を出していた時の、哀果と東村の差異である。哀果は〝V NAROD〟と題した長詩を発表した。彼は「人民の中へ」に共鳴し、啓蒙的青年知識人として働きかけることに使命感を抱いていた（本書⒃に既述）。しかし、東村はその時既に「人民の中に」居た一生活者であり、彼等と喜怒哀楽を共有していたのである。〝to the people〟ではなく〝in the people〟ということである。そして愚直なまでにこの道を歩み続けた。昭和初期に大塚金之助はこのことにすでに気付いており、獄中書簡に啄木に連なる者として第一に東村を記している（本書㊷に既述）。

先人、先覚の影響を受けた出発点があるのは伝統的文芸の全てについて言える。しかし東村を誰につなげるか、その後に誰をつなげるかといった事のみに腐心するのでは、東村の評価は一面的にならざるを得ない。一旦我が身から出た作品はそれ自体として完結したものであるから、その中で東村が何を意図したか、何を試みようとしたかを、それ自体として評価する視点もまた欠くことはできない。それなくしては、戦争の世紀を生きた東村の歌人としての位置は定まらぬと考える。

残暑の光照りやまないあの九月、父は家族に抱かれて帰宅した。しかしその日以来、私にとっては沈黙の人とはならなかった。生きている者をゆり動かし続けてきた。父との対話はまだこれからも続けられるであろう。

矢代東村年譜

年齢は満年齢を表記

明治二十二年（一八八九）

三月十一日、千葉県夷隅郡東村長志二〇九〇番地（現いすみ市）に生まれる。農業。亀廣と命名される。父浅五郎（尾後貫荘右エ門、さくの三男）、母とく（矢代杢平、たかの長女）、父浅五郎は尾後貫家より養子として迎えられた。

—大日本帝国憲法発布—

明治二十三年（一八九〇）　一歳

五月、浅五郎離婚し、尾後貫姓に戻る。この後、浅五郎上京する。

明治二十八年（一八九五）　六歳

四月、長志尋常小学校（現・大原町立東小学校）入学。九月、母とく、吉野重太郎と再婚（重太郎は上野村名木、吉野藤吉次男）。この後、夫婦は一女三男をもうけたが、男児は全て早逝し長女のみが成人した。十月、亀廣実父浅五郎、菱田ハツと結婚。東京市京橋区大鋸町十番地に住み、米穀商を営む。—日清戦争終わる—

明治二十九年（一八九六）　七歳

矢代つる出生。亀廣の義妹にあたる。

明治三十二年（一八九九）　十歳

三月、東尋常小学校卒業。四月、東尋常高等小学校入学。

明治三十四年（一九〇一）　十二歳

一月、祖母たか没。十月、祖父杢平没。

明治三十六年（一九〇三）　十四歳

三月、東尋常高等小学校卒業。上京。四月、東京府師範学校普通科入学。

明治三十七年（一九〇四）　十五歳

三月、同普通科修了。十一月、尋常本科普通科免許状を受ける。―日露戦争勃発―

明治三十八年（一九〇五）　十六歳

四月、東京府師範学校師範学科入学（のちに青山師範学校となる）。在学中より「秀才文壇」、「文章世界」に新体詩、俳句、短歌等を投稿し入選する。

明治四十三年（一九一〇）　二十一歳

三月、東京府師範学校師範学科卒業。四月、下谷区練塀小学校に勤務。学校の寮を出て、湯島の金城館に下宿する。九月、東京朝日新聞に朝日歌壇が設けられ、石川啄木が選者になった時より、作歌に努める。―韓国併合、大逆事件おこる―

明治四十五年（一九一二）　二十三歳

四月、啄木死去。七月改元。この頃より日本大学（夜学部）法科に通う。

大正元年（一九一二）

九月、前田夕暮を「文光堂」に訪問、「白日社」に入る。「詩歌」（十二月号）に始めて六首掲載される。

大正二年（一九一三）　二十四歳

フュウザン会に出向き、画家との交際を深める。「詩歌」四月号に「一隅」と題して十二首掲載される。同月「白樺派展覧会」を見て、ゴッホに魅せられる。九月、土岐哀果「生活と芸術」創刊。これに参加する。若山牧水の「創作」にも出詠する。

大正三年（一九一四）　二十五歳

一月、帰省中、夕暮夫妻を外房州に案内する。二月、「アララギ」に出詠。十月、「地上巡禮」（白秋創刊）に出詠。―第一次世界大戦勃発―

大正四年（一九一五）　二十六歳

四月、浅草等光寺に於ける啄木の法要の席に列する。六月、萩原朔太郎が東村に対する批評文を「詩歌」に掲載する。七月、「詩歌」に口語歌「飛行船にさわぐ人々」を発表。

大正五年（一九一六）　二十七歳

三月、日本大学法科卒業。

大正六年（一九一七）　二十八歳

本郷森川町に一時移転（下宿）。作歌に苦しむ。

大正七年（一九一八）　二十九歳

四月、母とく没。十月、夕暮が「詩歌」を休刊する。―第一次世界大戦終結―

大正八年（一九一九）　三十歳

一月、「詩歌」同人で回覧誌「耕人」を発行。二月、東村「踊子その他」十四首を「耕人」に発表。四月、「玫瑰会《はまなす》」が竹内邸で開かれる。辻村恒子、歌誌「朝の光」より宇都野研のすすめによりこの会に加わる。十月、「耕人」二十号を東村の編集と装幀により発行。

大正十年（一九二一）　三十二歳

四月、判検事、弁護士試験に合格。六月、練塀小学校退職。弁護士の実務研修につとめる。

大正十一年（一九二二）　三十三歳

四月、東京弁護士会に登録。神田区今川小路三ノ四（旧地名）に事務所を定める。

大正十二年（一九二三）　三十四歳

一月、「短歌雑誌」に多行式口語歌を発表。三月、白秋、夕暮らと武州御岳に遊ぶ。四月、作家島田清次郎に名を不正使用される。七月、「香蘭」に「白秋と僕」を掲載する。八月、白秋、夕暮、橋田東声、吉植庄亮、矢嶋歓一らと共に、塩原、日光に遊び至楽をつくす。九月、「関東大震災」おこる。東村、「白日社」（西大久保）に一時寄寓する。「香蘭」八・九月号に「夕暮の一面」を掲載する。

大正十三年（一九二四）　三十五歳

二・三月「香蘭」に「ある日の茂吉」を掲載す

る。四月、「日光」創刊。東村、口語歌「小さな馬車」二十五首、口語歌論「椿は赤く」発表。五月、東村、夕暮、透と共に印旛沼に庄亮を訪れる。八月、「日光」誌上に白秋と連句を掲載、十二月、小田原に白秋を訪問、白秋により「東村百態」が描かれる。

大正十四年（一九二五）　三十六歳

二月、夕暮の詩文集「緑草心理」の出版記念会が、「日光」同人主催により日本橋エムプレスで開かれる。庶務一切を東村が引受ける。辻村恒子も出席する。三月、東村、白秋一家、庄亮と共に箱根小涌谷「三河屋」に投宿、翌日芦ノ湯まで行く。七月、東村、夕暮親子と共に目黒の土岐善麿を訪う。「日光」誌上に「歌壇時言」（口語歌論）を書く。八月「日光」詠草欄に恒子作品七首掲載される。十一月、「日光」誌上に大熊信行が「矢代東村と口語歌」と題して好意的論文を掲載する。この年、麴町区隼町五番地に居を定め、法律事務所とする。──治安維持法公布、普通選挙法公布──

大正十五年（一九二六）　三十七歳

一月、「千葉県歌人大会」と「近代風景・詩歌人の会」に出席。室生犀星、萩原朔太郎と久しぶりに会う。改元　昭和となる。

昭和二年（一九二七）　三十八歳

二月、辻村恒子と結婚。赤坂山王日枝神社にて挙式。白秋、夕暮夫妻の媒酌による。十一月、東村、夕暮と同人らと夕暮郷里弘法山に登る。十二月、「日光」通巻三十七号をもって終刊。同月、長男洋一出生。

昭和三年（一九二八）　三十九歳

四月、「詩歌」復刊。選者、編集委員。九月、若山牧水死去。東村、葬儀に出席。追悼文を「創作」に寄せる。「新興歌人連盟」結成。「白日社」内にもプロレタリア短歌派おこる。
昭和四年（一九二九）　四十歳
八月、夕暮一家の保養先四万温泉を訪ねる。九月、改造社版「現代日本文学全集―短歌篇」に東村の口語歌が掲載される。十一月、夕暮、茂吉、善麿、庄亮、朝日新聞招待飛行機に搭乗。年末に「詩歌」は定型律を放棄し、自由律短歌誌となる。プロレタリア歌人同盟結成される。
―世界恐慌おこる―
昭和五年（一九三〇）　四十一歳
三月、「詩歌」誌上に茂吉の「明治大正短歌史」中の東村に関わる記述についての誤りを指摘し、茂吉と争論となる。十月、白日社同人の発起により、「夕暮会」が結成される。事務所を東村宅に置く。次男隆二出生。
昭和六年（一九三一）　四十二歳
五月、「詩歌」二十周年記念講演会を読売新聞社講堂で開催、東村講演する。六月、改造社版「現代短歌全集―口語歌集、新興短歌集」への掲載依頼を断る。（吉田孤羊宛ての手紙）十月、近江桜川村極楽寺に夕暮第一歌碑建立、東村同行する。十二月、東村第一歌集『一隅より』を白日社より刊行する。―柳条湖事件おこる。満州事変へ―
昭和七年（一九三二）　四十三歳
一月、『一隅より』出版記念会、新宿白十字に於いて開催。六月、「新短歌五社」連合雑談会が如水会館で開かれる。東村、夕暮、三郎（原）らが出席。七月、成田の同人行方沼東を夕暮と共に訪問する。「短歌新聞」「日本短歌」発刊される。―五・一五事件おこる―
昭和八年（一九三三）　四十四歳
一月、「アララギ」二十五周年記念号に寄稿。初秋より長男洋一発病。竹内病院に入院する。

二月、小林多喜二死去。四月、「短歌評論」発刊される。

昭和九年（一九三四）　四十五歳

二月、長男洋一を失う。

「詩歌」二・三月号に「子規短歌論に関して」を書く。同人伊沢信平が「矢代東村論」を掲載。

四月、啄木生誕五十年記念講演会が東京日々新聞講堂にて開かれ、講演する。六月、白日社移転（杉並区荻窪一ノ一六四）青樫草舎と名付けられる。十月、近江極楽寺に米田雄郎を訪う。夕暮第三歌碑の除幕に同行。年末より「短歌評論」の選者を引受ける。

昭和十年（一九三五）　四十六歳

十月、「啄木短歌評釈」を渡辺順三との共著で出版する。前半「一握の砂」を東村、後半「悲しき玩具」を順三が担当。同月、長女弘子出生。

昭和十一年（一九三六）　四十七歳

二月、二・二六事件おきる。一家をあげて本郷の宇都野研邸へ難をさける。九月、白秋邸（北多摩郡砧村）で中秋名月の宴が催され、夕暮、迢空、英一らと招かれる。十一月、「大日本歌人協会」成立。「日本歌人協会」の庶務委員東村が会務報告をする。

昭和十二年（一九三七）　四十八歳

一月、恒例の夕暮邸年賀訪問（弘子加わる）。

四月、近江短歌祭（米田雄郎主催）に夕暮と共に出席。七月、麹町区上二番町三（改正後一番町六ノ二）に転居。昭和二十年迄の住居となる。

「新万葉集」の編さん事業始まる。―七月、盧溝橋事件、日中戦争始まる―

昭和十三年（一九三八）　四十九歳

三月、「詩歌」に「遺骨はかへる」を掲載。四月、宇都野研死去。悼歌をつくる。九月、香川進召集。この年同人の戦死相次ぐ。―日中戦争は泥沼化する—

昭和十四年（一九三九）　五十歳

一月、前田透召集東京駅に見送る。六月、東村、「大日本歌人協会」理事に選任される。十一月、米田、水清（久美）ら関西同人と吉野に遊ぶ。十二月、古泉千樫十三回忌追悼会が小石川伝通院で開かれ、追憶を語った。（夕暮、白秋、善麿、迢空、文明ら、出席。）—九月、ドイツ・ポーランド侵攻、第二次世界大戦はじまる—

昭和十五年（一九四〇）　五十一歳

一月、「皇紀二千六百年奉祝歌集の装幀を思地孝四郎に依頼、二月、奉祝歌集完成にともない、大津市奉祝歌会に、夕暮、三郎（原）らと出席、五月、歌人協会主催講演会（大阪）に、善麿と共に講演、八月、茂吉「寒雲」評を「詩歌」誌上に書く。十月、水穂、庄亮、瀏、三名の連記による「大日本歌人協会解散勧告文」が歌人に配布される。十一月、「大日本歌人協会」臨時総会が赤坂で開かれる。議長、土岐善麿、即日解散となる。十二月、「大日本歌人協会旧理事の労をねぎらう会」が開かれる。—九月、日独伊三国同盟締結。十月、大政翼賛会成立—

昭和十六年（一九四一）　五十二歳

一月、「松」十六首発表（短歌研究）諸家作品中、唯一の多行書き形式。四月、「昭和歌人叢書」の批評を書く（短歌研究）。四月、「古泉千樫論」を執筆（日本短歌）。五月、青樫会旅行、裏磐梯から須賀川に遊ぶ。六月、「大日本歌人会」創立。総会に東村出席せず。「空穂会」に出席。八月、「美は絶対だ」十五首（日本短歌）掲載。小名木綱夫「矢代東村の作品とその業跡」（同誌）に掲載。十月、山梨県谷村町で講演。同行者、窪川鶴次郎、柳田新太郎、横山美智子。十一月、青樫会旅行、手賀沼、牛久沼に

遊ぶ。―十二月八日、真珠湾攻撃、太平洋戦争突入―

昭和十七年（一九四二）　五十三歳

「詩歌」三・四月合併号に「短歌ノート」を書く。三月末日、麴町署に治安維持法違反容疑により検事勾留される。五ケ月に及ぶ。以後、「白日社」同人は無関与の方針をとる。八月、東村帰宅。十一月、北原白秋死去。挽歌を作る。用紙制限、歌誌統合が進められる。日本文学報告会短歌部会成立。

昭和十八年（一九四三）　五十四歳

これより昭和二十年（一九四五）五十六歳まで、発表の場を持たない為、専ら古典書に親しみ、のちに「早春」に発表される一行書きの作品を残した。

昭和十九年（一九四四）　五十五歳

十一月、「詩歌」休刊。

昭和二十年（一九四五）　五十六歳

五月、山の手大空襲に会い、麴町の自宅全焼。一家は知己の家を転々とした後、荻窪の青樫草舎に間借りをする。―八月十五日ポツダム宣言受諾、敗戦国となる。―

九月、「短歌研究」復刊、同号に作品掲載。十月、治安維持法他十五法令廃止。「短歌研究」に「歌壇時評」、同誌十一月号に「歌壇作品合評」を書く。年末、台東区小島町に転居。

昭和二十一年（一九四六）　五十七歳

「短歌研究」一・二月合併号に「敗戦と短歌」と題し、空穂と善麿とに個別対談する。二月、「人民短歌」創刊。「新日本歌人協会」設立、東村は賛助員となる。同月「詩歌」に同人として東村復帰する。三月、順三「人民短歌」誌上に戦中の不当弾圧につき記す。七月、「詩歌」復刊。六月、前田透復員。

(―老いたるが若きにあひてよろこぶを今日透君にあひて我が知る―東村)

十一月、恒春園に東村主催の「万葉研究会」が開かれ、同人集まる。十二月、夕暮夫妻秩父より荻窪に帰る。―GHQによる出版規制・検閲行われる―

昭和二十二年(一九四七)　五十八歳

四月、「啄木祭」にて講演。(於日劇小劇場)四月号「八雲」「木俣修論」を書く。十二月、歌集『早春』(新興出版社)を恩地孝四郎装幀により出版、既刊のものとしては二冊目になる。

昭和二十三年(一九四八)　五十九歳

一月、「詩歌」誌上に元田龍雄が「矢代東村論」を掲載する。「人民短歌」三月号に香川進が「早春」の批評を掲載。四月、第三回「啄木祭」が上野国立博物館講堂でおこなわれる。講演者、矢代東村、金田一京助、中野重治。五月、「早春」出版祝賀会が「詩歌」同人により「芦花恒春園」で開かれる。七月号「人民短歌」に口語歌五首発表。八月、「人民短歌」に多行書き作品を発表。同月、「短歌夏期講座」が都立工芸高校で行われ講演する。九月、「日本歌人クラブ」創立、幹事となる。十月、「詩歌」に「確かなこと」と題して、口語多行書き作品を九首掲載する。「詩歌」同人により、同誌に「早春」批評特集が掲載される。(矢嶋歓一、原三郎、伊能秀記、前田透等。)同月、「日光の会」が銀座で開かれ、当時のメンバーと旧交を暖めた。

昭和二十四年(一九四九)　六十歳

三・四・五月、計十五首を「人民短歌」に掲載。七月、八首を「詩歌」に、十首を「人民短歌」に掲載。八月、「人民短歌夏期講座」が川崎東芝で開かれ、東村は善麿、哲久、順三、妙二と共に講演する。同月、「空穂会」が後楽園函徳亭で開催され出席。（松村英一、尾山篤二郎、渡辺順三、植松寿樹ら同席）「人民短歌」八・九月号に五首掲載、十二月「人民短歌」は「新日本歌人」と改称、六首を掲載。

昭和二十五年（一九五〇）　六十一歳

「新日本歌人」誌上に一月より十二月迄、作品計五十七首、「短歌入門講座」を連続掲載する。年初より夕暮の体調悪化。（前田透「評伝前田夕暮」による）

昭和二十六年（一九五一）　六十二歳

一月、「新日本歌人」誌上に年頭所感として、未刊歌集と「万葉集口語訳」をまとめる希望を述べる。二月、病床に在る夕暮に「夕暮会」を復活する旨述べる。四月、夕暮「青樫草舎」にて没する。（二十日）二十四日告別式、葬儀委員長東村。友人総代、釈迢空（折口信夫）、門人代表、米田雄郎。七月「新日本歌人」誌上に「苦闘四十年―前田夕暮と僕と―」を掲載する。十月、東京弁護士会内に「法曹短歌会」をおこし指導にあたる。この頃より、鼻炎の症状をおこすが、治療を伸ばす。五月、「第一回文章世界の会」を荻窪の「勁草」社で開く。十月、第二回を同所で開き、盛会であった。十一月、耳鼻科専門病院に入院、手術が長時間に及び、ただちに東大病院にて病理検査結果、ガンと判明。一時退院するが、十二月、東京国立第二病院（同人竹内薫兵子息、正氏の紹介による）に入院が決まる。その前日、空穂宅を訪問する。

昭和二十七年（一九五二）　六十三歳

手術後、一月より三月まで小康を保つ。日記もつける。主として放射線治療を受ける。四月三十日、朝日新聞社より「独立日本の歌」の依頼がある。「アサヒグラフ」に掲載される。この頃より右眼の視力を失う。炎暑の中を闘病する。

九月十三日午前一時五分永眠。享年満六十三年六カ月。竹内正氏（病理学）の執刀により解剖。午後納棺後、桐ヶ谷火葬場にて火葬。戒名、久遠院東村日亀居士。十五日通夜、十六日二時自宅にて告別式。歌壇、弁護士関係より弔電、弔辞を頂く。会葬者は両日合わせて約五百名。この町内のこととしては空前の出来事であった。十月三十一日、四十九日忌に東京都台東区谷中霊園内に埋骨された。日本歌人クラブ名誉会員に推される。

参考資料について

本書は基本的には、国立国会図書館、日本近代文学館、早稲田大学中央図書館所蔵の史料を用いた。東村個人に関わる古い資料は、左記の公共機関、学校から提供を得た。

千葉県いすみ市大原町役場、大原町文化財保護協会、大原町立東小学校、東京学芸大学（旧青山師範学校）、日本大学法学部同窓会、台東区立平成小学校（旧下谷練塀小学校）、文部科学省図書室、日本弁護士連合会、浜松市私立西遠女子学園中・高等学校、盛岡市立盛岡てがみ館、秦野市立前田夕暮記念館、文京区立鷗外記念本郷図書館、朝日新聞社

矢代東村資料

東村歌集・評釈書

『一隅より』（白日社）昭和六年

『早春』（新興出版社）昭和二十二年

『東村遺歌集』（新興出版社）昭和二十九年

『啄木短歌評釈』（共著、ナウカ社）昭和十年（泰山房、昭和十二年）
『文学案内』―啄木評釈―（文学案内社）昭和十年、復刻版「不二出版」平成十七年
『短歌文学講座　第二巻　自由律短歌作法』（三笠書房）昭和十五年
『人民短歌講座第四巻　作家論』（新興出版社）昭和二十二年
『子規短歌選集　解説』（新日本歌人協会）（新興出版社）昭和三十三年
『近代短歌講座第三巻　口語歌の発展』（新興出版社）昭和二十五年

東村短歌掲載書（雑誌を除く）
『発生』（白日社歌集第一輯）大正四年
『外光』（白日社歌集第二輯）〃
『あおぞら』（白日社歌集）大正八年
『現代日本文学全集第三十八篇、現代短歌集』（改造社）昭和四年
『現代短歌叢書第八巻』（弘文堂）昭和十五年
『現代短歌I』（河出書房）昭和十五年
『現代短歌全集第六巻』（創元社）昭和二十七年
『日本プロレタリア文学大系7』（三一書房）昭和三十年

『現代名歌選』（新潮社）昭和五十一年
『昭和万葉集　巻三、巻六』（講談社）昭和五十四年
『現代短歌全集第六巻』（筑摩書房）昭和五十六年
その他『詩歌年刊歌集』に所収

短歌総合誌・その他

「秀才文壇」、「文章世界」、「短歌雑誌」（旧）、「短歌研究」、「日本短歌」、「紀元二千六百年奉祝歌集」、「大日本歌人協会月報」、「八雲」、「アサヒグラフ」、「東村追想」

参考結社誌

「アララギ」、「創作」、「詩歌」（全）、「生活と芸術」、「地上巡禮」、「耕人」、「朝の光」、「はまなすの花」「香蘭」、「日光」「近代風景」、「ポエジー」、「勁草」、「新興歌人」、「アララギ二十五年誌」、「歌壇展望」、「短歌評論」、「新日本歌人」（人民短歌）、「まひる野」、「好日」、「地中海」、「詩歌五〇〇号記念増刊号」、「矢代東村追悼号」（新日本歌人）

あとがき

歌誌「短詩形文学」に二〇〇一年八月より、八年間にわたって連載した「父矢代東村の足跡」の全てを合わせて一巻とした。若干の修正と補筆があるが、殆ど原文のままである。

思えば、半世紀をはるかに越える年月が過ぎたことになる。話は私が大学に入学した頃に遡る。雑司ヶ谷の窪田空穂先生の御宅と大学との距離は程々のものであって、私は厚かましくも御邪魔させていただいたことが幾たびあったか。正直に言えば、大学の授業はよく休講になり、その二時間をうめるのに都合がよかったのである。父没後、母に伴われて伺ったことがあったということをお断りしておく。突然出向くのであるから、まさに「お邪魔」そのものである。当時、先生は八十歳になられていた。あの階下の和室での会話であった。「いいかい。あなたと私の年齢は六十年も違うんだよ。六十年もあったら相当なことができるんだよ」と愉快そうに手を打ち振りつつ笑われた。先生独特の手の動きと笑いは今も思い浮かぶ。六十年は父の生涯の年月に匹敵する。私もその通りだと思い、まさに相当なことができる洋々たる世界が開けているように思った。その言葉が、「時の経つのは早いぞ。怠るなよ」の意であったと気付いたのは、後のことである。その頃、先生は次々と古典の評釈書を出されていた。「参考となるべき多くの書を読んでいても、一旦、書き始めたらそれらを周辺におくことはせず、机に向かうのだ」という意味のことも言われた。心に残る言葉が多かった。

職業生活を経て繁雑な女の暮らしの中に身を置きながら気付いた時、私は父の没年を越えようとしていた。今の年齢は父が持ち得なかった年月であり、娘の私の方が年長者になってしまった、と思った時、父の生涯の無念は実感となって胸に応えた。

二〇〇一年春、窪田章一郎先生の告別式が護国寺で行われた。多くの参列者の中で偶然、「短詩形文学」の日野きくさんにお会いし、その時、連載の話は具体的なものとなった。これも機縁というものであろう。章一郎先生は、かつて私の結婚式に際し、一首を色紙として下さった。

よろこびて今日をいまさん父きみの
大き笑ひの声ぞきこゆる

今、ようやく一書を世に送ることになった。「大き笑ひ」の声を聞きたいと思う。

巻末になったが、東村の生涯にわたり深い交わりがあった北原白秋家の長男隆太郎氏（故人）の御教示と、前田夕暮家現御家族の御厚情に心より御礼申し上げる。連載中に資料に関し協力下さった個人はあまたあり、列挙することをここにしないが、著者自身からの直接の礼を述べることでお許しいただきたい。

本書に帯文を添えて下さった水野昌雄先生並びに長期間にわたり執筆の場を供された「短詩形文学」会員の皆様には感謝するのみである。私事ながら、連載中よりかたわらにあって良き愛読者であった夫、小野旭が本書の完成を見ずに二〇一〇年秋、病を得て逝った。主なき机上に一本を置くことができたことは、妻としてのささやかな喜びである。

刊行にあたって短歌新聞社の今泉洋子氏に労をおかけした。あわせて謝意を表する。

平成二十四年一月

小野弘子

著者略歴

1935（昭和10）年　東京生
矢代東村　長女
早稲田大学文学部史学科卒業
元高校教諭
1964年　小野　旭と結婚

父 矢代東村 —近代短歌史の一側面—

平成24年4月11日　発行

著者　小野弘子
〒113-0022 東京都文京区千駄木5-2-14
発行人　石黒清介
印刷　㈱キャップス
発行所　**短歌新聞社**
〒166-8555 東京都杉並区高円寺南4-43-9

発売元　**現代短歌社**
〒113-0033 東京都文京区本郷1-35-26
振替口座　00160-5-290969
電　話　03（5804）7100

定価3500円（本体3333円＋税）
ISBN978-4-906846-02-3 C0092 ¥3333E